《人間詞話》講演錄

彭玉平 著

商務印書館
The Commercial Press
創于1897

图书在版编目（CIP）数据

《人间词话》讲演录/彭玉平著. —北京：商务印书馆，2022

ISBN 978-7-100-21101-7

Ⅰ.①人… Ⅱ.①彭… Ⅲ.①《人间词话》—鉴赏 Ⅳ.①I207.23

中国版本图书馆CIP数据核字（2022）第076263号

《人间词话》讲演录

彭玉平　著

商　务　印　书　馆　出　版
（北京王府井大街36号　邮政编码100710）
商　务　印　书　馆　发　行
北　京　冠　中　印　刷　厂　印　刷
ISBN 978-7-100-21101-7

2022年7月第1版　　　　开本880×1230　1/32
2022年7月北京第1次印刷　印张11⅛

定价：58.00元

序

2012 年秋冬之际，我赴中山大学校内中文堂拜会彭玉平教授。玉平教授出示《王国维词学研究的困境、转境与进境》万字长文，并告诉我，他的王国维研究届满十年，将以《王国维词学与学缘研究》专著为收束。我诧异之余，不免怊怅若失。因为我深知在当代观堂先生的研究者中，玉平教授堪称中坚，著述正有层出不穷之势，以他的学力才情，本不应以专研一家自限，但遽然收手，于"王学"总不免是重大的损失。不过之后数年间玉平先生可以说是令人欣忭地"食言"了，他的《人间词话》相关著述仍陆续刊布，而且自文本跨界以至影像，在央视百家讲坛的《人间词话》系列讲座，赢得粉丝无数，各界好评如潮。

着手撰作《人间词话》时，观堂先生悬设的受众是什么人？我个人揣想可能就是吴昌绶等一二"素心"知己而已。若干年以后的流播众口，奉为经典，实非始料所及。此种情形，存世往来书札中有线索可征。《人间词话》文辞畅明清通，而意绪挹之无穷。所研寻的对象虽为传统诗词，而其范畴和理致并未执国学为绳尺划地自限。通观百余年来之笺注，《人间词话》其实从来不是容易读通读透的，我本人就屡次为耽读此书而有疑于中者的热切提问所窘。玉平教授今日讲授卷舒自如，神采睿发，"泰山遍雨，河润千里"的气场，植根于数十年"扎硬寨、打死仗"的朴学积累与理论淬厉。即以他对《人间词话》手稿标序和圈识的考订、《静安藏书目》的书目解读为例，即使专业的文献学人，又有几人可以达到如此精密明晰的境界?!

《人间词话》中有"词人者，不失其赤子之心者"的判语，与他谊在师友之间的雪堂先生时时写录清人龚海峰句"长篇短什都无赖，百转千回是此心"。我曾在《词学》创作档偶然读到玉平教授的自制小令，兼具灵动和蕴藉之致，恰合乎他"江南词客"的别号。具备此种得之于内、不可以传的"词心"，是他与观堂精神契合进而生发"转境"和"进境"的基点，是我作为观堂后人也私心歆慕的。

丁酉岁杪，玉平教授来电告知文稿写定有日，嘱为作序，雅意可感。我本人学养和见识实不足以称之，詹詹小言，聊志愉快云尔。

王亮　于沪上小七略庵

戊戌岁

目 录

前　言

　　在 20 世纪的学术史上，王国维的名字堪称如雷贯耳，他的《人间词话》更是作为 20 世纪的文论经典而享有盛誉。从 1908 年《国粹学报》首次发表《人间词话》至今，已逾 110 年，而关于《人间词话》的各种增补本、注释本、导读本、注评本、译注本、汇评本等，无虑数十种，相关的研究著作、学位论文、研究论文的总数也极为惊人。这种繁盛的传播和研究情况可能是王国维生前没有料到的，但在俞平伯作于王国维生前的《重印〈人间词话〉序》却分明是有所预料的。其语云："（《人间词话》）虽只薄薄的三十页，而此中所蓄，几全是深辨甘苦、惬心贵当之言，固非胸罗万卷者不能道。读者宜深加玩味，不以少而忽之。其实书中所暗示的端绪，如引而申之，正可成一庞然巨帙。"[①] 现在 "庞然巨帙" 的各种文本和研究论著已然具备，俞平伯所言诚然不虚。

　　王国维（1877—1927），初名德桢，字静安，又字伯隅，号观堂，又有人间、礼堂、永观等号，浙江海宁人。著有《静安文集》《观堂集林》等，其遗著由罗振玉编为《海

---

① 俞平伯《重印〈人间词话〉序》，见王国维《人间词话》，朴社 1926 年版，第 12 页。

宁王忠悫公遗书》，王国华、赵万里编为《海宁王静安先生遗书》等，谢维扬、房鑫亮编为《王国维全集》。

王国维一生治学大约经过三个阶段。第一阶段（1898—1907）为钻研中西方哲学、教育学、心理学、美学时期，兼事诗词创作，代表性成果是《静安文集》《人间词甲稿》《人间词乙稿》等。因为在上海《时务报》工作，他结识了罗振玉，随后又在罗振玉创办的东文学社学习日文、英文，有机会接触日本学者藤田丰八、田冈佐代治等，从他们的著作中初步涉猎德国康德、叔本华、尼采等人的思想与学术；又由于觉得自己体格羸弱，天性忧郁，对人生问题的思考时时萦绕心间，于是起研究哲学之心，希望由此揭开自己对人生的种种困惑。为此在阅读之余，写了大量评介西方哲学家、哲学思想的文章，主要刊发于由王国维主事的《教育世界》上。王国维曾立志要当哲学家，所以这一时期对康德、叔本华用功特勤。同时为了参证中西哲学之异同，这一时期，王国维也写了不少评述中国古代哲学的文章。但王国维在研究中发现了自己的天性与哲学之间有不可调和的矛盾，他在而立之年所作的《自序》中终于悟出："哲学上之说，大都可爱者不可信，可信者不可爱。"[①] 所以对哲学的专攻之心便不免减弱。哲学既不能从根本上慰藉王国维内心对人生的痛苦之感，而哲学家要

---

① 《目序二》，见谢维扬、房鑫亮主编《王国维全集》第14卷，浙江教育出版社、广东教育出版社2010年版，第121页。

在当时建立自己的体系，在王国维看来也是"非愚则妄"的想法，而成为哲学史家又心有不甘，他对哲学的疲累之感遂愈加强烈。而与此同时，文学"直接之慰藉"的作用则暂时满足了王国维的心理渴求。所以王国维在《自序》中直言："近日之嗜好，所以渐由哲学而移于文学，而欲于其中求直接之慰藉者也。"[1]不过，王国维在这一阶段的后期，虽然游移在哲学与文学之间，但其治学方向究竟是继续指向哲学还是转向文学，其实也是在彷徨之中的。其《自序》云："余之性质，欲为哲学家，则感情苦多而知力苦寡；欲为诗人，则又苦感情寡而理性多。诗歌乎？哲学乎？他日以何者终吾身，所不敢知，抑在二者之间乎？"[2]就王国维一生来回看他的这一番言论，事实上，无论是哲学，还是文学，都不是他安身立命的地方。但王国维就在这种犹豫之中结束了自己学术研究的第一个阶段。

第二阶段（1908—1912）为词曲研究时期，代表性成果是《人间词话》《宋元戏曲考》等。王国维疲于哲学后转向文学，用他自己的话来说是因为填词获得了成功，他自认南宋以后的词人除了一二人之外，尚无超过自己的。由填词之成功而志于戏曲研究，王国维也认为是水到渠成之事，这是他自我分析过的学术转变的原因。正如王国维助手赵万里在《王静安先生手校手批书目》附记中所说："先

---

[1] 《自序二》，见《王国维全集》第14卷，第121页。
[2] 同[1]。

生之治一学，必先有一步预备工夫。"①王国维的词曲研究以文献的搜集整理为基础。如其治词学，先从《花间集》《尊前集》《全唐诗》《历代诗余》等总集中辑录出《唐五代二十一家词辑》，在吴昌绶《宋金元词集见存卷目》的基础上编纂《词录》一书，然后才写出兼具理论独创和词史评述的《人间词话》。而其《宋元戏曲考》也是以《唐宋大曲考》《戏曲考原》《古剧脚色考》《优语录》《曲调源流表》及大量戏曲文献的批点为前提的。因为有这许多文献考订、辑佚、梳理史料、批注的功夫，所以往往能在最后集其所成，撰写出源流兼具、见解精辟的经典之作。正如王国维在《宋元戏曲史·序》中所说："凡诸材料，皆余所搜集；其所说明，亦大抵余之所创获也。"②其治戏曲如此，治词学也同样如此。

第三个阶段（1913—1927）为经史、文字、音韵及元代地理等的研究时期，代表性成果为《观堂集林》。这一次的学术转向既有王国维早年对史学所积累的兴趣在内，更有寓居日本京都时罗振玉的鼓励与引导之功。罗振玉富于藏书，精于版本之学，对当时出土的甲骨文、汉简、封泥等收藏甚多。他对于王国维此前的哲学、文学研究并不十分感兴趣，而对王国维的学术研究才华则极度佩服，因此在日本期间，曾数度劝说王国维改治传统经史之学。王国

---

① 《王国维全集》第20卷，第197页。
② 《宋元戏曲考》，见《王国维全集》第3卷，第3页。

维在经过一番犹豫之后，也觉得西方哲学既不足于救世，则为存一国之学术而研究国故，也是一件饶有意义的事。为了表示回归中国古典的决心，王国维特地把携至京都的数百册《静安文集》举火摧烧。从此决然地朝着国学挺进，直至终年。罗振玉在王国维的甲骨文研究、金石学、经史研究方面不仅提供了大量第一手资料，而且在研究方法上多有启迪之功。王国维的《殷周制度论》《殷卜辞中所见先公先王考》《殷卜辞中所见先公先王续考》《生霸死霸考》等奠定了王国维在经史及古文字研究方面的大师地位。沈曾植则对王国维1916年从日本回国定居上海时的学术路向产生了重要影响。沈曾植的学术贡献主要在元代历史地理和古音韵之学上。王国维在寓居上海后，虽然也在继续着对甲骨文等的研究，但对于音韵学和元代历史地理的研究力度明显增加，特别是1922年王国维应召担任溥仪南书房行走，以及数年后担任清华学校国学研究院导师之时，对元代历史地理的研究成就更为卓著。

终其一生，王国维的学术研究无虑三变。这三变之中，既有从倾慕西方学术到回归中国学术的变化，也有从哲学到文学再到经史、文字音韵、元代地理研究领域的变化。可以说，在王国维涉猎的每一个领域，他都做出了具有开创性的贡献。同时，在研究方法上，正如陈寅恪《王静安先生遗书序》中所说，王国维将地下之实物与纸上之遗文互相释证，取异族之故书与我国之旧籍互相补正，用外来之观念与我国固有之材料互相参证，这种科学、严谨的观念和方法是他取得高水平研究成果的重要保证。也因此王国维的学术研究不仅转移一时学术研究之风气，而且为后世奠定了重要的学术研究范式。

王国维晚年依旧穿着长衫，拖着辫子，显得与时代格格不入，尤其是最后黯然自湛颐和园昆明湖，给不少人留下了他似乎是晚清遗老、为清朝殉节等印象。此一问题牵涉广泛，这里暂不讨论。但如果从思想的渊源和学术的趋新来看，王国维其实是一直走在时代前面的。其早年研究西方哲学、教育学等，尤其是对德国近代哲学如康德、叔本华等的研究，即体现了他希望借助外来思想改造中国传统文化的朴素愿望。在王国维看来，叔本华、尼采等并非在院墙之内做着自我沉醉的研究，他们的目光和心思其实是在整个社会的。他在《叔本华与尼采》一文中曾比较两人的异同说："叔本华说涅槃，尼采则说转灭；一则欲一灭而不复生，一则以灭为生超人之手段，其说之所归虽不同，然其欲破坏旧文化而创造新文化则一也。"[1] 王国维心中是否潜伏着要为中国创造新文化的愿望，当然是由此而可想见的。因为欲改造一国之地位，根本在改造一国之精神。所以，王国维对于晚清之时大量留学生多停留在学习外国之"技"，而非师其"道"深为不满。王国维在《论近

---

[1] 《叔本华与尼采》，见《王国维全集》第1卷，第89—90页。

年之学术界》中沉痛地说："夫同治及光绪初年之留学欧美者，皆以海军制造为主，其次法律而已。以纯粹科学专其家者，独无所闻；其稍有哲学之兴味如严复氏者，亦只以余力及之。其能接欧人深邃伟大之思想者，吾决其必无也。即令有之，亦其无表出之之能力，又可决也。况近数年之留学界，或抱政治之野心，或怀实利之目的，其肯研究冷淡干燥、无益于世之思想问题哉！即有其人，然现在之思想界未受其戋戋之影响，则又可不言而决也。"①这是王国维决心钻研西方哲学的思想背景。当王国维经过努力，觉得无法实现这样的目的之后，才转向词曲之学，继而又转向传统经史之学等。这一时期虽然就创造新文化而言，似乎已经是渐行渐远，但王国维对新的学术领域的关注与开拓，对新的出土文献的研究热情，对新的研究方法的创立，可以说，依然怀有一种强烈的"创造"欲望。所以王国维的学术领域固然有阶段性的不同，但"创造"的理念却是贯穿始终的。虽然说晚年的王国维在外表上多少表现出守旧的色彩，但他的内心深处涌动的对新思想、新观念、新方式、新学术的追求，却同样也是脉息可闻的。

---

① 《论近年之学术界》，见《王国维全集》第 1 卷，第 **124** 页。

第一讲

三种境界

不知道大家留意过没有，在一些政府部门、企业的会议室、走廊或者学校教室，凡是需要励志的地方，经常会悬挂着下面一幅字：

古今之成大事业、大学问者，必经过三种之境界："昨夜西风凋碧树。独上高楼，望尽天涯路"，此第一境也。"衣带渐宽终不悔，为伊消得人憔悴"，此第二境也。"众里寻他千百度，回头暮见，那人正在、灯火阑珊处"，此第三境也。[①]（《人间词话》初刊本第 26 则）

有的字幅会署上这段话的作者"王国维"，有的根本就不署名。为什么有时不署名呢？我想可能与这段话太有名有关。太有名的话往往就成了公共话语、普遍真理，是谁说的，

---

① 　本书所引《人间词话》手稿、初刊本、重编本文字，皆据彭玉平撰《人间词话疏证》，中华书局 2014 年版。

反而显得不重要了。

但我想追问一句：这段话是不是所有人都能明白呢？如果不是很明白，为什么那么多人热衷去悬挂这幅字呢？这么一追问，我发现还真是有不少问题需要澄清的。

这段话是王国维在他著名的《人间词话》中说的。王国维是20世纪首屈一指的国学大师，记得曾经有网站投票评选20世纪的国学大师，王国维不仅稳坐第一，而且票数要超出第二名很多。而他的《人间词话》就更是一部理论经典了。你看看书店里各种版本的《人间词话》可谓琳琅满目，就知道这本书有多热门，我甚至很震惊地发现，居然还有绘图版《人间词话》，这说明这本书已经普及到小学层次了。

但我们回到"三种境界"，我觉得首先要确立这样几个前提：

第一，这是针对事业和学问之"大"而言的，不是针对一般的事情。一般的事业、一般的学问，大概不需要这么辛苦，可能更不需要这么复杂的过程。

第二，这三种境界是"必"经过的，缺失了任何一个环节，都会影响到大事业、大学问的最终完成。

第三，这三种境界是循序渐进、不断提升的过程。错位和逆序都是违背规律的。

那么，王国维究竟要表达三种怎样的境界呢？他用古人的词句来表达，就是要给大家一种朦胧的感觉；但仔细想来，这也有它的缺点，就是不太明确，不太具体，好像总是隔了一层。但我们要弄懂王国维的意思，又必须弄清楚这些被他引用的词句。我们至少要弄清楚两个基本的问题：这些被引录的词句原来的意思是什么？被王国维借用来之后，又要表达什么新的意思？这就是我今天要讲的主要内容。

被王国维引用表达第一境界的"昨夜西风凋碧树。独上高楼，望尽天涯路"出自北宋大词人晏殊（991—1055）的《蝶恋花》词。全词是这样的：

> 槛菊愁烟兰泣露。罗幕轻寒，燕子双飞去。明月不谙离恨苦。斜光到晓穿朱户。　　昨夜西风凋碧树。独上高楼，望尽天涯路。欲寄彩笺兼尺素。山长水阔知何处。

这首词什么时候写的？一时很难考察清楚。但晏殊的词基本上都是这类风格。读诗词最重要的是要抓关键词。我们一读这首词，肯定注意到"明月不谙离恨苦"这一句。这就对了，"离恨"就是这首词的主题所在。上片写因为"离恨"而一夜未眠，下片写想写封信表达相思，都不知道这信往哪里寄。显然所怀想的人离别得已经很久了，因为古人没有手机、微信，也没办法联系上，所以他的相思也是悬空着的。上片虽然看了一个晚上的月光流转，但毕竟在屋里。下片显然到了屋外走廊上。这就带出了"西风"两句。这两句的意思并不难理解，就是说，昨晚一夜秋风，把楼前的树叶都吹落了很多，以前上楼看来看去都是眼前的树和树上密密的树叶，但今天不一样，因为树叶吹落了，视野一下开阔了，能看到很远很远的地方，"山长水阔"的感觉就是这样来的。看到"天涯路"，原本悬空的相思忽然有了方向，所以就想写封信给远方的恋人。

所以这"西风"两句，是词人从简单的离恨到消解离恨的转变契机。这两句不仅拓宽了视野，也开阔了词人的心思，有了行动感和方向感。虽然最后这信可能还是没有寄成——因为不知道收信地址，但词人的情绪已经有了很大的调整了。

可能大家要问：晏殊就是这样简单地写离恨怀人？有没有更深远的意思呢？如果是怀人，他怀想的人是谁呢？这些问题问起来简单，要准确解答就不容易了。据说晏殊当时在任京兆尹——相当于现在的北京市市长，当然北宋的首都是汴京（今开封）了。当时确实纳过一个侍妾，后来又不得不分离了。如何认识？为何分离？要说清这事，就不能不提到另外一个词人：张先。

张先是北宋初年著名的词人，晏殊很赏识他的才华，除了在仕途上推荐张先当了判官，平时家里文人聚会，张先也是常请的人之一。因为张先精通音乐，词又写得好，歌姬们把他写的词声情并茂地一唱出来，听起来真是一种艺术享受。美人、美词、美乐、美声汇集在一起，晏殊觉得这才是人生最快乐的时光。

而晏殊新纳的这个侍妾，除了一等的美貌，一等的性情，一等的酒量，还有一等的嗓子。每次张先来的时候，晏殊都很炫耀地让她出来侍坐，先是陪着喝酒，张先喝着喝着，一高兴，填首词，就让侍妾唱，家宴因此显得特别热闹而高雅。可能是晏殊对这侍妾偏爱得过分，被他的王夫人知道了，王夫人很是吃醋，担心晏殊被这"狐狸精"迷惑了，所以稍一用计，以不安分守己、吟唱艳词的名义就私下把这个侍妾给卖掉了。

可能有段时间张先没到晏府了。后来再去晏府，发现晏殊整个人萎靡不振，好像失魂落魄一样。张先就问："兄弟咋回事？以前那么神采飞扬，意气风发，现在像变了个人似的，这么颓废！有什么心事说来听听？"晏殊就一五一十跟张先倾诉了一番。张先一听，也很同情，就说："我也没什么好安慰你，填首词给你作个念想吧。"说完了，拿来纸笔，挥毫写下一首《碧牡丹》，其中结尾几句是：

望极蓝桥，但暮云千里。几重山，几重水。

这张先真是厉害，他不写晏殊怎么思念侍妾，只写侍妾离去后对晏殊的抱怨、思念和几于绝望的困境，这结尾也把晏殊读得泪如雨下。倒不是"暮云千里。几重山，几重水"几句抒情让他感叹，而是"蓝桥"这个典故他读懂了，这典故用得精准，用得晏殊满腹愧疚。这蓝桥在陕西省蓝田县的兰峪水上。关于蓝桥的典故，比较早的记载见于《庄子·盗跖》：

> 尾生与女子期于梁下，女子不来，水至不去，抱梁柱而死。[①]

这就是著名的"尾生抱柱"故事了。说有个痴情的男人叫尾生，与一个女子相约在桥下见面，这个桥就是蓝桥。不知什么原因，女子爽约了，但尾生一直在苦苦等待，不愿离去，突然河水涨上来了，尾生担心万一女子来了，自己又离开了，就是一个失信的人了。为了坚守约定，眼看着水越涨越高，尾生就紧紧抱着桥梁，不愿离去，结果被大水淹死了。这个尾生好像有点呆，水来怎么说也应该有个过程，死抱着桥梁干什么呢？稍微往旁边移动一下，到岸边等也是一样的啊。这个故事很悲情，但说明了守信是一种极高的品质。情深才能守信。当然，关于蓝桥还有其他的典故。我们就举这一个例子，就知道这"蓝桥"二字背后有着特殊的文化意义。晏殊当然是懂的。是不是当初晏殊对这个侍妾许下过诺言，然而终于还是背弃了诺言，所以侍妾对他满怀着幽怨呢。

如果我们把张先《碧牡丹》的结尾与晏殊"昨夜"几句对应着来看，晏殊的"望尽天涯路"与张先的"望极蓝

[①] 〔清〕郭庆藩撰《庄子集释》，中华书局 2012 年版，第 991 页。

桥"，连远望的神情都有些相似。而晏殊的"山长水阔"之感与张先的"暮云千里。几重山，几重水"也带着同样的迷茫。看来张先不仅懂晏殊，也懂晏殊的侍妾，毕竟张先与他们共同度过了许多美妙的时光。

据说晏殊读了张先的词，幡然醒悟，费了一番周折，又花钱把侍妾接了回来。这是后话，我们不再多说了。[①]

通过上面的分析，如果说，晏殊"昨夜"两句是表达对爱情的渴望，应该也是可以说得通的。

但我们也知道，古人写词，也往往用男女情爱之事，来表达君臣间的微妙之感。表面说都是男女相思，内里可能要说的是一个士大夫想说又不方便说得太直接的话。那么晏殊这两句是不是也有什么言外之意呢？要理解这一层意思，就要对晏殊的仕途有所了解了。

晏殊绝对属于早慧的人，据说他 5 岁就能写诗，7 岁时文章就写得很漂亮了，在当地是赫赫有名的神童。这神童除了天赋高，运气还特别好，总能遇到贵人。他遇到过哪些贵人呢？这些贵人第一个要说的是江南安抚张知白，另外两个说出来更吓人：一个是宋真宗，一个是宋仁宗。景德元年（1004），江南安抚张知白到了晏殊老家江西，走

---

① 《碧牡丹·晏叔出姬》："步帐摇红绮。晓月堕，沉烟砌。缓板香檀，唱彻伊家新制。怨入眉头，敛黛峰横翠。芭蕉寒，雨声碎。　　镜华翳。闲照孤鸾戏。思量去时容易。钿盒瑶钗，至今冷落轻弃。望极蓝桥，但暮云千里。几重山，几重水。"〔宋〕张先著，吴熊和、沈松勤校注《张先集编年校注》，上海古籍出版社 2012 年版，第 16 页。

到哪里都听说当地有个晏殊怎么怎么聪明，怎么怎么不可思议。张知白听多了，忍不住好奇，就约见了少年晏殊，交谈之下，觉得这晏殊果然是天赋异禀，乃人中之龙，所以极力向皇帝推荐。第二年，宋真宗让 14 岁的晏殊与全国的一千多名进士一起参加廷试。廷试也叫殿试——那可是皇帝亲自主持的考试。据说晏殊虽然年纪最小，但一点也不慌忙，很轻松地拿起笔，一会儿就把题目答完了。这种从容不迫的气度受到宋真宗的大力赞赏。[①]

　　而让宋真宗更为赞赏的是晏殊的坦诚品格。据说第三天复试，晏殊拿到题目一看，这与自己以前写过的一个题目一模一样。晏殊觉得这等于自己提前知道了题目，而且做了充分的准备，这样与人一起竞争，很不公平，就是得了状元也不光彩。所以晏殊马上说："这是我十天前写过的题目，原稿尚在，我都能背下来。这样让我与大家一起考，即使胜出了，我也觉得胜之不武。希望能换个新的题目，考出我真正的水平。"你说一般的考生恨不得考前把所有题目都知道，这样才能做好充分准备，赢得好的成绩。你晏殊倒好，遇到自己写过的题目，还要求换题目。这故事听起来是不是有点傻？但晏殊还真是傻人有傻福，主考的宋真宗正欣赏这样诚实的人，所以不仅赐给他"同进士出

---

① 《宋史·晏殊传》："七岁能属文，景德初，张知白安抚江南，以神童荐之。帝召殊与进士千余人并试廷中，殊神气不慑，援笔立成。"〔元〕脱脱等撰《宋史》卷三一一，中华书局 1977 年版，第 10195 页。

身"，而且把他留在秘阁，让他继续读书深造。①

关于晏殊诚实的故事，我觉得还有一件不能不提。

据说晏殊在秘阁的时候，天下太平无事，宋真宗有一天就对大臣们说："现在天下太平，大家也别整天紧绷着神经，下班后充分享受自由，有什么好玩的地方，大家尽可以去玩，不必顾忌。"有皇帝的特许，加上汴京本身就是饮食文化、娱乐文化非常发达的地方，所以一时间那些歌楼酒馆出入的都是朝廷官员，至于是不是公款消费，我就不大清楚了。晏殊当然也想去，但去那些地方是要花钱的，而当时晏殊家里很穷，身上没几个钱，所以别人在外花天酒地的时候，他与弟弟两人在家埋头读书。这事不知怎么让皇帝知道了，觉得这晏殊果然是一个能守住自己的人。后来皇帝要为太子选老师，很多人都对这个职位有兴趣，因为这个位置虽然官阶不高，但可以利用这个机会充分接近皇帝，而且这太子以后要是当了皇帝，这老师的地位就更高了。

就在大家都暗中使劲、猜想不已的时候，朝廷公布了最终人选——晏殊。这下大家议论开了，论资历，晏殊还年轻呢；论读书，晏殊也未必是知识最广博的人啊。大家都想听听皇帝的解释。皇帝说："我听说大家近来频频出入

---

① 《宋史·晏殊传》："后二日，复试诗、赋、论，殊奏：'臣尝私习此赋，请试他题。'帝爱其不欺，既成，数称善。擢秘书省正字，秘阁读书。"《宋史》卷三一一，第10195页。

酒楼歌馆，玩得没日没夜，要不就来一场说走就走的旅行，日子滋润。只有晏殊在家与兄弟闭门读书，这么认真严谨的人，正是'东宫官'最合适的人选啊。"大家一听，面面相觑，也都没话说了。

后来晏殊上任了，得知自己被任命的原因后说："我其实也不是不喜欢游玩饮酒，只是因为没有钱，没办法去这些高消费的地方。我如果有钱，肯定也会去的。"宋真宗一听，还真没遇到过这么诚实的人，所以就更加关注、宠信他。①

皇帝的信任，使得晏殊仕途总体平坦，历任要职，最后在宋仁宗时代，官至同中书门下平章事，也就是宰相。晏殊去世后，宋仁宗还到他府上去吊唁，谥给他"元献"一号。②

后人经常把晏殊作为"无灾无难到公卿"的典范来看待，因为他早得声誉，又深得皇帝信任。但事实上，具备

---

① 《梦溪笔谈》载："及为馆职时，天下无事，许臣僚择胜燕饮，当时侍从文馆士大夫各为燕集，以至市楼酒肆，往往皆供帐为游息之地。公是时贫甚，不能出，独家居，与昆弟讲习。一日选东宫官，忽自中批除晏殊。执政莫谕所因，次日进覆，上谕之曰：'近闻馆阁臣僚，无不嬉游燕赏，弥日继夕，唯殊杜门与兄弟读书，如此谨厚，正可为东宫官。'公既受命，得对，上面谕除授之意，公语言质野，则曰：'臣非不乐燕游者，直以贫，无可为之具。臣若有钱，亦须往，但无钱不能出耳。'上益嘉其诚实，知事君体，眷注日深。"〔宋〕沈括著，胡道静校正《梦溪笔谈校正》，上海古籍出版社 1987 年版，第 89 页。
② 《宋史·晏殊传》载："已而薨。帝虽临奠，以不视疾为恨，特罢朝二日，赠司空兼侍中，谥元献。"《宋史》卷三一一，第 10195 页。

这两项条件并不一定意味着人生就没有坎坷，毕竟朝中大臣都有升迁愿望，晏殊备受宠信是不错，但这也不能阻止其他大臣对晏殊的防备、猜忌甚至诋毁，而皇帝也不可能将每一个有关晏殊的事情都弄明白。宋代新党与旧党的矛盾非常深，简直是你死我活的关系，宋真宗、宋仁宗时代正是矛盾水深火热的时候，晏殊处于其中，自然也有如履薄冰的感觉。这么谨慎的晏殊尚且先后遭受三次贬谪，所以他时常会有前途未卜的感觉，也是可以理解的。

按照上面说的背景来考量晏殊"昨夜"三句，我觉得除了我们前面分析的可能包含着对侍妾远去的追想，也可以理解为晏殊对未来的憧憬和向往，就像风吹落叶之后，视野一下大开，经过了一些事情以后，晏殊也真正看清楚了自己的未来。"生活不只是眼前的苟且，还有诗和远方。"他要为他的远方而努力，虽然这个远方还有些遥远，甚至还不知道怎么去到达。但心里有诗，眼中有远方，人生也就不会迷失。

这是王国维引用第一境词句所可能包含的原意。那王国维自己想表达什么意思呢？我们稍后再说。

现在我们来看第二境。如果王国维表述这三种境界的词句都出自一个词人，也许连贯起来考察就更容易一些。但接下来的第二境出自柳永（984—1053）的《蝶恋花》词：

伫倚危楼风细细。望极春愁，黯黯生天际。草色烟光残照里。无言谁会凭阑意。　　拟把疏狂图一醉。对酒当歌，强乐还无味。衣带渐宽终不悔。为伊消得人憔悴。

我们一读这样的词，第一感觉就是写的相思离别。先写黄昏时候一个人斜靠着高楼栏杆，看着夕阳映照着远处的春草，忧愁便突然涌上心头。而自己的这一份凭栏远眺，这一份深深的思念，对方可能一点也不能体会到啊，这样想着心里便万般不是滋味了。

下片的情绪稍微有了一些调整，他觉得总这样在那里抱怨也没有什么意思，不如彻底地放松一下，找个地方疯狂一下，喝醉了也无妨。但结果呢？他想一醉忘忧愁，结果愁上又加愁，再好听的歌也觉得一点意思也没有。他在嘈杂的歌楼里，仍是心心念念地想着远方的恋人，而且觉得虽然因为相思，吃不下饭，睡不着觉，一天一天消瘦下去，但因为那个人太难得，自己太迷恋，共同拥有的时光太美好，他觉得再大的辛苦也是值得的。

这首词的意思，简单说来，就是上面这些。

但我们不要忘了这首词的作者是柳永。要更准确地理解这首词，当然首先要对柳永有更多的了解。柳永在宋词发展史上是个里程碑式的人物，因为他的词大多创作于秦楼楚馆，非常地接地气，所以被广为传唱。用我们现在的话来说，他绝对是歌词界的天王巨星。宋代叶梦得《避暑录话》记载：

> 柳永为举子时多游狭邪，善为歌辞。教坊乐工每得新腔，必求永为辞，始行于世。于是声传一时……余仕丹徒，尝见一西夏归朝官云："凡有井水饮处，即能歌柳词。"[①]

这一段话至少给我们三点启示：

第一，柳永年轻时曾是一个浪子。他在京城应试，有过一段放浪形骸的生活，"多游狭邪"就是这意思了，柳永也因此在很长时间里被认为是花花公子的典型。

第二，柳永曾是最佳的填词能手。当时教坊乐工新作的曲子，如果要流行开来，就一定要配上柳永的歌词，因为他是独一无二的。"必求永为辞，始行于世"，说明柳永填的词在当时是不可替代的。

第三，柳永的歌词传遍大江南北。不只是在汴京歌楼酒馆流行，连西北那么偏远的地方，凡是有人居住的地方，也都传唱着柳永的歌词。西北干旱，多采用井水，所以这里的"凡有井水饮处"指的是西北边疆一带。那么荒寒的地方尚且那么流行柳永的词，繁华的都市就更不用说了。

特别是第三点，连后来的李清照都说柳永的词"大得声称于时"（《词论》），可见柳永的知名度确实高。高到什

[①] 〔宋〕叶梦得《避暑录话》卷三，见上海古籍出版社本社编《宋元笔记小说大观》第 3 册，上海古籍出版社 2001 年版，第 2628 页。

么程度？据说当时汴京城里的歌妓有这样的顺口溜：

> 不愿穿绫罗，愿依柳七哥；
>
> 不愿君王召，愿得柳七叫；
>
> 不愿千黄金，愿中柳七心；
>
> 不愿神仙见，愿识柳七面。

也就是说要在歌妓界赢得名气，与柳永攀上关系，那是必须的，否则还叫什么名妓！所以柳永当时的"忙乱"应该可以想见。

但名气大了，有时是好事，有时就不一定了。据说有次柳永考进士落第后，写了一首词表达心中的不满。词牌叫《鹤冲天》，词云：

> 黄金榜上。偶失龙头望。明代暂遗贤，如何向。未遂风云便，争不恣狂荡。何须论得丧。才子词人，自是白衣卿相。　烟花巷陌，依约丹青屏障。幸有意中人，堪寻访。且恁偎红翠，风流事、平生畅。青春都一饷。忍把浮名，换了浅斟低唱。

大概是柳永觉得自己满腹才华，居然考不中进士，心里憋屈得很，所以说，我虽然没考中进士，但我是"才子词人"，虽然不是青衣的官员，但也是"白衣卿相"。柳永的意思大概是表达自己的不屑，顺便嘲讽一下那些功成名就者。所以他说，我没考中进士，但我还有属于我的青楼，还有很多意中人，在这个领域，我绝对是进士级的。青春既然这么短暂，那我就干脆沉沦在这里，不要这进士"浮名"了。

柳永牢骚是发了，心里可能也一时间痛快了。但他不知道，他太有名了啊，凡是他写的歌词，没几天就会传遍大街小巷，当然也就会传到皇帝的耳朵里去。你想这皇帝本来是想通过科举考试来选拔人才的，结果你柳永倒好，把国家的荣誉看作"浮名"。皇帝一生气，后果很严重。下一次公布进士名单的时候，皇帝一看到"柳三变"的名字，就直接把名字勾掉，并对周围大臣说："这个人把进士看作'浮名'，说愿意一辈子在青楼里浅斟低唱，我也就遂了他的心，就让他安心填词去吧。"柳永因为任性，又失去了一次考中的机会。[①]

经过这一次打击，柳永又在歌楼中自暴自弃了一段时间。他知道他"柳三变"的名字已经被皇帝列入黑名单了，如果要考中进士，就必须改个名字，后来他改名"柳永"，终于在近50岁的高龄考上了。你想想晏殊14岁就赐同进

---

① 《能改斋漫录》载："仁宗留意儒雅，务本理道，深斥浮艳虚薄之文。初，进士柳三变，好为淫冶讴歌之曲，传播四方。尝有《鹤冲天》词云：'忍把浮名，换了浅斟低唱。'及临轩放榜，特落之，曰：'且去浅斟低唱，何要浮名！'"〔宋〕吴曾撰《能改斋漫录》，上海古籍出版社1979年版，第480页。

士出身，与晏殊相比，柳永确实是太坎坷了。

其实，了解柳永的人都知道，柳永从来就没有把在秦楼楚馆赢得的名声看作是自己人生努力的方向。不过因为总是考不中，又擅长填词，这种种因素把他推到了这种灯红酒绿的生活之中。他的人生理想就是考上进士，走上士人大夫的道路。你看他《鹤冲天》词里，其实是留了不少余地的。"偶"失龙头望，明代"暂"遗贤，他认为这种考不上是暂时的，属于偶尔发挥失常。这意味着柳永不会轻易放弃自己真正的人生目标。因为柳永这个家族，一直是诗书传家的类型。他的父亲、叔叔、大哥都是进士，二哥"三复"后来也与柳永同年考中进士，再后来，柳永的儿子、侄子也都高中进士。我们把这个家谱简单理一下，就知道柳永为什么那么执着地要考进士了。

柳永的水平大家是信得过的，他自己更是信心满满。因为才华在心中，当然是有数的。你看他在歌妓群中，暮宴朝欢，用我们现在的话来说：过着腐朽糜烂的生活。但如果只是这样的柳永，也不可能在词史上真正赢得重要的地位。柳永始终没有忘记梦想。你看他写歌女，即便是自己喜欢、动情，甚至相爱过的歌女，但"举场消息"一直是心头最大的盼望。

况渐逢春色。便是有、举场消息。待这回，好好怜伊，更不轻离拆。(《征部乐》)

对天颜咫尺，定然魁甲登高第。待恁时、等著回来贺喜。(《长寿乐》)

现在我们知道柳永为什么说"偶失龙头望""明代暂遗贤"了吧——他根本就没有想到凭自己的才华会考不上进士，他一直认为考进士简直如同探囊取物一般。没有想到居然一直磕磕绊绊，备尝艰难。他除了觉得有愧自己这个诗书家族，也觉得在自己喜欢的歌女面前，丢脸丢得厉害了。

不过呢，柳永虽然向往功名，但同时也有叛逆的性格。柳永的性格实在是矛盾重重，刚才说的叛逆是一方面；另一方面，我们读他的词，也能读到不少歌颂皇帝甚至带着献媚味道的词。如他曾一口气连写五首《玉楼春》，不仅写"凤楼郁郁呈嘉瑞。降圣覃恩延四裔"，也写"几行鹓鹭望尧云，齐共南山呼万岁"。这样的柳永大家可能有点陌生，但也确实是柳永真实的一部分，而且这样或献给天子，或献给大臣的作品，在柳永的集子里还真不是少数呢。

我们了解了这么复杂的柳永，就知道柳永有时写词会有点"作"，故意写出一种不完全真实的情感状态。

柳永考中进士以后，仕途也不是很顺畅，所以他常常在词里面用到一个词"游宦"，也就是辗转在地方官任上。柳永当过哪些官呢？睦州团练推官（浙江）、晓峰盐场监官（浙江）、余杭令、屯田员外郎。这些官职相对来说都比较低阶，这与他当初的雄心壮志，距离还是十分远的。

柳永注定是个不甘平庸的人，他希望能改变自己的境遇，他想到了同为著名词人的晏殊，希望他看在都是词人的分儿上，能够向皇帝推荐他，结果碰了一鼻子灰。

因为柳永得罪过皇帝，所以吏部就一直压着他，不让他升迁。柳永实在无法忍受，就直接去了晏殊的宰相府。晏殊倒是接见了他。但接下来的对话，让柳永感觉不到任何善意。

晏殊说："您（贤俊）填词吗？"

晏殊虽然用了敬称，但这种敬称不过是为了拉开距离而已。这话问得很离谱。为什么这么说？柳永可是当时最著名的词人，无论是官府的教坊，还是民间的歌楼，到处都在传唱柳永的歌词，连皇帝都知道柳永填词的大名，你晏殊岂能不知？所以晏殊这是故意刺激柳永的。打个比方，就像你问刘欢："您会唱歌吗？"问董卿："您会主持吗？"

柳永当然听出了话外之音。但柳永回答得也很巧妙，他不卑不亢地说："像您身为宰相，也时常填词啊！"柳永是想在填词这一角度，把晏殊和自己放在同一战线。但柳永不知道，晏殊并不受用这样的评价。

接下来，晏殊就放弃了一直保持着的礼貌，很不客气地说："我虽然也写一点词，但我从来也没有写过'彩线慵拈伴伊坐'这样肉麻的句子啊。"

柳永一听，知道晏殊没有善意，两人已经无法对话了，所以便转头离开了。[1]

这个传说是否真实，当然一时也难以考察清楚。但我想至少表达了柳永希望在仕途得到更好发展的愿望。而即使没有这个传说，这个愿望在他的词里也是一再表达的。

我不想再举例来说明柳永对士大夫身份的毕生追求了。我们回到"衣带渐宽终不悔。为伊消得人憔悴"两句。我们把它理解为柳永对歌妓的痛苦相思当然可以，但把它理解为在追求个人理想时所经历的备受煎熬的过程也未尝不可。前者大家读作品可以直接感受到，后者通过上面对柳永生平和思想的描述，大家也应该可以接受吧。

王国维表述第三种境界的"众里"三句，出自辛弃疾的《青玉案·元夕》：

东风夜放花千树。更吹落、星如雨。宝马雕车香满路。凤箫声动，玉壶光转，一夜鱼龙舞。　　蛾儿雪柳黄金缕。笑语盈盈暗香去。众里寻他千百度。蓦然回首，那人却在，灯火阑珊处。

---

[1] 《画墁录》载："柳三变既以词忤仁庙，吏部不放改官，三变不能堪，诣政府。晏公曰：'贤俊作曲子么？'三变曰：'只如相公亦作曲子。'公曰：'殊虽作曲子，不曾道彩线慵拈伴伊坐。'柳遂退。"〔宋〕张舜民撰，丁如明校点《画墁录》，见《宋元笔记小说大观》第 2 册，第 1553 页。

　　辛弃疾（1140—1207）直接在词牌下注明这首词是写"元夕"——我们现在一般称为元宵，也就是写正月十五晚上的灯会游艺。我的家乡江苏溧阳民间一直有"小小年初一，大大正月半"的说法，可见这元宵节在平时生活中的重要性。辛弃疾这首词写元宵节，但贯穿了一个故事，不过这故事放在下片了。上片就是写元宵花灯挂满了大大小小的树，一片璀璨。而升起的礼花，也如繁星一样点缀在空中。路上到处是精致的马车，耳边传来阵阵美妙的音乐。整整一个晚上，月光与灯光辉映，迷离闪烁。上片写了这么多的内容，主要强调了视觉上的光亮和听觉上的美妙，说好听一点是艺术的享受，说简单一点就是"热闹"两个字。

　　如果一直这么写下去，这词的价值就很有限了。但辛弃疾是填词高手，下片突然插进来一个故事。说在熙熙攘攘的人流中，词人发现了一个头饰非常丰富而且华贵的女子——"蛾儿雪柳黄金缕"都是描写的各种头饰，伴随着一阵笑声和淡淡的香味，从自己面前一闪而过。这一眼立即抓住了词人的心，从此元宵的灯会啊音乐啊，就不再重要了，因为已经无心观赏了。这就像李健的歌所唱的："只是因为在人群中多看了你一眼，再也没能忘掉你容颜。"看来古今人情到深处，表现都是差不多的。等词人回过神来，发现女子已经消失在茫茫的人流当中了，所以就在人群中找来找去，找了很久也没有找到，以为可能找不到了。正在差不多绝望的时候，回头一看，在灯火昏暗的地方，却意外发现了那个找了无数遍的女子。至于那女子为什么站在昏暗的地方？找到以后，他们有没有开口说话？如果开始联系上了，后来又是如何发展的？词人写到这里就结束了，如果要接着写下去，那就是小说的任务了。词这种文体就是把重要的事情点一点，会有点跳跃，或者会戛然而止，但联想的空间因此就增大了。

简单分析上面这首《青玉案》后，我们惊讶地发现，王国维援引表述第三种境界的词句，居然与晏殊和柳永的词句有很大的相似性，都是以男女情爱为主题。但同样，这首《青玉案》有没有更多的阐发空间呢？譬如梁启超就说辛弃疾这词看上去写热热闹闹的元宵之夜，实际上是"自怜幽独，伤心人别有怀抱"。[①] 我觉得我们简单了解一下辛弃疾这个人，可能会有更多的体会。

辛弃疾弟子范开编的《稼轩词》将这首词的写作时间定于淳熙十四年（1187）前，大致是辛弃疾闲居江西带湖这一段时间。这带湖虽然经过辛弃疾的开发，具有了相当的规模，但也终究属于偏僻之地，如何能有这么热闹的元宵景象呢？所以后人一般认为这词应该作于临安（杭州），也就是辛弃疾刚刚从山东南下不久。

辛弃疾出生的第二年（1141），秦桧主持的"绍兴和议"签订，宋金以淮河为界，划河而治。但绍兴三十一年

---

① 梁令娴编，刘逸生校点《艺蘅馆词选》，广东人民出版社 1981 年版，第 96 页。

（1161）九月，金主完颜亮（海陵王）率领十万余兵南下逼进到长江北岸，宋金二十年的平静被彻底打破。但没想到，完颜亮居然很快被自己部下杀掉了，北方的抗金热潮因此而持续升温。当时二十出头的辛弃疾也聚兵二千多人，与金人展开斗争。后来辛弃疾率领自己的部队整体投奔到耿京部下，为掌书记。这耿京可是有勇有谋之人，他最初带领六个人起兵，开始响应他的也只有几十号人马，但没过多久，他的部队就发展到 25 万人。辛弃疾觉得小部队合成大部队才有战斗力，自己说要与耿京"与图恢复"，[①] 积极建议耿京"决策南向"。[②] 这说明辛弃疾很有战略眼光，他不仅知道将各股小部队整合为大部队的重要性，而且觉得应该联系南宋政权，里应外合，才能彻底击败金人，取得国家的统一。

事实证明，辛弃疾的这种战略是非常正确的。但辛弃疾不只是一个战略理论家，与历史上其他文人往往只是文章慷慨不同，他在战争中同时也是一个威名显赫的大英雄。我举两个例子来说明辛弃疾的不同凡响。

辛弃疾在举兵与金人作战的同时，结识了另外一支部队的首领义端。辛弃疾率部队投奔耿京之后，便也动员义端一起投奔。这义端倒也听了辛弃疾的话，但时间一久，

---

① 辛弃疾《美芹十论》，见辛弃疾撰，邓广铭、辛更儒笺注《辛稼轩诗文笺注》，上海古籍出版社 1995 年版，第 1 页。

② 《辛弃疾传》，见《宋史》卷四〇一，第 12161 页。

矛盾便慢慢出现。矛盾的根源是义端不服耿京的领导。义端是个僧人，但出身比较高贵，而耿京只是一个农民，义端便因此有取而代之的想法。某个晚上，义端将耿京的军印偷走，急急地逃走了。偷走军印意味着什么呢？意味着耿京没有办法调动军队，部队变成一盘散沙，等于失去了战斗力。这对于军队来说，就是天大的事情。耿京大怒，这义端虽然跑了，但当初介绍义端入编的辛弃疾还在，而且说不定义端偷盗军印，还是与辛弃疾合谋的。想到这里，耿京把辛弃疾抓了起来，一怒之下，要杀掉他。

辛弃疾当然是冤枉的。他对耿京说："义端偷盗军印，罪大恶极。为了证明我的清白，请您给我三天时间。如果三天之内我没有抓到义端，再杀我也不迟。"耿京看到辛弃疾双眼喷出的怒火，想想也是啊，与其可能错杀一员猛将，不如给他机会证明自己。

辛弃疾估计义端偷了军印，也没有其他地方去，只能去投奔金人。于是辛弃疾率了一干人马立即追了过去，追到半路的时候，果然抓住了义端。义端当然知道辛弃疾的厉害，知道这一回性命难保，赶紧向辛弃疾求饶说："我们也算兄弟一场，我知道你力气大得像青兕一样（青兕是传说中一种重达千斤、青色的独角牛），杀人对你来说简直轻而易举，希望不看僧面看佛面，放我一马，日后必定有厚报。"辛弃疾哪里有心思听他啰唆呢，刀起头落，拎着义端的脑袋，一路疾驰，来见耿京。耿京一看辛弃疾手里拎着义端的头颅，更加感到辛弃疾的肝胆相照、勇武有力，从此更加信任他。像辛弃疾这样不仅能口诛笔伐，而且能刀起头落的英雄，在中国古代文人中确实并不多见。[1]

另外一个例子发生在公元 1162 年。这一年耿京采纳了辛弃疾提出的"决策南向"的主张，派辛弃疾跟随贾瑞南下建康（南京）拜见宋高宗，希望南宋政权给北方抗金力量以更多的支持。宋高宗不仅表达了对他们的支持，而且还给他们一一封官，任命耿京为天平军节度使，辛弃疾为右承务郎。辛弃疾圆满完成任务后，从建康回山东，当他们走到海州（江苏连云港市）时，听说耿京被部下张安国杀死，张也投降了金人。张安国原来跟辛弃疾一样，自己也拥有一支部队，后归顺耿京，是耿京的裨将。张安国杀害耿京的原因，据陆游说是：

> 尝受旗榜招安，见利而动，贼杀耿京。[2]

辛弃疾一听，对大家说："我是主帅耿京派来归附朝

---

[1] 《宋史·辛弃疾传》载："僧义端者，喜谈兵，弃疾间与之游。及在京军中，义端亦聚众千余，说下之，使隶京。义端一夕窃印以逃，京大怒，欲杀弃疾。弃疾曰：'丐我三日期，不获，就死未晚。'揣僧必以虚实奔告金帅，急追获之。义端曰：'我识君真相，乃青兕也，力能杀人，幸勿杀我。'弃疾斩其首归报，京益壮之。"《宋史》卷四〇一，第 12161 页。
[2] 〔宋〕陆游《上二府论事札子（壬午六月五日）》，见〔宋〕陆游《陆放翁全集·渭南文集》卷三，中国书店 1986 年版，第 15 页。

廷的，没想到半路发生了这么大的事，这让我以后怎么跟朝廷汇报呢。"说完，辛弃疾率领在海州等候他的一帮人直接冲到金营。关于这次事件，洪迈在《稼轩记》中描述说，辛弃疾很有计谋，他让手下将马的蹄子裹上布，把马嘴里塞进东西，防止马跑的时候发出声响，悄悄地潜入金人军营里，看到张安国正与金人举杯痛饮呢。辛弃疾率兵以迅雷不及掩耳之势冲入军营，把张安国拎起来绑在马上，一天一夜不吃不喝飞奔到建康，献上叛贼，南宋朝廷把张安国公开处斩了。[①]

这样的辛弃疾是不是不像文人，更像一位战士？而且辛弃疾真是一个智勇双全的人。他1162年出仕南宋后，任江阴军签判。乾道元年（1165），上奏《美芹十论》，纵论国家战略。既有"审势""察情"这样的宏观之论，也有"守淮""屯田"这样的专论。过了6年，又上宰相虞允文《九议》，表达了对当时形势的看法以及应对措施。南宋的刘克庄评价辛弃疾的这些关于国事、军事的文章"英伟磊落""笔势浩荡，智略辐凑"，[②]认为他的军事谋略也是一般人远远不及的。

按理说，辛弃疾既有实战经验，又有战略战术，朝廷

---

① 《稼轩记》载："赤手领五十骑，缚取于五万众中，如挟毚兔，束马衔枚，间关西奏淮，至通昼夜不粒食。"见辛更儒编《辛弃疾资料汇编》，中华书局2005年版，第4页。

② 刘克庄《辛稼轩集序》，见〔宋〕刘克庄著，辛更儒笺校《刘克庄集笺校》第九册，中华书局2011年版，第4113页。

应该给他提供一个更广阔的舞台，尽可能地发挥他的作用。但事实又如何呢？辛弃疾除了辗转在江苏、江西、福建等地方官任上消磨岁月，再也没有了用武之地。因为南宋君臣以"主和"为主流，而"主战"的辛弃疾自然会受到冷落，再加上辛弃疾刚烈的性格，也导致朝廷内部一直有人排挤打击他。所以辛弃疾的一生确实带着一抹"悲剧英雄"的色彩。

那么回到辛弃疾的《青玉案》词，如果这词确实是作于刚到临安不久，则将此词作为元宵节偶然发生的一个故事也未尝不可。但如果是作于隐居带湖时期，则辛弃疾通过追想或虚拟当年元宵情境，来表现希望通过苦苦追寻，终究能有所成就的愿望，也就变得可以理解了。

我刚才结合晏殊、柳永、辛弃疾三位词人的经历来考察三位词人原作的内容。我发现如果简单从文本角度来说，这三首其实都可以理解为是写爱情的小词，从分别被王国维引用的词句来看，晏殊的"昨夜"几句表达了虽然迷茫但仍不失坚定的对圆满结局的渴望；柳永"衣带"两句则着重描述备受相思之苦；辛弃疾虽然也着力表现寻觅的艰难，但毕竟在不经意之中，寻觅到了自己心爱的人。

可是这三首看上去相当纯粹的爱情词，王国维却分别从中选择词句来表述成就大事业、大学问的不同境界。这是不是乱弹琴呢？估计王国维也意识到可能会引人非议。

所以他在这"三种境界"后面，其实还有下面几句话：

此等语皆非大词人不能道。然遽以此意解释诸词，恐
为晏、欧诸公所不许也。（初刊本第 26 则）

"晏、欧诸公"中的"欧"应该是王国维笔误了。但
这不要紧，要紧的是，王国维说自己的联想乃是因为这些
句子都出自"大词人"的笔下，而大词人也就是天赋极高
的词人。他们作词往往能超出具体的事件、景象，而表达
出更深广的内容，所以王国维说，我这么理解是有原因的。
但王国维同时说，至于三位大词人具体要表述什么，那是
另外一回事。

确实，一首文学作品发表之后，解释的权力就不一定
完全属于作者了，如果读者从中品味出另外的意思，从理
论上来说，也是可以的。清代的词学家谭献就说读词"作
者之用心未必然，而读者之用心何必不然"。[①] 也就是说，
读者的理解与作者的想法一致当然可以，如果不一致，也
完全没有关系。那么，通过前面的分析，王国维的"三种
境界"说具体应该有什么内涵呢？我简单地总结一下，应
该包含下面几点：

第一种境界表明确立事业、学问方向的重要性。这个

---

① 〔清〕谭献《复堂词录序》，见唐圭璋编《词话丛编》第 4 册，中华书
局 2005 年版，第 3987 页。

方向从长远来看，当时可能模糊一些，但大致不能有偏差。否则，方向便失去了意义。

第二种境界强调成就大事业、大学问，必须经历艰辛的过程。强调事业、学问的大，往往意味着付出努力之大，其过程必然辛苦、艰难，甚至夹杂着许多失败在内，关键是执着与坚持，不轻言放弃。成功者与失败者的区别有的时候并非是方向上的不同，可能更多的是在恒心上的差异以及对困难的态度。

第三种境界揭示大事业、大学问是在自然的过程中最终完成。这一过程并不是简单的时间积累或数量叠加，而是量变基础上形成的质变。这种质变可能突然而至，但其实离不开长期的努力。王国维应该是注意到了辛弃疾词中"蓦然回首"四个字的特殊意义了。

把王国维的"三种境界"说与晏殊、柳永、辛弃疾的原词作对照，确实是从具体事件中抽象出概括性的思想，给我们很多的启发。但是我们也不能不说：这种用词句来替代精准表达的做法，不可避免有模糊、不周全的地方，譬如"众里寻他千百度"与"望尽天涯路"，两者的意思便有很多的重叠，而何以最后的成功在"灯火阑珊处"，其实也不具备多少必然性。文学的长处在这里，可能短处也在这里。

但我们不要忘了，《人间词话》可不是一本谈励志的书，而是以论词为核心的专书。王国维在"三种境界"里提到的"大词人",其实是与一般性的词人相对比而言的。那么,这两种词人究竟有着怎样的性格、思维差异呢?他们在文学上的表现会有怎样的不同呢?我在下面两讲将与大家一起来分析探讨。

第二讲

无我之境

在法国卢浮宫里，珍藏着一幅达·芬奇的名画——《蒙娜丽莎》。我曾经去巴黎，在这幅名画前观赏、沉思了很久。这幅画里的主人公蒙娜丽莎，举止安闲，面露微笑，成为世界美术史上的肖像精品。关于这幅画的创作缘起、版本类型、被盗及失而复得等故事，估计已经可以拍个电视连续剧了。我要问的是，为什么世界各国的人都对蒙娜丽莎梦幻般的微笑如此津津乐道，竟以一见为快？据说在美国展出时，因为要一睹蒙娜丽莎微笑的人太多，规定每个人只能在画像前停留三秒；而在日本，参观的人潮更是空前，主办方把观摩肖像的时间更限定到两秒。其实两三秒基本上也看不清什么，但大家为什么还是要争先恐后地去看呢？除了这幅画的来头实在太大，我觉得更重要的是因为微笑，作为表情中最迷人的一种方式，天然地对人有着巨大的亲和力。

不知道大家注意过这幅画没有，蒙娜丽莎的眼角和嘴角，达·芬奇有意把它们画得若隐若现，而这两个地方正是人物表情本应该表现得最生动鲜明的地方。达·芬奇一反常规地将眼角、嘴角模糊化，使得蒙娜丽莎的微笑带着一种妩媚的、神秘的内涵。据说有人统计过蒙娜丽莎的微笑中的具体感情含量，除了 9% 的厌恶、6% 的恐惧和 2% 的愤怒外，其余 83% 属于因为舒适而带来的高兴，但这高兴也表达得自然从容。

世界各地，无论什么民族、什么国家的人民都倾倒于蒙娜丽莎的微笑，原因是什么？我想主要不是因为对达·芬奇绘画技法的赞叹，因为懂得绘画技法的能有多少人呢？但大家不懂技法没关系，懂得微笑就可以了。因为微笑所呈现出来的往往是令人舒适的感觉，如果把极度的兴奋与极度的悲哀或者愤怒作为情感的极致的话，一般人能够忍受的时间必然是很短的，而居于其中的微笑，则能持续非常长的时间，而且其适应的人群也更为广泛。

所以情感虽然可以细分为好多种，但从审美的角度来说，各种情感的适应范围并不相同。越是伟大的文学家，越是追求他所表达的情感能有更多的共鸣群体。

而只有能表达更多群体情感的文学家，才能当得起大文学家的称号。

上一讲我讲到，王国维说，他用来形容大学问、大事业的二种境界的词句，"皆非大词人不能道"。这里说的"大词人"是我们要注意的。生活中，我们对那些在同一群体中特别出色、成就非凡的人，都会在他们的身份前加上一个"大"字。像屈原、陶渊明、李白、杜甫，我们要说他们是"大"诗人。王国维、章太炎、钱锺书，我们要称他们是"大"学者，有时也称"大"师。生活中，能力、影响出众者，在广东、香港等地，要称"大佬"，其他地方也称"大腕儿""大咖"，等等。为什么要加上一个"大"字？其实就是为了突出这些人物的不同凡响，一般人难以企及。这些"大"人物，除了比一般人更勤奋、更专心之外，天赋也特别高。这种种因素综合起来，就把一个人物从同一个群体中提升到一个很高的位置。

王国维说，因为像"昨夜西风凋碧树。独上高楼，望尽天涯路"这样的句子是大词人晏殊说的，所以感发、联想的空间特别大，我们拿它来说明相类似的情况才有可能。

我说这些，是因为《人间词话》中有下面一则，与我们上次讲的三种境界有很相像的地方：

有有我之境，有无我之境。"泪眼问花花不语，乱红飞过秋千去""可堪孤馆闭春寒，杜鹃声里斜阳暮"，有我之境也；"采菊东篱下，悠然见南山""寒波澹澹起，白鸟悠悠下"，无我之境也。……古人为词，写有我之境者为多，然未始不能写无我之境，此在豪杰之士能自树立耳。（初刊本第 3 则）

为什么说很像呢？你看：

第一，都是用古人的诗句来表达自己的看法；

第二，说"三种境界"时赞古人是"大词人"，这里说是"豪杰之士"，用语不同，意思其实差不多，都表示是天才才能说出来的话。

那么，差别在哪里呢？我觉得主要是：一个注重引申义，一个用的是本义。应该说这是两种完全不同的借用方法。譬如，"三种境界"是用古人的词句来引申说明，王国维明确说与作者的原意应该没什么关系。而这里说"有我之境"与"无我之境"，就不是从引申意义上来说古人诗句，而是认为诗句本身要表达的就是这个意义。

三种境界基本上谁都能看懂，即使有点理解上的差异，大方向肯定没什么问题，这也是为什么企业、学校都喜欢悬挂这幅字的原因所在。但你看上面这节话，有许多理论分析的话，读起来就费力了。

但我今天就想来挑战一下这个难题，我的结论是它看起来费力，其实意思也简单。当然是那种深刻的简单。

我们今天先看关于"无我之境"的部分。

王国维说"采菊东篱下，悠然见南山"（陶渊明《饮酒·其五》），"寒波澹澹起，白鸟悠悠下"（元好问《颍亭留别》）这两个诗句就是表现的"无我之境"。有人一读这诗，就觉得王国维这样说不对，这诗里怎么会没"我"呢？你看，采菊花的是"我"，"东篱"，东边的篱笆是"我"家的，"悠然"的是"我"，"见"南山的也是"我"，怎么说

"无我"呢？我们确实可以想象诗人在家附近的篱笆前采着菊花，然后抬头看到前面的南山，心情觉得十分悠然。里面从头到尾确确实实都有一个"我"在的。

再看"寒波澹澹起"两句。这两句看上去，画面中只有寒波、白鸟，没有"我"，因为面前池塘微风吹过，水纹荡开，一只或者几只白色的鸟很悠然地从空中停到了池塘边。但画面中没有"我"，不等于"我"不在，大家有没有觉得这画面背后有一双凝视的眼睛，寒波的"澹澹"，白鸟的"悠悠"，都是一种人的感觉。而且既然能感觉到白鸟"悠悠"下，这双眼睛也应该带着"悠悠"的心情才是。

两个诗句，一个说自己"悠然"，一个说白鸟"悠悠"。这个"悠"显然值得注意了。更值得注意的是：这里面分明有"我"，但王国维为什么却说是"无我之境"呢？是王国维的表述有问题，还是我们的理解不到位呢？

我觉得我们还是暂时搁置问题，先来仔细分析一下。

"采菊东篱下"这两句出自东晋大诗人陶渊明的笔下。原诗是这样的：

> 结庐在人境，而无车马喧。
> 问君何能尔？心远地自偏。
> 采菊东篱下，悠然见南山。
> 山气日夕佳，飞鸟相与还。
> 此中有真意，欲辨已忘言。

陶渊明（约365—427），字元亮（又一说名潜，字渊明），号五柳先生，东晋浔阳柴桑人（今江西九江）。陶渊明写了一组《饮酒》诗，这是其中的第五首，主要写了两个方面：一是写人与自然的和谐；二是写归隐后平和安闲的心境。说自己归隐了，住到了农村，离城市远了，但毕竟还是在现实的人世间，但跟以前不同的是，门前清静了，再也没有官场上人来人往的车马了。你如果问我是怎么做到这样的生存状态的，其实就是心里与这个世界疏远了，那么你无论住在哪里，都会显得偏远了。所以偏远不偏远，不是说地理位置偏不偏，而是你的内心是否与这个世界保持有足够的距离。我们平常说"大隐隐于市"，也就是这个意思，他就生活在一个繁华的都市里，但大家就是察觉不到他的存在。这当然是隐士的高境界了。陶渊明说，我独自在东边篱笆旁采摘着菊花，心情恬静，抬起头来很悠然地看见了不远处的南山。傍晚时山气让人特别舒服，空中的飞鸟也一只一只飞了回来。人生的真意都在这里面了，我心里能感受到，但要说出来就很难，也不必说了，说出来的又有多少是最真实最本质的意思呢？

陶渊明在这首诗里不仅写自己归隐后的心境，也写出了自然的美妙，而且这种自然的美妙与心境其实是完全一致的。

接下来的问题是：陶渊明为什么要写这样的诗呢？这样的诗是不是真的像王国维所说的那样是典型的"无我之

境"呢？要说清楚这一问题，我们要更深入地了解陶渊明
这个人。

　　陶渊明是东晋人，中国历史上的东晋是一个战乱不息
的朝代，陶渊明亲身经历这样一个年代，用鲁迅的话来说，
就是：

　　　　乱也看惯了，篡也看惯了，文章便更平和。[①]

政治斗争的复杂，这里我们不去说了。我要说的是，曾经
的热血青年陶渊明在这样频繁的政局动荡中，心慢慢地也
就冷了下来。他曾经怀着"大济苍生"[②]的宏愿，因为他
的祖上陶侃，可是东晋的大将军，对东晋王朝有着非常重
要的贡献，陶渊明也常常以此为荣。但到了陶渊明生活的
时代，情况又怎样呢？他不得不面对越来越糟糕的社会局
面。譬如在他写这首诗的前一年（416），刘裕率兵由东向
西，席卷而过，洛阳、长安次第被收复，东晋朝野虽然欢
呼连连，但陶渊明知道，刘裕是个极有野心的人，他功高
盖主，封他当个相国什么的，他肯定不会满足，篡位是早
晚的事了。而东晋如果没有了，陶渊明先祖的功业也就跟

---

① 鲁迅《魏晋风度及文章与药及酒之关系》，见鲁迅《鲁迅全集》第3
卷，人民文学出版社1973年版，第505页。
② 〔东晋〕陶渊明《感士不遇赋（并序）》："或击壤以自欢，或大济于苍
生。"袁行霈《陶渊明集笺注》，中华书局2003年版，第431页。

着消失了。陶渊明果然是有先见之明，不到五年，也就是永初元年（420），刘裕就把晋恭帝司马德文废掉了，自立为帝，改国号为宋，把首都定在建康，也就是现在的南京，刘裕也就成了历史上的宋武帝，南朝从他的手里正式开始了。

面对此情此景，陶渊明能做什么呢？他是个比较纯粹的文人，不可能揭竿而起，率兵反抗。他能做的，也就是在喧嚣的人世间，寻找一块属于自己的空间，希望万事不关心，做回一个最真实、最朴实的自己了。

那么，最真实、最朴实的陶渊明究竟是怎样的呢？

爱喝酒应该是陶渊明最大的标签了。据说现在庐山有一块很大的比较平坦的石头——很惭愧，我到现在也没有去过庐山。陶渊明有次喝醉后在上面酣睡过。南宋朱熹在《奉和尤延之提举庐山杂咏》诗中就写到过这块石头。他说：

> 每寻高士传，独叹渊明贤。
> 及此逢醉石，谓言公所眠。

古今的高士虽然多，但朱熹想来想去，也就是陶渊明名副其实了。而这块醉石，肯定让朱熹想起了陶渊明醉后摇摇晃晃来到这里，沉沉地酣睡在上面的情形。我猜想朱熹肯定是绕着这块石头转了一圈又一圈。就像我 2009 年来到北京，来到清华大学"王静安先生纪念碑"前，也是转了一圈又一圈，其实就是一块石碑而已，但我就是转来转去，舍不得离去。包括后来我去颐和园里面的昆明湖，在鱼藻轩前也是坐坐、站站、看看、走走，又回去坐坐，很想让这样的时光暂时停留一下，因为那是王国维自沉的地方啊。所以我特别理解朱熹对着这块石头为什么如此留恋了。朱熹读了那么多关于晋宋人物的材料，他觉得假清高的多了去，而真清高的寥寥无几——清高是需要资本的。陶渊明那当然是真清高的代表。他说：

> 晋宋间人物，虽曰尚清高，然个个要官职，这边一面清谈，那边一面招权纳货。渊明真个是能不要，此其所以高于晋宋人也。[①]

这话看上去有点刻薄，说好听一点就是犀利，但真是说得精准到位的。这朱熹可是见过世面的人，他这么高度评价陶渊明，可见至少在朱熹眼里，这陶渊明的人格真的是要高出他那个时代的。

陶渊明的清高就是远离官场，辞职回家，种地、喝酒，过最简单的生活，写最简单的诗歌，做最简单的自己。

陶渊明注定是一个不愿受制于制度和别人的人，所以他早年虽然带着宏愿出任江州祭酒，但很快就难以忍受等

[①] 〔宋〕黎靖德编，王星贤点校《朱子语类》卷三四，中华书局1986年版，第874页。

级尊卑，"少日，自解归"（《晋书·陶潜传》），也就是说没多久就辞职回家了。后来也断断续续做过一些小官，但都因各种各样的原因，工作没多久就不干了。他最后担任的职务，是义熙元年（405）秋，他的叔父介绍的彭泽令一职。在这一岗位上，他干了多久呢？八十一天。用我们现在的标准来看，好像还没超过三个月的试用期。

辞职的原因其实很简单。当时上面的浔阳郡派了一个督邮下来，这个督邮的官职在汉代的时候设立，当时权力很高，但到了晋代，地位已经大不如前了。督邮的主要职责是到下面县乡督察工作，同时传达一些朝廷或上一级政府的政令。

陶渊明平时上班估计也是随便惯了，衣服怎么舒服怎么穿。陶渊明听说督邮来了，正准备起身去迎接，陶渊明的下属赶紧提醒说：

"督邮是上级官员，按照规定要穿正装去啊。我看您今天穿着太随便了，可能不大合适啊！"

一听这话，陶渊明刚迈开的步子停住了，他看了看下属，倒没有一点生气的意思，他想，下属说的也对，那是体制的规定，但我陶渊明是何许人，随便一个什么上级官员来，总要我低头哈腰去迎接，为了这点菲薄的工资，我这样值得吗？我简直是在自轻自贱啊！

陶渊明越想越觉得自己委屈。他对下属说：

"你告诉他，今天我陶某不在。让他另找时间来。"①

这督邮最后有没有来？如果来了，又是怎样的情形？我们暂时就不管了。我们知道的是：陶渊明真的当即就辞职了。这一次辞职，就彻底地告别了官场，十三年来为了糊口饭、喝杯酒而一忍再忍的委屈，也就随着这次辞职而被抛到九霄云外去了。

他就此彻底回到农村，他回农村可不是享受什么农家乐，而是要当个彻头彻尾的农民。我突然想到，古代文人一不得意，就说我要向陶渊明学习，回归田园。但我们想想，这中国文学史上，在陶渊明之后，再也没有出现第二个陶渊明。为什么学陶渊明这么难呢？本来学陶渊明应该是最容易的啊，就是放弃一切，做个地道、本色的农民。我后来琢磨，大多数文人口口声声要学陶渊明，其实只是想到农村透透气，调整一下心情，享受一下农家乐，很少有人真的想要扎根农村，靠耕种自食其力。陶渊明的难学，原来在这个地方。

前面引的这首诗大概写于陶渊明归田后的第十二年，也就是公元 417 年。大概是国家存亡管不上了，陶渊明就想管好自己吧。

陶渊明把归田后的生活分为三个部分：种地、喝酒、

---

① 《陶渊明传》载："岁终，会郡遣督邮至县，吏请曰：'应束带见之。'渊明叹曰：'我岂能为五斗米折腰向乡里小儿！'即日解绶去职。"《陶渊明集笺注》，中华书局 2003 年版，第 611—612 页。

写诗。

我们说陶渊明管不了那么多，这是从总体上来说的，他偶尔泛起一点壮志未酬的感慨也是有可能的。所以陶渊明嗜酒，除了确实天性好酒，恐怕多多少少也有点借酒浇愁的意思在内。他有空就喝酒，喝多了诗兴就大发，一段时间下来，居然写了20首（这20首中也有少数作品与喝酒无关）。陶渊明干脆就给这组诗起了个"饮酒"的总名，并按照顺序排列好。

大家可别以为陶渊明酒后说醉话、写醉诗，是醉人之言不可信。其实带着一丝醉意，才能将心中最真实的想法写出来。所以这喝酒有时真是有价值的。我酒量不大，但要是朋友聚会，没有酒，我也总觉得好像缺了一点什么。就像我一个朋友曾经对我说："酒是多好的东西啊！有必要讨厌它吗？"我倒真是部分认同这话的。时间长了，我总结了两点人生感悟：一个从来没有醉过酒的男人没什么意思，当然逢酒必醉的人也没有什么意思。为什么这么说呢？因为微醺的境界，可以让人从沉重的生活中暂时超脱一下，又因为只是微醺，所以不至于飘得太远，这多好啊。若真醉了，就伤身体了，尤其是经常醉，这就不好了。

陶渊明对自己好酒直言不讳。他在《五柳先生传》中说：

性嗜酒，家贫不能常得，亲旧知其如此，或置酒而招之。造饮辄尽，期在必醉，既醉而退，曾不吝情去留。①

他说得好直率，自己生来爱喝酒，但家里穷，没办法经常喝，一些亲戚朋友一旦办了酒席就喊他去，他去了以后就尽力喝，喝到醉为止，醉了就回家，来来去去完全随意，不讲什么客套、礼节什么的。用我们现在的话来看，陶渊明喝酒可能也属于所谓"小高快"一类，就是：酒量小、兴致高、醉得快。酒风、酒品应该没得说，酒量看来是个问题。

他在《归去来兮辞（并序）》中也说自己之所以就任彭泽令一职，除了那地方离家近，相距不过百里左右，来往方便，更重要的原因是"公田之秫，过足为润"②，也就是至少在喝酒方面可以公费解决了。顺便说明一下，古代还没有我们今天的"八项规定"，我们不能以今天的标准去要求古人。但在陶渊明看来，虽然有酒喝是很爽的事情，但如果喝酒要以尊严和自由为代价，他就宁愿不要这种官位了。他太了解自己"质性自然"③的性格特点了。

懂他的朋友也不少，其中有个叫颜延之的，比陶渊明小二十岁左右。他对陶渊明这个人以及他写的诗非常佩服，用我们现在的话来说是"铁粉"。他在受命担任始安郡太守时，路过陶渊明家乡，因为知道陶渊明好酒，所以几乎天

---

① 〔东晋〕陶渊明《五柳先生传》，见《陶渊明集笺注》，第502页。
② 〔东晋〕陶渊明《归去来兮辞（并序）》，见《陶渊明集笺注》，第460页。
③ 同②。

天来陪他喝酒，两人在觥筹交错当中，度过了一段快意人生。这天颜延之终于要出发赴任了，临行前两人又是喝得差不多了，尤其是陶渊明斜躺在对面，眼神迷离，那姿势很可能就像网上传的"葛优瘫"一样，已经是醉得没有一丝半毫的力气了。

颜延之毕竟年轻，虽然酒也喝多了，但勉强还能支撑住，他摇摇晃晃地走到陶渊明面前，掏出一袋钱，塞到陶渊明手上，带着有点模糊的语气说："这是两万钱，略表寸心，虽然不算多，也足够您喝上一阵了。但我还是希望您留点钱安排全家的生活，不要把钱都花在喝酒上。"

颜延之说完，掉头出门，坐着早就备好的马车出发了。大概过了一个时辰（2小时），陶渊明酒醒了，看到眼前的两万钱，隐隐约约记得颜延之说的话，但他也顾不上太多，马上就把钱全部送到酒家，以便以后随取随饮。估计当时的陶渊明是这样想的：钱不用在喝酒上，还有什么意义呢？这个陶渊明的所想所做，确实跟一般人很不一样。①

从陶渊明与颜延之两人关于喝酒的故事，就知道陶渊明是如何地嗜酒如命了。

现在我们回到刚才说的"采菊东篱下，悠然见南山"

---

① 《陶潜传》载："先是，颜延之为刘柳后军功曹，在寻阳，与潜情款。后为始安郡，经过，日日造潜，每往必酣饮致醉。临去，留二万钱与潜，潜悉送酒家，稍就取酒。"〔梁〕沈约《宋书》卷九十三，中华书局1974年版，第2288页。

两句，这个"悠然"可能与喝酒也是有关系的。这两句既然是《饮酒》组诗中的一部分，也很可能是在某个微醺的下午的一种满足与自在的状态。再说手上刚采摘的菊花，也可以酿造菊花酒啊。虽然还只是采摘在手中，但陶渊明仿佛闻到了菊花酒的香味呢。

在微醺的世界里，尘世就显得遥远了。陶渊明很享受这样虽然虚幻但很惬意的时光。在微醺的世界里，他几乎忘怀了个人的所有情感，什么"喜怒哀惧爱恶欲"，此刻统统不存在，有的只是舒畅、平和、从容、自在，简单来说就是一个字——爽。

这就是陶渊明"采菊东篱下，悠然见南山"给我们展现出来的心境特点。

我们把时光推到八百多年后，有一个无论是在精神性格上，还是诗歌神韵上，都神似陶渊明的人，悄悄地走了过来。

这是金代正大二年（1225）冬天，正是纷纷扬扬下了三天大雪后的一个寒冷的午后，在流经今天河南登封的颍水旁边，四个年轻人走走停停。只听其中一个人说：

"老兄，现在大雪封路，这么急急忙忙赶路，也很难按时到达京城的，再说雨雪路滑，也很不安全，不如天晴了再走吧！"

走在前面的那个人回头看了看大家，带着无奈的口吻说：

"兄弟，我哪里是想走啊，朝廷催得急，实在是人在江湖，身不由己啊。这半年来，我们一起饮酒赋诗，一起品花赏月。这才是我喜欢的生活呢。"

四个年轻人说着说着就走到江边的一个亭子旁。这时候突然有人建议说：

"既然我兄一定要走，我们也不能阻拦，但临行前，我们大家分韵写诗，也算是留作分别后的念想如何？"

其他两个人也纷纷附和，连连说：

"好主意，好主意。"

就这样，他们在颍水河边的一座很不起眼的名叫"颍亭"的亭子里停下。虽然这个亭子看上去斑驳陈旧，甚至有点残破，但它历史悠久，是唐代阳翟的一个县令所建，也曾经被很多的文学家写入诗文当中，其实是一个名亭。

一场常见的分韵赋诗，居然催生出了中国诗歌史上的一首伟大作品《颍亭留别》，诗的作者，也就是那个被送行的人，到底是谁呢？他就是金代最伟大的诗人元好问（1190—1257）。

这首《颍亭留别》前面有一个小序："同李冶仁卿、张肃子敬、王元亮子正分韵得'画'字。"诗歌是这样写的：

故人重分携，临流驻归驾。
乾坤展清眺，万景若相借。

北风三日雪，太素秉元化。

九山郁峥嵘，了不受陵跨。

寒波澹澹起，白鸟悠悠下。

怀归人自急，物态本闲暇。

壶觞负吟啸，尘土足悲咤。

回首亭中人，平林澹如画。

我们一眼就看到了被王国维引用的两句："寒波澹澹起，白鸟悠悠下。"但我们先不说这两句，先来了解一下这首诗歌的创作背景。

读了这首诗，我真是觉得古人风雅，我们真是比不上。我们现在与兄弟分别，往往是找个饭店撮一顿，喝个七晕八倒，找出的理由是"感情深，一口闷"，闷多了，自然也就醉了，然后跌跌撞撞地回去睡觉，觉得这才是快意人生。但你看元好问与三个朋友暂别，他们也喝了酒，但喝完酒之后呢？还要分韵作诗的。所谓分韵，就是在韵书里选择几个不同的字，分别对应不同的韵部，大家分头挑选。挑到什么字，就要在诗歌中用这个韵部，而且要用到挑到的这个字。这有点像命题作文，但命的不是内容，而是形式，所以倒不见得有什么困难。而元好问正好拈到一个"画"字。所以大家看他的诗歌最后一句最后一个字果然是"画"字。

留别的三位友人，其实也都不是阳翟本地人，李冶、王元亮是河北人，而张肃是山西人，这张肃还是李冶的侄女婿，但这三人当时正好因为各种原因寓居在阳翟。三人中李冶最值得注意，因为元好问与他父亲关系也相当密切。李冶在金代曾登进士第，后来元好问文集编订好后，他还作了一篇序，可见他与元好问的关系确实非同一般。

大家可能奇怪了，这元好问也不是河南登封人，怎么跑到登封去了？而且辞官归隐后，也是回了登封。元好问确实是如假包换的山西忻州人，他的青少年时光也是在忻州度过的。但在公元 1211 年时，蒙古大军突然杀到忻州，屠杀了十多万百姓，元好问的哥哥元好古就是在这次战乱中被杀的。在这种情况下，为了生存，元好问全家先是迁到河南福昌，后来又迁居登封。从此，元好问与登封这个地方就结下了不解之缘。

这首诗写作于正大三年（1226），元好问时年 36 岁。元好问虽然在兴定五年（1221）就考中进士，但并没有被选用。一直到正大元年（1224），元好问才终于通过了博学鸿词科的考试，授儒林郎，任国史院编修，主要工作是为朝廷起草一些诏书、章表之类的公文。但第二年夏天，他就请假回了登封。在登封与几个老友欢聚，度过了一段轻松快乐的时光。此诗则作于与三位朋友辞别之时，写的正是离别的情景。

表现离别的诗歌，我们可能读得多了。那么，元好问这首《颍亭留别》好在哪里呢？

我觉得好就好在他把人和自然分开来写,人虽然分为"故人"和"怀归人"两种,但其实属于同一种类型,也就是特别重视情感,特别容易受到环境和具体事件的影响。"故人"也就是刚才说的三个朋友了,他们"重分携","分携"就是分手的意思,平时在一起携手聚玩,现在面临分别,所以古人称分别为"分携",而作为"怀归人",元好问也急着远行。虽然他们的感情类型不太一致,一个舍不得朋友远去,一个急着要去远方,但都是一种比较深切甚至有点激烈的情感。尤其是"壶觞负吟啸,尘土足悲咤",其实一方面说明了自己很无奈,奔走在人世,有时就不得不面临明知其不可而为之的情况,所以眼前与朋友们在一起举杯告别,也是对往日"吟啸"生活的辜负。

从上面的分析来看,元好问虽然说朋友"重分携",并因此在颍水边停下了马车,依依惜别,但他没有说这种情谊是好,还是不好。但说到自己不得不急着离开时,就觉得很愧疚,甚至觉得这种身不由己的人生真是一点意思也没有。元好问对这两类情感其实已经是一边说,一边带着否定的意思。

为什么我说是带着否定的意思呢?大家看元好问的诗,从第三句开始一直到第十句,这八句都是写景的。先写抬头看天地之间,真是万千景象,而且这万千景象彼此映衬,互相依靠,共同构成了天地清景。山边有河,河边有村落,村落外有田野,田野里有劳作的人,天地就是一幅难分彼此、互相点缀的大风景。这颍亭因为建在颍水边，所以视野开阔，近处是水，远处是山，举目似乎都在天地之间。元好问专门写过一首题作《颍亭》的诗，我们可以对照着来看一下，开头四句是：

颍上风烟天地回，颍亭孤赏亦悠哉。
春风碧水双鸥静，落日青山万马来。

这四句诗写的也就是"乾坤展清眺"的意思了。接着写北风呼啸，带来三天大雪，这种风雪相连，也是一种"相借"，这是宇宙万物的自然变化。"九山"是河南西部轘辕、颍谷、告成、少室、大箕、大陉等九座山，他们绵延起伏，高耸而威严。眼前的颍水因为微风吹过，水面也荡起了波纹，一圈一圈荡向远方，空中的白鸟也一只一只悠然地飞临到河边。

　　元好问本来是留别友人的，按照常规来说，应该从眼前写起，再追思过往的生活，然后再写离别的忧愁，最后写别后的思念。这是写离别诗的基本套路。但元好问不按套路出牌，或者说，按照套路出牌的也就不是元好问了。他写风雪相连，写群山峥嵘，写寒波澹澹，写白鸟悠悠，好像是把眼前所看到的景象客观地展现出来。但写完这一组景象后，突然来一句"怀归人自急"，并且与"物态本闲暇"对应着来写。我们看到这里才知道，他其实是向往物态的闲暇，而不满人世的奔走的。换句话来说，他眼中的"寒波澹澹起，白鸟悠悠下"，正是他想要的生存状态，他甚至愿意自己化身为寒波、白鸟，以便与自然一样享受到无边的自在与悠闲。简单来说，他突然觉得做人好像没有什么意思，处处受限，时时羁绊，他宁愿变成自然中的一个物。

大家一定经常使用一个词——人物。这个词真是有讲究的，我们平时总是觉得人比物高贵，因为我们人可以思考，有感情，能对这个复杂的世界进行评判。而物呢，只是我们眼中的客观对象，物的价值、意义，甚至是否存在，都要等着我们人类来赋予来决定。

那么人物这个词，实际上在一定程度上把人也归到了物的范畴。虽然人有思想有感情，但当这种思想与感情平和，与外物和谐相处的时候，这时候的人其实也差不多是物了。所以人往往渴望物的境界，在接近物的境界时，人才能获得长久而稳定的舒适感。我觉得"人物"这个词很形象，很准确，也很有深度。

元好问写这首诗的时候，也不过三十多岁，为什么那么抗拒尘世，反对用情太深，以至于因为对世俗人情的厌倦而对自然万物生发了向往之心呢？要明白这一层意思，就要去对元好问的生平和性格作进一步的了解了。

其实，元好问年轻时比一般人要更多情更专注的。据说他年轻时有次在赶考途中，看到一只被猎人网杀的大雁。那猎人说："今天真是遇到稀奇事了，刚刚用网罩住了一只大雁，回去杀了，后来出门一看，刚才没被网住的另外一只大雁，看到同类被我网住以后，在天空中盘旋了很久，一边盘旋，一边发出悲哀的声音，听得我心里直发毛，后来它居然直接一头撞在地上摔死了。你说奇不奇？这大雁好像比人还重情呢。"这猎人 边说着 边要离开。元好问也被这样奇异的事情震惊了。他赶紧对猎人说："这样吧，你网杀大雁，也就是为了挣钱。这两只大雁，你开个价，价格高点也没关系，我全买下来。"猎人一听买主就在眼前，既省了去集市摆卖的时间，又可以得到高价钱，所以很高兴地就把大雁卖给了元好问。

元好问买到大雁，捧在手上端详了很久，突然抑制不住地号啕大哭起来。元好问这一哭不仅惊呆了周边的朋友，也惊呆了历史，特别是文学史。大概是哭了很久吧，等他情绪稍微稳定以后，同伴就问他：

"你买下两只大雁，准备怎么处理呢？是准备找个地方红烧了，还是清炖了？我们要急着赶路的啊。"

元好问抹了抹眼泪，一字一句地说：

"我要厚葬这对大雁。"

说完，就开始用树枝在地上掘土，大家也就跟着一起帮忙。不一会儿工夫，一个小小的土坑挖好了。接着，元好问从随身包里取出一瓶酒，洒了一些在坑里。然后郑重地把大雁放在下面，回填了土，依依不舍地离开了。

但刚走出没几步，元好问突然又折了回去。对同伴说：

"我以后有机会还会来祭拜的。但是这样用土掩盖着，时间一长，可能就找不到了。我们用石头把这坟垒高一些，作为标志，也方便以后辨认。"

同伴也纷纷赞同，于是从周边找来了许多大大小小的石头，垒起了一个颇有规模的小丘。

"这就叫'雁丘'了，"元好问说，"我们大家或赋诗或填词一首吧，也算是纪念我们人生中难得的经历。"

同行的朋友也觉得这样的奇事，如果能用诗词记录下来，也是一件雅事。

元好问当即也写了一首《雁丘辞》，当时因为在旅途中，写得粗糙一些。过了很多年以后，元好问又按照格律要求，将《雁丘辞》用《摸鱼儿》词牌改写了一遍。① 而开头两句就是大家熟悉的：

"问世间、情是何物。直教生死相许。"

可能有人不知道元好问的名字，但不知道这两句词的恐怕真的是寥寥无几了。这两句表达的就是用生命去相爱这样沉甸甸的感情。

我用这么多的时间来讲元好问的这个故事，目的是什

---

① 《摸鱼儿·序》："乙丑岁赴试并州，道逢捕雁者云：'今旦获一雁，杀之矣。其脱网者悲鸣不能去，竟自投于地而死。'予因买得之，葬之汾水之上，累石为识，号曰'雁丘'。时同行者多为赋诗，予亦有《雁丘辞》，旧所作无宫商，今改定之。"〔金〕元好问撰，赵永源校注《遗山乐府校注》，凤凰出版社2006年版，第53页。

么呢？目的其实很简单，就是想告诉大家：一个那么希望
自己心态如"寒波澹澹起，白鸟悠悠下"的诗人，在其年
轻时，也曾是那样的多愁善感。但这个感情充沛激荡的人，
与追求"物态本闲暇"的人，就是同一个元好问。

那么，元好问这种追求成为物态人的想法，到底有什
么思想渊源呢？

元好问早年也被周边人视为神童，五言诗写得更是声
名远扬。尤其他的哥哥元好古，本来也是一个自命不凡的
人，但面对能把五言诗写得如此杰出的弟弟也只能甘拜下
风。他曾经写过这样的诗句：

惭愧阿兄无好语，
五言城下把降旌。[1]

这哥哥真是老实，估计虽然有点不情愿，但比来比去比不
过，也只好认输了。后来元好问的诗歌还被金朝的文坛盟主
赵秉文认为可以与唐代诗人杜甫媲美，说他的诗是"少陵以
来无此作"。[2] 这评价是高是低，大概大家心中也是有数的。

---

[1] 〔金〕元好古《读裕之弟诗稿有莺声柳巷深之句漫题三诗其后》，见
〔金〕元好问编《中州集》，中华书局 1959 年版，第 537 页。
[2] 〔元〕郝经《遗山先生墓铭》，见〔元〕郝经著，秦雪清整理《郝文忠
陵川文集》，山西人民出版社 2006 年版，第 479 页。

有才、多情，结果总是落第，这有点像我们讲过的柳永。但柳永因为是生活在一个进士世家，所以虽然在汴京的秦楼楚馆里很是放浪了一段时间，但他的上进心其实一直都在。而元好问毕竟不是柳永，几次科举失败，可能对他人生的影响非常大，以至功名心大受影响。他第一次科举考试失败后，曾去拜见老师。元好问满含愧疚地说：

"弟子不才，连一个小小的科举考试都没通过，连累了老师的名声，真是惭愧啊！"

说完，就要下跪。老师赶紧扶起元好问，对他说：

"其实我教你读经典、写诗文，只是为了丰富你的知识，提高你的眼界，传承优秀的文化传统，并不是为了让你博取科举功名。一个小小的科举考试，何足挂齿。大丈夫应该志存高远，在历史上留下不朽的身影才是真正的'大功名'。"[1]

你看这老师果然是有眼界的好老师。而老师的这番教导，看上去是为元好问留下了足够的退路，但其实是让元好问以退为进，追求更为广阔的人生境界。

父亲元德明的性格应该也对元好问产生了根本性的影响。《金史·元德明传》记载说：

---

[1] 《遗山先生墓铭》："年十有四，其叔父为陵川令，遂从先大父学，先大父即与属和。或者讥其不事举业，先大父言：'吾正不欲渠为举子尔。区区一第，不足道也。'"见《郝文忠陵川文集》，第478页。

元德明……自幼嗜读书，口不言世俗鄙事，乐易无畦畛，布衣蔬食，处之自若，家人不敢以生理累之。累举不第，放浪山水间，饮酒赋诗以自适。[①]

上面的话估计大家读一遍也都明白大意了，只有"乐易无畦畛"一句需要解释一下。"乐易"就是快乐平易，也就是性格好，对人和善。"畦畛"本来是田地与田地之间的分隔小道，后来引申为隔阂、常规的意思，而"无畦畛"就是说这人比较随意，敞开心怀，也不讲究什么死板的规矩、道理。好读书、远离世俗、平和处世、生活简单、放浪山水、饮酒赋诗，元德明的这些生活理念和生活方式，简直被元好问克隆了下来。

现在我们能理解，元好问为什么一生虽然也因为种种原因而有了一些大大小小的官职，但他告诫家人，他死后，墓碑上只要刻七个字：

诗人元好问之墓

这就是元好问对自己的最终定位，这个定位虽然是晚年才说出，但他一生的经历其实总体也是沿着这条路走的。在他心目中，"诗人"这个头衔才是崇高的，才是可以照亮一生

---

① 〔元〕脱脱等撰《金史》卷一二六，中华书局 1975 年版，第 2742 页。

的荣誉。

元太宗十一年（1239），已经 50 岁的元好问回到山西忻州老家，好像陶渊明回归田园一样，他抑制不住喜悦的心情，写下了下面这首《初挈家还读书山杂诗四首之四》：

> 乞得田园自在身，不成还更入红尘。
> 只愁六月河堤上，高柳清风睡杀人。

元好问回到田园，如愿追求到自由自在的生命状态。他说，我再也不用担心还会因各种各样的原因，一不小心再入红尘了。我只是担忧在六月的岸边，自己在清风拂柳之下酣睡不醒呢。大家读这样的诗歌，是不是就是陶渊明《归园田居》第一首开头写的味道：

> 少无适俗韵，性本爱丘山。
> 误落尘网中，一去三十年。

陶渊明说，我这个人天性与这个复杂的世界格格不入，我骨子里就是爱这单纯、清净的山水自然。结果一不小心闯进了俗世当中，而且一下就浪费了我宝贵的十三年时光（陶渊明"三十年"可能是笔误，他实际出仕时间首尾只有十三年）。

这么一对照，我觉得王国维把陶渊明与元好问放在一起来说他的"无我之境",真是别具眼力。我在一开始引述王国维论"有我之境"与"无我之境"的时候,引文中间有个省略号。现在我把省略的文字补充到这里来:

> 有我之境,以我观物,故物皆著我之色彩;无我之境,以物观物,故不知何者为我,何者为物。(初刊本第 3 则)

为什么我前面要把这几句删掉呢?因为我很清楚,如果没有我刚才的分析,大家读这段话估计头都会大。什么叫"以我观物"?什么叫"以物观物"?什么叫"物皆著我之色彩"?什么叫"不知何者为我,何者为物"?

但我们把陶渊明、元好问两个人以及两首诗都详细分析之后,再来看这段话,应该在理解上就容易多了。这里最关键的就是两个字:"物"与"我"。

"物"与"我"这两个字,我们平时虽然几乎天天会用到,但一上升到哲学的层面,我们可能就有点模糊了。宋代有个大哲学家,名字叫邵雍,看他是怎么解释这个问题的。他说:

> 以物观物,性也。以我观物,情也。性公而明,情偏而暗。①

---

① 〔宋〕邵雍《皇极经世·观物外篇下》,见〔宋〕邵雍著,郭彧、于天宝点校《邵雍全集》,上海古籍出版社 2016 年版,第 1218 页。

　　我们平时说惯了的"性""情"两个字，在哲学家看来，分别是很大的，这分别正是从"物"与"我"两个字的关系来说的。如果我勉强翻译一下，这两句大概可以翻译为：当我们不带任何感情，客观地看待外在的对象时，我们自己本身也等于是一个物，这时候就能将外在事物最本质最客观的东西看清楚并表现出来。而一旦我们带着一定的感情倾向去看待外物的时候，看到的往往不是外物的本质，看到的只是自己感情和思想在外物身上的投射而已。

　　这个解释，我知道大家听着可能还是有点模糊。举个例子，譬如我说："中山大学真美！"这其实是"以我观物"，因为我在中山大学工作很多年，对这个学校产生了深厚的感情，所以我说中山大学美，人家不一定相信，会说：你是中山大学的老师，当然说中山大学美啊！别人会说我带着我的个人化的情感。

　　但如果纯粹是一个游客，与中山大学一点关系也没有，他把整个校园转了个遍，然后很有感慨地说："中山大学真美啊！"因为此前这个游客与中山大学没有任何关系，他只是因为某个原因来到了中山大学，感受到了中山大学的美。这个游客的判断就不带任何感情色彩，而不带感情色彩的人，也就非常类似"物"。

　　简单来说，带着感情去看外物，看到的并不一定是事物的本质，往往只是自己感情的投射，这也就是王国维所说的"物皆著我之色彩"；而不带任何感情去看外物，才能看到外物最真实最本质的一面，而从外物最本质的一面，也可以反映出人性最本质的一面。这也就是王国维所说的"不知何者为我，何者为物"。

我们在社会上生存，从小经受各种感情的熏陶，所以我们带着感情去看世界是很容易的。但如果在这种情况下，能排除长久以来形成的情感倾向，尽量客观地看待和评价外物，就很不容易了。王国维说能做到这一点的人堪称"豪杰之士"。确实，这不是一般人所能做到的。

现在，我们可以把王国维所说的"无我之境"的内涵简单总结一下了：

第一，所谓"无我"不是有没有"我"，而是有个怎样的"我"。

第二，"无我之境"中的"我"与"物"是平等的，两者之间不存在强与弱、主与次的关系。

第三，"无我之境"着重表达"我"与"物"共同的最真实、最本质的内涵。

第四，"无我之境"表达出来的情感是平和的、带有群体的特征。所谓"无我"就是"无小我"的意思，或者说，"无我"就是"大我"，以涵盖更多群体的感情为特征。

刚才，我简单总结了"无我之境"的这些特点，但我们从王国维的表述中就可以知道，王国维说"无我之境"是与"有我之境"对应着来说的。那么"有我之境"究竟具有怎样的特点呢？王国维引用冯延巳的"泪眼问花花不语，乱红飞过秋千去"、秦观的"可堪孤馆闭春寒，杜鹃声里斜阳暮"等词句来说明"有我之境"，具体到底是说什么呢？是不是符合冯延巳、秦观原词的意思？尤其是："有我之境"与"无我之境"两者之间究竟是对立，还是交叉的关系？这些问题，我将在下一讲为大家继续解说。

第三讲

有我之境

大家喜欢春天，一个很重要的原因就是：春天是百花齐放的季节，五彩缤纷，花团锦簇，因为花的盛开，这世界被点缀得生机勃勃，充满着生命的魅力和活力。但花季总是短暂的。花开花落，是一种自然的循环，我们看多了也就习惯了，波澜不惊了，熟视无睹了。虽然我们看到花开，会有一种浅浅的喜悦，看到花落，也许会有一点淡淡的忧伤，但我们的喜悦与忧伤总体上来说，都是一种适度的感情。这种适度的感情比较接近我上一讲说的"无我之境"。

是不是所有人对花开花落都是一样的感觉呢？我看显然不是。有一种人，看到花开花落的时候，尤其是看到花落的时候，就失去了平常心，会惊慌失措，会伤心落泪，甚至会做出一些匪夷所思的事情——至少是我们现实生活中极少出现的事情。

不说大家陌生的，就说大家熟悉的《红楼梦》中的经典情节：黛玉葬花。

黛玉葬花的情节虽然在《红楼梦》中出现了至少三回，但最集中的还是第二十三回《西厢记妙词通戏语　牡丹亭艳曲警芳心》。小说是这样描写的：

大概是某年的三月中旬，贾宝玉吃完早饭，拿了一本《会真记》准备看。你想这《会真记》，也就是我们现在熟悉的《西厢记》，说的是张生与崔莺莺的爱情故事，读这样的书，当然要选择一个合适的地方，才能读出情境和味道来。那么，宝玉选的地方是哪里呢？他想起了沁芳桥旁边有一片不大的桃树林，而这桃树林下有一块比较平整的石头，正好坐着慢慢看。

当宝玉读到第二本第一折中"落红成阵，风飘万点正愁人"这几句的时候，突然一阵大风吹过来，把头顶的桃花哗啦啦吹落了一大半，弄得书上、身上、地上，到处都是桃花瓣。宝玉刚想站起来把身上、书上的花瓣抖落下来。但转而一想，抖在地上，恐怕会被脚步踩碎了，这么好看的花瓣被踩了多可惜！宝玉寻思该怎么办呢？

宝玉想了想，就把身上的桃花用衣服兜着，将书上的桃花连着书捧着，轻手轻脚地走到小河边，把桃花抖落在水池里，花瓣漂在水面上，随着风和水流慢慢流出沁芳闸去了。我们平常会用到一个词"怜花惜玉"，这贾宝玉的"怜花"也算是很突出了吧。

贾宝玉抖完身上书上的花，回到石头边　看，这地上的桃花更多啊。宝玉正在思索着怎么处理地上的桃花，突然背后传来一个声音：

"你在这里做什么？"

宝玉回头一看，原来是林黛玉来了。只见黛玉"肩上担着花锄，锄上挂着花囊，手内拿着花帚"。花锄、花囊、花帚，一看就是专业的葬花设备。

宝玉笑眯眯地说：

"好，好，正好缺你这套工具，我们把这地上的花扫起来，撂在那水里。我刚才就撂了好些在那里呢。"

林黛玉说：

"撂在水里不好。这里的水虽然清澈干净，但流出沁芳闸，流经有人住的地方，脏的臭的东西就会混杂在水流中了，桃花飘在这种又脏又臭的水里，真是把花糟蹋了。你看在那边角落，有我以前一个专门埋花的'花冢'，等会我把地上的花扫起来，放在绢袋里，埋在土下，时间长了，这花跟着土一起分解掉，这样才是干干净净地来，干干净净地去啊。"

所谓"花冢"，就是专门埋花的坟，"冢"的意思是比较高大的坟。看来林黛玉葬花已经是一个多年的习惯，因为要让桃花干干净净地来去。所以我们在后来的《葬花吟》中看到了下面的诗句：

质本洁来还洁去，
强于污淖陷渠沟。

林黛玉真是有洁癖，她对于天性纯洁的东西都特别爱惜，希望它们不要被外在的东西污染了。

那我要问了：为什么林黛玉如此爱惜花呢？她对花的这种特别的怜惜，是不是还有什么特别的内涵在里面呢？这样一追问，我们可能对下面的诗句就有了特别的感觉了：

> 花谢花飞飞满天，
> 红消香断有谁怜？
> ……
> 试看春残花渐落，
> 便是红颜老死时。
> 一朝春尽红颜老，
> 花落人亡两不知！

我们读了林黛玉的《葬花吟》，就知道她惜花葬花，原来是从"花谢花飞"中看到了自己命运的无人怜惜，或者说是从自己处境的孤单可怜看出了眼前桃花纷落的无力甚至悲凉。她眼中的花就是她自己，她把对自己身世命运的感叹都放在这满地的落花上了。

我跟大家讲林黛玉的惜花葬花，不是为了特别展示《红楼梦》的精彩之笔。因为如葬花一样的行为，并不是林黛玉的首创，古代这样的文人其实蛮多的，比如明代大名鼎鼎的诗人唐伯虎就不仅在落花时节让"小伻"把落花收拾起来，装在锦囊中，葬在土中，而且写了三十首《落花诗》，可以说是黛玉葬花的先驱了。

我讲黛玉葬花的目的是为了引发一个与《人间词话》相关的问题：有我之境。

简单地说，如果我们真把上面这个故事弄明白了，"有我之境"的基本内涵也就在里面了。本来这大千世界，花是花，人是人，花儿凋谢了，也是一种生命的归宿，是埋在土里、飘在水里，还是踩在脚下，花本身无所谓，反正一个生命的周期结束了。

其实不仅花儿无所谓，连我们人很多时候对落花也没什么感觉。因为年年花开，年年花落，会有什么特别的感觉呢？

去年我所在的古代文学教研室曾经集体去从化玩。从化的温泉很有名，流经从化的一条叫作流溪河的也很有名，流溪河两岸是密密的树林，到冬季的时候——广东落花在冬季才最壮观，紫荆花的花瓣落了满地，两排树中间，宛然形成了一条飘满红色落花的小路。我们踩在落花上，柔软舒适，觉得很快乐，很惊喜，大家纷纷留影，有的在这条落花小路上走来走去，感觉脚底也生辉似的。这场景如果让林黛玉看到了，也不知要伤心到什么程度呢。

但为什么林黛玉对落花悲悲戚戚，我们对落花欢欢喜喜呢？关键是各自所处的环境以及心情不一样。我们是出游，是寻找快乐，是寻找与大自然亲密接触的机会。而林黛玉因为觉得自己身世可怜，所以对于那些无法掌控自己命运的人和物，她都会引发共鸣。她自己不快乐，便也感觉到眼前的一切都不快乐了。林黛玉的小情绪特别多，跟她在一起的人要特别小心才是。

如果要把林黛玉的这种审美感觉在理论上总结一下，就是"有我之境"的意思了。

所以别看王国维用的概念，我们觉得有点遥远，有点高冷，其实意思很接地气的。他要写的就是如林黛玉一样的人，关注的就是如《葬花吟》一样的诗歌。

我们看王国维在《人间词话》中怎么描述他心中的有我之境：

> 有有我之境，有无我之境。"泪眼问花花不语，乱红飞过秋千去""可堪孤馆闭春寒，杜鹃声里斜阳暮"，有我之境也。……古人为词，写有我之境者为多……（初刊本第3则）

上一讲，我讲"无我之境"的时候，发现王国维用来打比方的例子是陶渊明和元好问的诗句，你看这里讲"有我之境"，用的就全是词句。我们看前面王国维的引文就知道，他说："古人为词，写有我之境者为多"，也就是说词甲确实是"有我之境"多一些，王国维于是就用词句来表达；

而相对来说，诗歌里可能"无我之境"多一些，所以他就用诗句来打比方。当然这是相对而言的，具体的情况就不是这么简单了。

"泪眼问花花不语，乱红飞过秋千去"两句出自下面这首《蝶恋花》（一名《鹊踏枝》）：

庭院深深深几许。杨柳堆烟，帘幕无重数。玉勒雕鞍游冶处。楼高不见章台路。　　雨横风狂三月暮。门掩黄昏，无计留春住。泪眼问花花不语。乱红飞过秋千去。

这首词写什么呢？有人说是写闺怨。仔细读读，好像确实是写一个独居女子的无奈与愁闷。这女子不是一个贫寒人家的女子，而应该是生活在一个相当富贵的人家。一般的贫寒之家，哪里会"庭院深深"，会有"帘幕无重数"，家里的马会有"玉勒雕鞍"这样精致的装饰呢？按说，嫁这样的豪门应该高兴才是，但豪门公子往往也有个毛病，就是喜欢寻花问柳。譬如这位女子的丈夫，就应该是这样的人。这女子虽然在家里，并不清楚丈夫具体去了哪里，但大致的方向是知道的，一定是去了那些歌妓云集的红灯区了。"章台"原来是汉代长安的一条街道名，因为聚居着大量歌妓，所以，后来就代指青楼所在地了。你说丈夫在这样的地方流连忘返，家里的女人肯定不高兴。问题是不高兴还不能说，只能自己郁闷，自己排遣。古代的女人真是不容易。

这个家虽然豪华，却也限制了她去看外面的世界，所以她对这豪宅的感觉不是满足，不是幸福，而是一道一道的门，就好像一道一道的枷锁，把她限制在里面了。下片前几句写三月春暮，风雨大作，知道这风雨肯定将花儿都吹落在地面了，然而对于春天的流逝，真是一点办法也没有。这个"无计"二字里面有太多的无奈、无力之感。怎么办呢？丈夫在花天酒地，外面是风雨大作，春天即将过去，人生的美好年华就这样在苦守中一点一点过去。这样想着想着，这女子禁不住潸然泪下，真想找个人倾诉一下满怀的忧愤啊。可是家中无人可问，面对的只有眼前暮春残存的几朵花，可是花哪里懂得人的心事呢？更何况一阵风吹过，枝头残存的花也被吹落到秋千那边去了。你看这女子真是孤独，她想要的情感上的温暖一点也没有，更重要的是她根本无力改变这种现状，只能任由生命这样没有意义地一点一点耗去。

所以有人说这首词写的是闺怨，粗粗看去，也真是有道理的。但我们中国古人写诗填词，很少直接地表述自己的内心，特别是士大夫，更注重通过"香草美人"的象征、比喻手法，绕个弯来表达。所谓"香草美人"，就是字面上写花花草草、美人相思，其实是暗喻、象征一个士大夫的特别情怀。所以我们看到一首写女子的词，未必真是写闺怨，很可能用表面上的闺怨来表达一种士大夫想说而不能直说的感情。

毕竟写这首词的不是女人，而是男人。

那么这个男人是谁呢？一般的词作者应该都是明确的。但这首词有点特殊，要找出这首词背后的男人，还真有点不容易。而要弄懂这首词后面的微言大义，就必须以先弄清作者为前提。

这首词的作者一般认为是欧阳修，主要原因有两点：第一，欧阳修的词集里确实收了这首词；第二，南北宋之交的李清照曾经在其《临江仙》词序中说：

欧阳公作《蝶恋花》，有"深深深几许"之语，予酷爱之。用其语作"庭院深深"数阕。[1]

明确说这首是欧阳修的词，并说自己十分喜爱这开头一句，所以用这同样的开头写了好几首词。欧阳修（1007—1072）虽然比李清照（1084—1155）大了77岁，但欧阳修去世12年后，李清照就出生了，两人的生活年代总体上来说，应该算很靠近了。李清照既然说是欧阳修写的，后人也就往往根据这一点，把这词归入欧阳修名下了。

但问题是不是就这么简单呢？我看未必。这首词还经

[1] 〔宋〕李清照撰，王仲闻校注《李清照集校注》，人民文学出版社1979年版，第32页。

常被认为是冯延巳（903—960）的作品。冯延巳虽然年长欧阳修104岁，当欧阳修出生时，冯延巳去世也快50年了，但欧阳修填词最崇拜的就是冯延巳，用我们现在的话来说，就是欧阳修很"粉"冯延巳。如果一定要说粉丝级别的话，大概也相当于"骨灰级"了。这话也不是我说的，清代的刘熙载就已经有这个意思了。他说：

> 冯延巳词，晏同叔得其俊，欧阳永叔得其深。[1]

"晏同叔"就是北宋大词人、宰相晏殊，"同叔"是他的字。"欧阳永叔"就是欧阳修，"永叔"是他的字。我们知道，在北宋的词坛上，引领风气的，除了民间的柳永之外，主要就是当朝权贵，而晏殊与欧阳修就是其中最出名的两位。最出名的两位原来都是学冯延巳的词，冯延巳对北宋词风的影响之大，从这里我们就看得很清楚了。

欧阳修怎么学冯延巳呢？据说欧阳修把喜欢的冯延巳的词抄在上面，把自己模仿的写在下面。欧阳修当然清楚哪首是自己的，哪首是冯延巳的。但后人把欧阳修的手稿汇集起来，编辑《欧阳文忠公近体乐府》的时候，就不一定能全部分辨清楚了。

这导致什么后果呢？后果就是冯延巳与欧阳修的词混

---

[1] 〔清〕刘熙载《词概》，见《词话丛编》，第3689页。

杂的现象比较严重，也就是好几首词，欧阳修的集子里有，冯延巳的集子里也有。这首《鹊踏枝》正属于混杂的作品之一。既然收在欧阳修的词集里，大家也就当然认为是欧阳修的词了。因为欧阳修是宋代一代文宗，地位高，相应的盲信的现象也就严重一些。比如宋代的几种词选像《乐府雅词》《绝妙词选》《草堂诗余》等，就在这首词的作者一栏，署上欧阳修的名字。

　　但大家不要忘了，冯延巳的词集初名《阳春录》，北宋初年即散失了，现在流传的《阳春集》是北宋陈世修编订于 1058 年的，欧阳修的《近体乐府》编订于 1196 年。虽然有人说陈世修收集编订这部《阳春集》并没有什么明确的底本作为基础，而欧阳修《欧阳文忠公集》中的《近体乐府》的编者周必大，不仅有欧阳修家藏底本作为基础，而且广搜他本，一一考核，按理说，《近体乐府》中的作品要更为可信。但从时间先后来看，陈世修编订的《阳春集》完成在欧阳修去世的 14 年前。按照欧阳修对冯延巳的崇拜程度，这部集子，欧阳修应该经常放在案头把玩欣赏的。但至今没有看到欧阳修对"庭院深深"一词的著作权提出过意见——按照常理，看到自己的作品尤其是优秀的作品收录在别人的集子里，肯定要立马指出来的。欧阳修一声未吭，是不是说明他根本没把这首词与自己联系起来呢？

　　所以我认为这首词的作者为冯延巳。从目前所能掌握的材料来看，这个看法应该是合理的。你看清代的一些词选如朱彝尊的《词综》就直接把这首词归到冯延巳的名下。

而王国维的儿子王仲闻更有惊人的发现，他注意到欧阳修《六一词》有一篇罗泌的校刊按语，[①]里面有几句话值得注意：

> 元丰中，崔公度跋冯延巳《阳春录》，谓皆延巳亲笔，其间有误入《六一词》者。[②]

崔公度是北宋人，年龄比欧阳修小一些，据说他的才华正是欧阳修发现的，后来欧阳修大力提携他。崔公度这人口吃很严重，基本上没有办法与别人交谈，但内心十分敏锐，尤其是有过目不忘的本领。崔公度为冯延巳《阳春录》写的后记，说里面的作品都是冯延巳亲笔写定的，而且他看到的是冯延巳的笔迹。至于有人怀疑，陈世修编订《阳春集》都没有看到冯延巳的亲笔，如何更晚的崔公度反而能看到笔迹呢？这个疑问其实也没有多少道理。亲笔文字当然不可能人人能看到，其流传轨迹也很难有什么规律。但崔公度如果在一个非常偶然的机会看到冯延巳亲笔，也完全是可以理解的。而在崔公度看到的这本《阳春录》中，

---

① 〔宋〕欧阳修《景宋吉州本欧阳文忠公近体乐府》，上海古籍出版社1989年版，第62页。

② 夏承焘《唐宋词人年谱》，上海古籍出版社1979年版，第71页。

这首《蝶恋花》正在其中，这说明冯延巳是这首词作者的证据非常有力了。另外，再提醒一下，这崔公度可是与欧阳修交往较多的一个人。

如果我们可以大致确定此词为冯延巳所作的话，结合冯延巳的身世变化，"泪眼问花"这两句所表现的外物的冷漠无情，就变得容易理解了。

冯延巳的家族在南唐地位很高，他的父亲冯令頵在南唐开国皇帝烈祖手下一直做到吏部尚书的职位。冯令頵在担任某地盐铁院的判官时，对人很仁慈，深得手下拥戴。这也不是随便说说的，有例为证。据说其副手有次作乱，在营地放了一把大火，结果这大火烧到了冯令頵的住所，那些本来跟着叛乱的人都放下武器，纷纷来救火。要是平时不深得人心，估计别人也很难做到这一点。[①] 所以，做个好人、善良的人真的在什么年代都很重要。一个人在关键时候，其实拼的都是人品。

而冯延巳呢，也是少年有成。马令的《南唐书》说青年的冯延巳"有辞学，多伎艺"，也就是文章写得很出色，而且多才多艺。有这种才能的人最适合干什么呢？当然是

---

① 《南唐书》载："父令頵，事本郡为军吏，烈祖署为歙州盐铁院判官。裨将樊思蕴作乱，烧营而火及令頵第，叛卒皆释兵救火，其得人心如此。"〔宋〕马令《南唐书》，见傅璇琮等主编《五代史书汇编》第9册，杭州出版社2004年版，第5393页。

秘书郎。这烈祖还真的任命冯延巳为秘书郎，同时给他一个额外的任务："与元宗游处。"这元宗就是后来的南唐中主李璟。所谓"游处"，简单来说，就是无论出游还是在家，两人都影形不离。烈祖为什么让冯延巳与李璟这么亲密接触呢？这当然不是简单消磨时光，而是寄希望于冯延巳能以自己的学养、性情、技艺影响到李璟，通过一起读书，培养兴趣、提升眼界、修养性情等。冯延巳也因为这个身份，与当时还是太子的李璟建立了良好的个人关系。所以在李璟上台以后，他的仕途也就不断攀升，最后一路做到了宰相。[①]

按照上面说的情况，冯延巳在政治上本来确实应该有好的发展。理由主要有以下四点：

第一，父亲为他赢得了不错的家世人缘，也为冯延巳以后的发展奠定了很好的基础。

第二，他的文章水平及多才多艺很早就得到了皇帝的关注，并因此出任秘书郎一职，这是一个良好的政治起点。

第三，他在李璟还是太子的时候，受命与李璟朝夕相处，这为以后的升迁奠定了很重要的情感基础。

第四，冯延巳自身也确实拥有一定的政治能力。

一个人拥有其中一条或者两条，政治前景也许就比较

---

① 《南唐书》载："及长，有辞学，多伎艺。烈祖以为秘书郎，使与元宗游处。"〔宋〕马令《南唐书》，见《五代史书汇编》第 9 册，第 5393—5394 页。

光明了，而冯延巳一下就拥有了四条。其中与太子李璟少年时代的"游处"经历，更是许多人所不敢想的。

但问题也来了。按说有这条件，冯延巳应该春风得意，应该在作品中流露出更多的幸福感，应该有更多如李白"直挂云帆济沧海"一般的豪情才是。但我们看刚才的冯延巳词，为什么表现得如此孤立无援，甚至如此绝望呢？

这里面一定有问题。

我概括一下冯延巳的问题，大致有以下几点：

第一，心机太深，得罪同僚太多。

马令《南唐书》说冯延巳"同府在己上者，稍以计迁出之"。[①] 也就是说，凡是与自己在同一单位而官位比自己高的人，他都要想方设法将此人排挤出去。这样做当然很猥琐，偶尔做一两次，也许别人发觉不了，做多了肯定要露馅，肯定会在一定范围内引起公愤了。比如他有个政敌叫孙晟，估计冯延巳也没少在皇帝面前下他的药。孙晟当然心知肚明。有次两人见面，冯延巳带着鄙视的口吻说：

"就凭你这点能力，真不知道怎么居然也混到现在的官位！"

这孙晟当然也不是吃素的，当面就回击他说：

"我知道您一向看不起我，在下也确实有不如您的地

---

① 〔宋〕马令《南唐书》，见《五代史书汇编》第9册，第5394页。

方，比如文笔、技艺、谈谐和谀佞，都不是您的对手呢。尤其您的谀佞，那种奉承献媚的功夫，恐怕也没有几个人比得过您。小的认输，认输。"

冯延巳一听，心里的怒气一下升腾起来，可还没等冯延巳发作，孙晟就接着说：

"但我警告您：皇帝那么宠信您，重用您，是希望您用道艺来辅佐这个国家，而不是用您的那点小聪明来祸害国家。"[1]

孙晟与冯延巳的恩怨，我们不在这里细说。但孙晟希望冯延巳以家国为重的话，至少听起来是堂堂正正的。

冯延巳心机重，具体体现在：一方面悄悄排斥异己，一方面极力奉承皇帝。

马令《南唐书》里记载：

元宗乐府辞云"小楼吹彻玉笙寒"，延巳有"风乍起，吹皱一池春水"之句，皆为警策。元宗尝戏延巳曰："'吹皱一池春水'，干卿何事？"延巳曰："未如陛下'小楼吹彻玉笙寒'。"元宗悦。[2]

---

[1] 《南唐书》载："孙晟面数之曰：'君常鄙晟，晟知之矣。晟文笔不如君也，技艺不如君也，谈谐不如君也，谀佞不如君也。然上置君于亲贤门下者，期以道艺相辅，不可误邦国大计也。'"〔宋〕马令《南唐书》，见《五代史书汇编》第 9 册，第 5394 页。

[2] 〔宋〕马令《南唐书》，见《五代史书汇编》第 9 册，第 5395 页。

但这样的谄媚，一次两次是有趣，次数一多，别人听着就不舒服了。这就是我们平时说的"聪明反被聪明误"。其实在我看来，这样的"聪明"也就是小聪明，靠这样的聪明，注定是难以成就大事的。冯延巳得罪人多，在位高权重的时候，当然没有什么问题；但一旦遇到麻烦，就难免墙倒众人推了。据说烈祖晚年对冯延巳也很不满，想罢免掉他的官职，结果没有来得及罢就去世了。但冯延巳肯定尝过被周边人抛弃的滋味。

第二，处事失衡，也让皇帝厌倦。

前面说了，冯延巳因为与李璟"游处"，所以私交应该不错，从李璟轻松调侃冯延巳的词，也可以见出他们平时比较随意的君臣关系。但君可以随意对待臣，而臣就未必能同样随意对待君了。古人尊卑有序的规则，才是更强大的规则。据说李璟当了皇帝后，冯延巳大概把当年与李璟的"游处"当作政治资本，做人做事，便经常有不合规矩、有失分寸的地方了。比如李璟刚接任皇帝，还没有具体处理朝政的时候，冯延巳"屡入白事，一日数见"[①]，就是一天要见很多次皇帝，向他汇报朝政大事，弄得李璟不胜其烦。

李璟是真了解冯延巳的，当朝廷多位大臣要罢免冯延巳的时候，李璟其实也很矛盾。《南唐书》说：

---

① 〔宋〕马令《南唐书》，见《五代史书汇编》第9册，第5394页。

元宗爱其多能而嫌其轻脱贪求，特以旧人，不能离也。[①]

所谓"轻脱贪求"，其实是四个字的合成，"轻"指轻浮、轻率，"脱"是指油滑，难以捉摸，"贪"是指贪欲强，"求"是要求多。这四个字，我们虽然分开来解释，其实是彼此有着联系的，譬如因为贪欲强才会要求多，因为油滑才会显得轻浮。不要说四个字，一个人就是有了其中一个字，恐怕在人群中都不会受到什么欢迎。而在李璟眼里，冯延巳居然同时拥有这四个字，亦属罕见之人了。因为毕竟有过一段朝夕相处的日子，所以李璟对冯延巳真是了解得比较透彻的。他一方面欣赏冯延巳的多才多艺，另一方面对冯延巳的轻率、滑头、欲望太强并不喜欢。只是因为多年相处，才勉强把他留在身边。

第三，好说大话，实际能力平平。

《南唐书》直接就说"延巳无才，而好大言"，也就是说他并没有什么实际的治国才能，只是喜欢说空话而已。据说李璟让冯延巳当了宰相之后，很多朝廷大员都不服，觉得冯延巳的才能不足以担当如此重任。李璟可能是安抚官员，也可能确实是要考察一下冯延巳的行政能力，让他去江西抚州，统辖一方，结果是政绩平平。皇帝多少对他有些失望。

---

① 〔宋〕马令《南唐书》，见《五代史书汇编》第9册，第5394页。

本来政治才能有高下，也很正常。你水平低，低调一些，也不至于惹起公愤。而冯延巳恰恰就是一个爱说大话的人。当他第二次当上宰相后，他对皇帝说：

"其实凭我的能力，已经足以来管理整个国家了。而陛下您现在事必躬亲，啥事都管，弄得我这个宰相形同虚设。"

李璟倒也是性情中人，大家不要忘了李璟的另外一层身份，就是词人。词人多多少少会把性情放到工作中去的。他听了冯延巳的抱怨，想想也是，再说这么辛苦，何必呢？如果凡事交给冯延巳，自己乐得轻松多好啊。有段时间，他果然将朝廷大小事情都委托冯延巳来处理，只要求他事后来汇报一下就可以了。[①] 这个皇帝确实任性。

但我刚才也讲了，政治才能主要体现在实际的工作中。说得好，永远不如做得好。你冯延巳实际才干一般，又贪心大发，揽下这么一大摊子事，朝政的混乱也就能想见了。

由上面说的三点，我们大概也知道，冯延巳原本在朝廷上的优势，很可能因此转为劣势。一个人不会做人，人家就不会把他当人；不会做事，以后就不会让他做事。能

---

① 《南唐书》载："保大四年，自中书侍郎拜平章事，时论不平，出镇抚州，亦无善政。……及再入相，乃言己之智略足以经营天下，而人主躬亲庶务，宰相备位，何以致理。于是元宗悉以庶政委之，奏可而已。"〔宋〕马令《南唐书》，见《五代史书汇编》第 9 册，第 5394 页。

力低下，终究是难以稳固地确立自己的地位的。尤其是后来他当政期间，主张进攻湖南大败之后，朝廷上下对冯延巳的口诛笔伐形成了汹涌之势。冯延巳可能尝到了众叛亲离的滋味，所以主动请求辞职。

我花了这么多的篇幅，来讲冯延巳如何从一个皇帝的宠臣，转变为一个连皇帝也保不住的群臣攻击的对象。这种经历和境遇的变化自然会给词人内心很大的触动。

回到"泪眼问花"两句，我们是不是一下就有了新的触动？为什么冯延巳的眼里噙满泪水？为什么他无人可问？为什么周边的一切都对他冷漠无情？这一切归根到底，是因为冯延巳感受到了被整个世界抛弃的滋味，这里说的整个世界不仅包括皇帝、周边的大臣，甚至也包括自然界原本和暖的风和原本亲切的花。

冯延巳眼中的世界，也因此失去了平时的温情、和暖、亲切，他将自己内心无边的寂寞、孤独、悲凉都折射到眼前的一切人与物上面。

但其实如果不是冯延巳，而是换一个人来看这个世界，人情或许仍是温暖的，风仍是和煦的，花也是自在地开放的。是冯延巳把自己的感情放大到整个世界，以至于让整个世界也带上自己的情感色彩。

但这样的世界，并不是原味而自在的世界，而是被一个人情绪化了的世界。

　　上面是我分析王国维引用的"泪眼问花"两句，究竟具有怎样的微言大义。为了准确理解王国维的原意，我们还要分析他援引的第二例句子，就是"可堪"二句。这两句出自下面这首《踏莎行》：

　　雾失楼台，月迷津渡。桃源望断无寻处。可堪孤馆闭春寒，杜鹃声里斜阳暮。　　驿寄梅花，鱼传尺素。砌成此恨无重数。郴江幸自绕郴山，为谁流下潇湘去。

　　与"泪眼问花"一首的作者是谁情况有点复杂不同，这首词的作者就很清楚了，就是北宋大词人秦观（1049—1100）。从词的最后两句，我们知道这首词写于郴州，具体时间是绍圣四年（1097）。我们先简单说一下，秦观的"观"字究竟读什么音。有人主张读第一声，也就是观察的"观"；有人主张读第四声，就是道观的"观"，因为秦观字太虚，而太虚是道教词汇。我主张读第一声，因为他两个弟弟，一个叫觌，一个叫觏，意思虽然有一些细微的差别，但都是"看见、遇见、观察"的意思。从兄弟以类取名的角度来看，应该读第一声。这就好像陈寅恪的"恪"，很多人总喜欢读"确"音，但他的兄弟行辈都是用这个"恪"字，如陈衡恪、陈隆恪、陈方恪等，陈寅恪的"恪"当然要遵循这个传统的，否则他便不能说是这个家族的人了。

　　可问题也来了，秦观是江苏高邮人，他怎么去了郴州呢？或者说他去郴州干什么？而且这首词中有个字很抢眼：恨。他的怨恨又是从何而来呢？

我们读这首词，从字面上至少应该有这样几个印象：

第一，他竭力渲染了从黄昏到夜幕降临时迷雾四起的景象。

"雾失楼台"，楼台看不见，迷失在夜雾之中；"月迷津渡"，"津渡"就是码头，而码头也因为迷蒙的月色而看不见了。能看见的是什么呢？眼前全是雾气蒙蒙，再加上月色迷蒙，整个夜色就混沌不清了。"桃源"应该是指陶渊明笔下的那个与世隔绝、和谐安乐的世外桃源，现在也看不见了。前面两句是实写眼前景象，后面一句是虚写心中景象。因为眼前迷茫，所以心底也跟着迷茫起来。

所以这首词一开头就把环境与心情结合起来写，写得让人开始有点揪心了。

第二，他细致描写出困居旅社的孤独、凄凉心境。

"可堪"其实就是不堪的意思，古人经常用这种正话反说的方式来表达真实的想法。"孤馆"是远离闹市的旅馆，据说当年秦观住的旅馆就在今天郴州苏仙岭下面。苏仙岭现在虽然离市区不算远，但在宋代，显然还是偏僻的。"闭春寒"，不仅是早早关了门，而且山脚上寒气也重，看着夕阳一点一点西下，听着杜鹃似乎是呼唤回家的叫声，心情也低落到了冰点。王国维曾经说，秦观的词境"最凄婉"，而"可堪孤馆闭春寒，杜鹃声里斜阳暮"就比"凄婉"更进一步，而变为"凄厉"了。这个"厉"，就是表示把凄婉之情写到了极致的程度。

第三，他不断提升感情的力度，将孤独逐渐转变为怨恨。

平常我们收到远方来信，应该感到安慰才是。而秦观却一边读信，一边读出了层层叠叠的怨恨：这个"砌"字真是形象，好像把怨恨一层一层堆了起来。这里的"驿寄梅花，鱼传尺素"，两个典故都与书信有关。"驿寄梅花"的典故出自前人陆凯的一首诗《赠范晔诗》：

折梅逢驿使，寄与陇头人。

江南无所有，聊赠一枝春。

陇头，这里代指边塞。驿使就是古代通过一个一个驿站传递公文书信的人。当时陆凯与朋友相隔两地，陆凯正在折梅花的时候，遇到了驿使，这陆凯想啊，很久没与老友见面了，江南春色迷人，边塞可能还是严寒，不如请驿使帮我寄一枝梅花，让他感受江南的春色和老友的挂念。你看这古人真是风雅吧！后来李清照也写过"一枝折得，人间天上，没个人堪寄"（《孤雁儿》）的句子，表达了与丈夫赵明诚天人永隔的惆怅。

"鱼传尺素"则与一首古乐府《饮马长城窟行》有关，其中有这么几句：

客从远方来，遗我双鲤鱼。

呼儿烹鲤鱼，中有尺素书。

这几句大概只有"尺素"需要解释一下。古代书信一般用一尺左右的绢帛来作为书写材料，所以尺素后来也就代指书信了。远方客人带来了两条鲤鱼，主人当然要赶紧宰杀了招待客人，没想到鲤鱼肚子里居然藏了一封信。我得赶紧申明：这只是从字面读出来的意思。

这意思准不准呢？我觉得不仅不准，而且错得很严重。从最基本的生活常识来说，你想，从大老远的地方带信来，古代的交通又比较落后，少说几个星期，动不动要几个月，才能送到。要真是将书信藏在鲤鱼里面，恐怕等送到时，鲤鱼早就烂掉臭掉了，这里面书信的味道恐怕也闻不下去，哪里还有什么心思读呢？

据说古人常将书信折成双鲤形，而放置书信的材料也多以鲤鱼形的木板制成，后来也就以双鲤鱼代指信件了。至于为什么要折成双鲤形，很可能与鲤鱼在中国文化中具有一定的祥瑞意思有关，比如我们通常说的"鲤鱼跳龙门"，就是用来比喻中举或事业发达的意思。而且传说中只有鲤鱼才能跳过黄河上的龙门，并变化为龙。所以鲤鱼形本身就包含着一定的祈福的意思。诗歌中的"呼儿烹鲤鱼"，翻译一下，就是让孩子解开夹存书信的绳索，打开藏信的函板的意思。

《饮马长城窟行》里说"上言加餐饭，下言长相忆"，一方面勉励老友保重身体，一方面希望老友勿忘友情。

那么，秦观收到的信里面写的是什么呢？如果也是"加餐饭""长相忆"之类，秦观应该感到安慰才是，如何突然说"砌成此恨无重数"呢？显然这信里的内容更加剧了秦观不安、不满的心情。

第四，他委婉写出了心中的困惑、无奈甚至无力的感觉。

"郴江幸自绕郴山，为谁流下潇湘去。"郴江本来就是从郴山发源，那么它绕着郴山奔流，本来是一件很自然的事情，但为何流过郴山，却又一直流向潇湘大地去了呢？这问得当然没有什么道理，但文学家当然是可以无理而问的。当然词人在这里也不是要从水文学、地理学的角度来探讨郴江水的流向问题，而是这一刻他从郴江水的流向想起了自己的遭遇。这是不是也是说自己如郴江水流，并不能完全由着自己的兴趣，绕行着郴山，而是不得不无奈地流向下一个人生的陌生之地呢？

我想起了关于秦观去世的故事，也是与水有关。宋徽宗即位后，重新召回秦观，秦观从被流放之地回到广西藤州。《宋史·秦观传》这样描写说：

……至藤州，出游华光亭，为客道梦中长短句，索水欲饮，水至，笑视之而卒。①

这个描写真是带着传奇的色彩：出游华光亭回来后，跟客人说起自己那首在梦中作成的词，然后就要水喝，等水送到了，秦观看了看水，微微一笑，就去世了。

这"梦中长短句"就是指《好事近·梦中作》，词如下：

春路雨添花，花动一山春色。行到小溪深处，有黄鹂千百。　　飞云当面化龙蛇，夭矫转空碧。醉卧古藤阴下，了不知南北。

这首词其实写于秦观被贬监处州酒税期间，那正是秦观与僧人交往密切、钻研佛法的重要时期。他说，春雨带动了一路的花开，花开带来了一山的春色，我沿着小河一直往尽头处走，结果发现了成百上千鸣声婉转的黄鹂。空中快速流动的云彩一会儿变幻为龙蛇的形状，在碧空中展现矫健的身姿。而我喝醉了酒，斜躺在一棵古藤下面，连东南西北也分不清了。

这首词究竟要表达什么？为什么秦观临终前要说起这首词呢？

这首词前面写人间春色无边，天空龙蛇飞腾，而秦观

---

① 《宋史》，第 13113 页。

自己则在沉沉的醉酒中，南北方向也辨不清了。其实是表现秦观的一种顿悟：人生如一场梦中旅行，物我两忘才出高境。

秦观之所以在说完这首词后要水喝，是因为秦观的这种顿悟正是在"小溪深处"发生的。若无这潺潺溪流，秦观或许还不能彻悟这人生的真谛。所以他要再见见水，其实不是为了解渴，而是要将自己的思绪再次浸泡在这澄澈透亮的水中，看着便是一种满足，一种解脱。

秦观虽然在处州好像已经参悟到人生的本质，但我们知道这种参悟其实还会有反复。比如我们说"郴江"两句，秦观就还在表达他的困惑和不解。但这两句从审美意义上来说，真是写得很好。据说秦观去世后，苏轼把这两句题写在扇面上，并写了一句跋：

少游已矣，虽万人何赎。[①]

秦观已经去世了，即使一万条生命也换不回秦观的生命啊！这样的句子，苏轼的其他朋友读了可能很不爽，但从这里可见秦观在苏轼心目中具有不可替代的地位。苏轼这里当然也是用了典故，传说秦穆公去世后，用了当时三个才华最为出众的人来殉葬。《诗经·秦风·黄鸟》一篇主要说的

---

① 〔宋〕胡仔纂集，廖德明校点《苕溪渔隐丛话前集》，人民文学出版社1962年版，第339页。

就是这个故事，里面有"如可赎兮，人百其身"的句子，表达了当时民众对三个被殉葬的才士的惋惜之意，如果自己有一百次生命，也愿意用来去换三个才士中任何一人的新生。苏轼在这里把话说得程度更大了。看来大家传言，在苏轼的诸多门生中，苏轼"最善少游"，[1] 也就是最喜欢秦观，是符合事实的。

我每次读秦观这样的词，总想起一个人和一首诗。这个人是谁呢？元好问。这首诗就是他《论诗绝句三十首》中评论秦观的一首：

有情芍药含春泪，无力蔷薇卧晚枝。
拈出退之山石句，始知渠是女郎诗。

元好问开头两句诗，其实是照搬了秦观《春日》诗中的句子，这首诗的前面两句是：

一夕轻雷落万丝，霁光浮瓦碧参差。

说的是一晚上隐隐的雷声过后，就落下了细细的春雨，"万丝"是形容雨丝细密的意思。雨后天晴，光线随着琉璃瓦

---

① 〔宋〕叶梦得《避暑录话》卷三，见《宋元笔记小说大观》第 3 册，第 2629 页。

的高高低低而参差不齐。芍药上沾满了昨夜的雨珠，如伤春含泪的女子一般；而屋旁的蔷薇沿着篱笆，好像无力地攀援着。秦观把雨后芍药、蔷薇柔弱的形态描写得很传神。但这确实不像一个铮铮铁骨的男子汉的笔墨，所以敖陶孙《诗评》也说：

秦少游如时女步春，终伤婉弱。[1]

说这秦观就像一个时尚的女子，春游时带来一路风景，好看是好看，但风吹不得，雨淋不得，不能走远路，不能晒太阳，只具有审美的意义，而没有多少生命的力量。

元好问说，你把韩愈（退之是韩愈的字）的《山石》诗拿出来跟秦观对比一下，你看人家韩愈描写雨后景象是：

升堂坐阶新雨足，芭蕉叶大栀子肥。

果然清新有力，气象非凡。说雨是"足"，说芭蕉叶是"大"，说栀子是"肥"，再加上主人"升堂坐阶"的淡定气象——这里的"堂"是指寺庙里的正厅，"阶"当然是指台阶，走上寺庙的厅堂，坐在台阶上观察雨后景象，一看就是精气神比较足的样子。这样一对比，如果说韩愈是男人

---

[1] 〔宋〕魏庆之编《诗人玉屑》，上海古籍出版社 1978 年版，第 25 页。

的话，秦观真的只能说是女人了。当然我们在这里说韩愈诗歌像男人，秦观诗歌像女人，不是有什么性别歧视，不是说男人有什么好，女人有什么不好，而是说它们分别体现出阳刚与阴柔两种风格特征而已。元好问这个比方当然是有前提的，是针对秦观的部分诗歌来说的。我们读他的《踏莎行》，也确实看到了比较相似的地方。

我们能不能说秦观属于典型的阴性风格呢？

好像也不能这么绝对。为什么呢？你看《宋史·秦观传》怎么说年轻时的秦观：

第一，"少豪隽，慷慨溢于文词"。

第二，"强志盛气，好大而见奇，读兵家书与己意合"。[①]前者是说秦观性格豪迈奔放，文章里面也洋溢着慷慨之气；后者是说他志向远大，追新逐异，喜欢读古代兵家书。显然年轻时的秦观不是一个柔弱、胆怯的人，而是比一般的青年更有志气，更有性格，理想也更高远。这样的秦观，我们好像有点陌生。

但这样的秦观，我们怎么在他的诗词中很少读出来呢？或者说，我们从诗词中读到的秦观，与史书的描述为什么有着明显的差距呢？

这就不能不与秦观仕途的变化联系起来看了。

北宋时期，虽然大宋国内大致安定，但朝廷新党与旧

---

① 《宋史》，第 13112 页。

党的矛盾非常尖锐。所谓新党，大概相当于改革派；所谓旧党，大概相当于保守派。改革派主张改革朝政，侧重在经济人事改革，努力促使国家变得更加强盛。保守派注重保持稳定，这也符合不少既得利益的士大夫阶层的要求。这当然是从最基本的层面来说的，实际上新党与旧党的政治主张并不是这么简单。但从新旧两党的关系来看，这两者并不仅仅是简单的政治态度和政治立场的不同，而是在政坛上水火不容，甚至是你死我活的关系。换句话说，看皇帝支持哪一派。如果支持新党，旧党就要被驱逐出京城，贬谪到各个偏远的地方去；当然旧党上台，新党的命运也是如此。

秦观在元丰八年（1085）考中进士，从此踏入仕途。他先是做定海主簿，主簿是掌管文书的辅助性官职；后来又调任蔡州教授，蔡州在今天的河南汝南，所谓教授是指地方官学中的学官。这两个官职虽然不大，但刚刚入仕，秦观还是安心的。更重要的是，这一年支持新党的宋神宗去世了，只有十岁的宋哲宗即位。你说十岁的小皇帝能主持什么朝政呢？所以宋哲宗的祖母高太皇太后就垂帘听政。她听政的最大变化，就是把宋神宗时代因为支持王安石变法，而被严重打击的司马光、苏轼等旧党人物召回京城。

第二年，改元元祐，苏轼被召回了，授予翰林学士的头衔，跟苏轼密切来往的一帮人也陆陆续续回了京城。秦观当然是被苏轼重点推荐的人物，苏轼以秦观“贤良方正”

的名义把他推荐给皇帝，所谓"贤良方正"就是才德优秀、为人正直的意思。旧党人物个个摩拳擦掌，都想趁此机会大干一场。但苏轼这人锋芒太露，而秦观原来就是"强志盛气"的人物，如今有了大展拳脚的舞台，他们可能忘了高调做事的同时，还需要低调做人。结果时间一长，引发同僚的不满，小报告打到皇帝、太皇太后那里，秦观一度又只能去当他的蔡州教授。当然因为旧党的大局在，加上苏轼对秦观特别青睐，所以秦观后来又回到京城任职，最后升任到国史院编修官的位置。

真是应了好景不常在的道理。元祐八年（1093）九月，大力支持旧党的高太皇太后去世，18岁的宋哲宗开始亲政。这宋哲宗与他祖母的政治主张很不相同，他重新重用新党，以苏轼为首的一批旧党被称为"元祐党人"，相继被逐出京城。苏轼就在一个月内被连贬三次，最后到了广东惠州，我们大家熟悉的"日啖荔枝三百颗，不辞长作岭南人"就是他在惠州写的。秦观当然也跟着倒霉，我们看《宋史》怎么写秦观被贬的过程：

> 绍圣初，坐党籍，出通判杭州。以御史刘拯论其增损《实录》，贬监处州酒税。使者承风望指，候伺过失，既而无所得，则以谒告写佛书为罪，削秩徙郴州……[1]

---

[1] 《宋史》，第13113页。

所谓"坐党籍"，就是因为同属旧党而被定罪。"增损《实录》"，《实录》就是《神宗实录》，也就是说秦观在任职国史院编修官时，对《神宗实录》的文字随意增减，其中更有诋毁宋神宗的内容，因为宋神宗是竭力支持新党的皇帝。

按照《宋史》的记录，秦观先是被贬谪为杭州通判，还没到任，便以擅自修改《神宗实录》、诋毁先帝的名义罪加一等，接着被贬为监处州酒税，处州也就是现在的浙江丽水。这酒税一职其实也几乎是个闲职，因为宋代酒是专卖的，征税的事就比较简单了。

问题是即便秦观连遭贬谪，政敌也没有放过他，**悄悄地派人跟踪**，希望能收集他新的罪证，然后再次加罪秦观。可能秦观也知道自己的危险处境，平时比较小心，所以这盯梢的人一直也没有掌握到什么把柄。最后找了个理由，也是奇怪，说他"谒告写佛书"，谒告就是请假的意思。

我现在把这个事情简单捋一捋：大概是监处州酒税这个位置实在清闲得让人发慌，这秦观本来就是个闲不住的人，干脆就请个病假，一方面学学佛学，与僧寺的和尚谈谈佛教义理；另一方面闲着也是闲着，就帮僧人抄写佛经。本来这是秦观调节自身情绪的一种方法，但他的政敌就不这样认为了——你明明在监处州酒税任上，是国家公职人员，却不去勤勉公事，反而把公事放在一边，与僧人整天在一起，这简直跟吃空饷差不多。使者把这情况一上报，本来当时就是新党的天下，本来新党就要**置秦观于死地的**，所以就直接"削秩徙郴州"。所谓"秩"原来是指古代官吏的俸禄，因为俸禄与职位、级别相关，所以也就引申为官位的意思。削秩也就是削去（也有说只是削减）了秦观的官职、封号、俸禄，这个惩罚对秦观来说，差不多是灭顶之灾了。

所以到郴州来的秦观其实是没有名头、两手空空的，政治身份没有了，经济来源也基本断绝。而且当时跟着秦观在贬谪路上的有大大小小一大家子二十多人，显然连基本的生活都成了问题，只能把家族成员大部分安排在江西，仅带了一个儿子随行。

这对秦观的打击真是太大了。

现在我们知道，秦观在《踏莎行》词中为什么感到前路茫茫、满怀悲凉，甚至充满着怨恨了，因为他奋斗了几十年，居然在转眼之间被打回了原形。就好像我们现在形容股民遭受股市重创，说"辛辛苦苦几十年，一夜回到解放前"一样。

现在我们知道王国维为什么说"可堪孤馆闭春寒，杜鹃声里斜阳暮"是"凄厉"了，因为这种人生的悲凉真的是到了极致的程度。我们也知道秦观为什么说"砌成此恨无重数"了，因为政治困顿是一恨，无端遭罪是一恨，孤独飘零是一恨，异乡怀人是一恨。这层层叠叠的恨确实是无重数了。

在对王国维引用词句进行详细的追源溯流之后，我们再来追问：为什么王国维要引出这两例词句来作为"有我之境"的代表呢？我觉得最根本的原因是，无论是冯延巳还是秦观，他们从权力的高处跌落到权力的低谷，都非常有典型性。冯延巳受到政敌的百般围攻，亲身尝到了众叛亲离的滋味；而秦观被新党集团穷追猛杀，也从朝廷大臣走到了穷途末路。两人政治身份和环境的巨大落差，加剧了他们对周边世界的悲观看法。换句话来说，他们不仅感受不到人间的温暖，还感觉原本不关人事的大自然也受到了影响，好像也抛弃了他们。所以，如果要为"有我之境"总结一下的话，大概有以下几点：

第一，注重从身份的巨大落差中表达悲情。冯延巳的"泪眼问花"当然不用多说，已经是泪眼朦胧了，情感特点也就很清楚了；秦观的前路茫茫、怨恨重重，也在情感的类型上偏重悲情。

第二，注重表现人与自然的矛盾对立关系。如果冯延巳问花，花能回答他，或者即使不回答他，至少不随着一阵风被吹到秋千那边去，则冯延巳多少还有一点点安慰。现在是花不回答并随风飘逝，冯延巳显然感受到自然与人事一样，都对他失去了关怀。而秦观呢？也基本上是这样的思路。本来我们住在偏僻的旅馆，可能还觉得安静呢；早早关了大门，还觉得安全呢；听到杜鹃在叫，或许觉得生态真好；看到夕阳西下，觉得那一抹余晖带着别样的美感。但这是我们的看法，这完全不能代替身临其境的秦观。

第三，个人化的情感是词体表现的常态。王国维特地说过"古人为词，写有我之境者为多"的话，所以有我之境与词体的关系应该更为密切。

但其实仔细想一想，我们在判断一首词好不好的时候，不一定关注这首词是表达了一种很个人化、具有特殊性的情感，还是表达了一种涵盖面更广的带有群体性的情感。我们关注得更多的是这词有没有一种最真实最朴实的情感，让我们深深地感动。而这种最真实、最朴实的情感，可以用一个词组来表达，就是赤子之心。下一讲，我与大家一起走进这个话题。

第四讲

赤子之心

丹麦作家安徒生创作了不少经典的童话,《皇帝的新装》就是其中之一。这故事挺简单,说有个皇帝十分爱穿新衣服,爱到什么程度呢?爱到每隔一个小时就要换一套——一个男人这样,实在是让人无语了。所以当时人提起皇帝在哪里,大家都会心地说:"应该在更衣间里。"因为换装已经变成他的一种基本生活内容了。

正所谓"上有所好,下必甚焉"。皇帝的这个癖好被两个骗子盯上了,他们觉得这是骗钱的好机会,就来到了京城,说会织世界上色彩和图案最美丽的布,而且由这种布缝制的衣服还有一个神奇的地方,就是:凡是不称职的人或者极其愚蠢的人,都看不见这种衣服。

这皇帝一听就心动了。第一,这正是他理想中的神奇衣服;第二,正好可用这种衣服去检验他手下的大臣是否称职、是否愚蠢。抱着这样的想法,皇帝付了很多钱给两个骗子,让他们赶紧开始制作。

　　这两个骗子先是像模像样地在两架织布机上忙碌，并要求不断提供最细的生丝和最好的黄金。其实这些生丝和黄金一点也没有用在织布上，全被他们放进自己的包里了。

　　皇帝也算是有心的，先后派了两个他认为称职而且聪明的大臣去检查进度。结果可想而知，因为骗子的织布机上根本就是空的，两个大臣什么也看不到，但又担心说看不到就暴露了自己的不称职和愚蠢，就假模假样地称赞了一番。

　　中间的过程我们先跳过。

　　皇帝终于穿上了这件"新装"参加了游行大典，因为脱下了原来的衣服，穿上了骗子口中说的裤子、袍子与外衣，其实这时候的皇帝就是裸体的。这皇帝也不是没有疑惑，因为其实他眼前什么衣服也没有，但他也担心被人说成不称职或者愚蠢，只能迎合骗子，说这衣服真是好看，真是贴身，真是举世无双。旁边的大臣也一个劲儿地赞美，游行时路边的人也是众口一词地夸奖这衣服如何如何好看。

　　但正在大家啧啧称赞这衣服好看的时候，突然冒出了一个小孩的声音：

　　"可是他什么衣服也没有穿啊！"

　　小孩的爸爸接着说：

　　"上帝呀，你听这个天真的声音。"

　　然后这个小孩的声音就被一个接着一个私下传开了。皇帝当然也听到了，可他也只能强撑着到游行结束。

　　这故事肯定是大家熟悉的，我们的问题是：为什么这么一个简单的骗局，皇帝、大臣和百姓都不敢揭穿，反而要一个小孩子来揭穿呢？而小孩子在发出天真的声音之后，为什么又很快得到那么多人的响应和支持呢？

　　简单来说，这就是赤子之心的魅力，因为它直揭事实，无论多少外围的装饰对它都没有意义；又因为它直揭事实，所以也最真实。所以对于赤子之心来说，是不是称职，是不是聪明，都不重要，重要的是符不符合事实。

　　赤子之心最可贵的地方就在于真实，它与一般心思的区别就是不需要任何包装。

　　这又让我想到了在巴西里约热内卢举办的第31届夏季奥运会，傅园慧的一访走红。在参加完女子100米仰泳半决赛后，央视记者采访了她。当记者告诉傅园慧她的成绩后，她惊讶得难以置信。

　　记者接着问：

　　"您这个成绩还是有所保留吗？"

　　傅园慧回答说：

　　"那必须没有啊！我已经用了洪荒之力了！"

　　你看傅园慧的回答，完全出乎记者意料。因为只是半决赛啊，只需要出线就可以，哪有半决赛就用尽全力的？竞技项目是需要斗智斗勇的。

　　记者又问：

"是不是对明天的比赛充满期待？"

傅园慧：

"没有，我已经心满意足啦。"

一个竞技运动员，又是在奥运会这样的重要场合，居然对决赛没有期待，这确实有些反常，这样的回答也让记者措手不及。记者见到过许多"成熟"的答案，像这样"幼稚"的回答应该是很少遇到的。

显然傅园慧心目中没有什么标准答案，她是将自己最真实的想法直接说了出来，再加上她毫无掩饰的肢体动作和脸部表情，傅园慧因此迅速获得了观众的喜爱，成了新的网红。

其实傅园慧被大家认同的地方就在于她在非常讲究策略的竞技体育中，居然内心如此平静纯净，敢于表达内心最真实的想法。

她的迅速走红，也说明大家虽然处在一个复杂的世界中，但内心深处依然保留了对简单、真实与实在的向往。在这样的向往中，傅园慧出其不意地出现在大家眼前，所以才会一下子被热捧起来。

这就是赤子之心不可替代的魅力。王国维论词人应该具有怎样的品质，就特别注重赤子之心的问题。他说：

词人者，不失其赤子之心者也。故生于深宫之中，长于妇人之手，是后主为人君所短处，亦即为词人所长处。
（初刊本第 16 则）

　　什么叫赤子之心呢？赤子就是婴儿，刚出生的小孩子。
赤子一词的本义是什么呢？我们可以看两条材料。一条是
孔颖达在《尚书·康诰》的注释中所说：

　　子生赤色，故言赤子。①

另一条是颜师古在《汉书》注中所说：

　　赤子，言其新生未有眉发，其色赤。②

两人的意思相近，都是说赤子的"赤"是指红色，刚出生
的婴儿，因为皮肤是红色的，故称为赤子，颜师古不过再
加上一个还没有生长眉毛头发，故红得更加全面彻底的补
充而已。

　　赤子之心，简单一点说，也可以因此理解为婴儿之心。
最早使用赤子之心一词的是孟子。《孟子·离娄下》说：

---

① 〔唐〕孔颖达《尚书正义》十四卷，见〔清〕阮元校刻《十三经注疏》
上册，中华书局 1980 年版，第 204 页。
② 〔汉〕班固《汉书》卷四十八，中华书局 1962 年版，第 2248 页。

> 大人者，不失其赤子之心者也。①

孟子所说的"大人"，主要是指道德人格完善的伟大的人，这样的人同时应该还具有一颗纯真、朴实的童心。

按照心理学的解释，小孩子长到七岁时，大脑就已经发育生长成熟了。这个年龄的小孩子有什么特征呢？王国维援引叔本华之说云：

> 赤子能感也，能思也，能教也。②

赤子在一般的感受、思想和接受教育方面，其实与一般成年人并没有很大的差异。赤子之心的可贵就在于它不是一种幼稚的、无知的、浅薄的感情，而是在成熟的思想和感情的基础上，以一种率真的方式表现出来而已。

我们一读孟子的这句话，就发现王国维应该正是从这里借用过来的，只是把"大人"改为"词人"而已。

概括一下王国维的意思，主要有以下三点：

一、拥有赤子之心是优秀词人的标志之一。

二、李煜是拥有赤子之心的典范。

三、李煜的生活环境决定他能成为一个优秀的词人，却难以成为一个优秀的君王。

---

① 〔清〕焦循撰，沈文倬点校《孟子正义》，中华书局 1987 年版，第 556 页。
② 《王国维全集》第 1 卷，第 85 页。

对于王国维说词人应该拥有赤子之心，我完全是支持的。以李煜为例来说明词人应具备的基本品格，也完全可以理解，因为李煜兼有帝王与词人的双重身份。

我们读李煜（937—978）的词，确实觉得他表达感情是如此的率直率真。其实自古以来的文学批评家，可以说没有一个不重视文学的真实的，但我们读的很多作品，往往感觉不到里面的率真。这说明什么呢？说明要把真这个字做到极致，不仅是艺术表现的问题，更是一个作者背后的性情、品格问题。"真"看上去是一个很低的要求，其实是一个极高的要求。而李煜的性情之真，恐怕真是惊到了读者。比如这首《虞美人》：

　　春花秋月何时了。往事知多少。小楼昨夜又东风。故国不堪回首月明中。　　雕栏玉砌应犹在。只是朱颜改。问君能有几多愁。恰似一江春水向东流。

这首词很可能是李煜的绝命词，也就是他写的最后一首词。词由李煜在月明之夜，思念南唐故国而引发浩瀚无边的悲情说起。春花秋月、小楼东风与雕栏玉砌都是一种相对的永恒，而往事、故国与朱颜则是一种短暂，这种人生短暂与自然永恒的矛盾加剧了李煜的悲观厌世。特别是开头"春花秋月何时了"一句，其实表达的"正是求速死"①之意。李煜表达自己的内心情感，真是一点遮掩也没有，就这样原原本本全部捧出来，让读者完全被他的悲情淋漓所震撼。

在写这首词的三年前，也就是宋太祖开宝八年（975），南唐首都金陵被宋军攻破，李煜只能肉袒投降。什么叫肉袒呢？就是脱掉上衣，表示恭敬和惶恐的意思。其实在此之前，李煜一直希望通过对大宋王朝纳贡称臣来维持南唐的存在。但正如宋太祖在回应李煜两次请求宋王朝退兵时所说："卧榻之侧，岂容他人鼾睡。"②等到宋王朝把周边大事处理得差不多的时候，自然就会来收拾南唐了。在政治方面，李煜确实有点很傻很天真的感觉。

开宝九年（976）正月，李煜来到汴京（开封），被宋太祖封为屈辱的"违命侯"，并软禁了起来。李煜从此郁郁寡欢，用他给金陵旧宫人写的信来说，就是"此中日夕以眼泪洗面"。③好在他能写一手好词，所以被俘后的抑郁之情就被他倾泻在填词中，让我们可以通过他的词了解他被软禁期间的心理变化。

宋太祖在开宝九年就去世了，但继位的宋太宗其实对李煜同样有着一定的防备之心。北宋王铚的《默记》用小说家的笔法记载了这样一件事。说某一天，宋太宗见到徐

---

① 唐圭璋《词学论丛》，上海古籍出版社1986年版，第918页。
② 〔宋〕李焘《续资治通鉴长编》卷十六，中华书局2004年版，第350页。
③ 〔清〕吴任臣《十国春秋》卷十七，中华书局1983年版，第256页。

铉（916—991）——这徐铉本是南唐旧臣，曾在李煜手下担任过翰林学士、吏部尚书等职，是李煜非常倚重的大臣。

宋太宗对徐铉说：

"最近见过李煜吗？"

徐铉回答说：

"没有啊！没有陛下的允许，臣下怎么敢私下见他呢？"

宋太宗说：

"你可以去的，就说是朕让你去见他的。"

徐铉得了太宗的指示，以前也毕竟与李煜有君臣的名分，就真的去见了李煜。这中间的过程我们就不说了。这徐铉一见李煜，就要行宾主之礼。

李煜苦笑着说：

"都这时候了，还行什么礼呢？"

徐铉刚刚坐下，李煜突然放声大哭了起来，哭了很久很久。哭完了，李煜呆坐一旁，不发一言。忽然，李煜长长地叹了一口气，对徐铉说：

"当年杀了潘佑、李平两员大将，我现在连肠子也悔青了啊。若是听了他们的话，我何至于落到这样的境地呢。"

李煜是心里藏不住话的人，他后悔杀了潘佑、李平，是真后悔，不是口头上说说而已。因为潘佑与李平不仅对时局的看法有远见，而且屡次上书建言，他们是北宋对南唐最心存畏惧的两个人。结果潘佑、李平因为过于频繁的上书以及过于激烈的言辞，而被徐铉等人说成妖言惑众，故意犯上。而李煜居然听信了徐铉等人的话，要抓捕他们，结果潘佑、李平为了避免屈辱，先后自杀了。潘佑、李平死了，虽然一时平息了南唐朝廷的不同声音，但最高兴的还是宋太祖，他知道，南唐这是在自毁江山，因为最有策略的两个人没有了，南唐也就成了一盘散沙了。

李煜在这个时候说这事，不用说，也包含着对徐铉的抱怨，因为徐铉正是当初举报潘佑、李平两人的主要人物。李煜心中的不满当然可以想见。另外，李煜也忘了徐铉虽然是南唐旧臣，但他现在可是宋太宗手下的散骑常侍，这官职虽然也没有多少实权，但地位尊贵，类似于皇帝顾问一职。

李煜果然单纯、没有心机，真的像个小孩子，他完全没有意识到，有些话是不能说的，说了他可能很难承担后果。

听李煜说后悔杀了潘佑、李平，徐铉本来就不高兴，这等于是直接批评徐铉啊。不久，太宗再次召见徐铉，问起他见李煜的细节。徐铉也不敢隐瞒，就把李煜怎么说后悔杀了潘佑、李平这样的话直接告诉了太宗。太宗一听，当然心知肚明，原来李煜虽然表面上归顺了我大宋王朝，其实一直耿耿于怀。太宗心里因此多了一个结。

更严重的事情还在后面。

什么事情呢？李煜毕竟是艺术气质很浓的人，他的快乐或者悲哀，都只能通过艺术的方式表现出来。他在南唐全盛的时候，几乎夜夜观赏"晚妆初了明肌雪，春殿嫔娥鱼贯列"（《玉楼春》）的歌舞表演；当南唐被北宋包围，李煜忧心如焚，茫无头绪的时候，他排解情绪的方式也是与臣下酣饮悲歌；而南唐灭亡，李煜出降之时，也是"教坊犹奏别离歌"（《破阵子》）。这就是一个整个泡在艺术中的人物。

如今他虽然在大宋国的都城中，待遇越来越好转，但毕竟是在大宋国的屋檐下，何况还是个俘虏，做人做事的低调那是必须的，最好像张爱玲所说的，要低调到仿佛低到尘埃里一样。但天真烂漫的李煜哪里会考虑到这么多？或者说，若能把一个与政治有关的事件考虑得十分周密，那也就不是李煜了。

据说导致李煜杀身之祸的正是与音乐、填词有关。

说是宋太宗太平兴国三年（978）七月初七，也就是传统的七夕节，这一天是李煜的生日。李煜大概感怀身世，再次感受到生活的嘲弄和生命的无趣，所以就让身边的乐工歌妓演奏音乐，并演唱他刚刚填写的《虞美人》一词。可能乐工歌妓表演得过于尽兴，结果声闻于外，宋太宗听了大发脾气，"你个李煜，不过是我的阶下囚而已，何以在我的眼皮底下如此的张狂呢？"又把《虞美人》词从头至尾读了一遍，里面那种对故国的怀念，显出李煜简直是有卷土重来的念头。马令在《南唐书·后主传》中即说：

　　计穷势迫，身为亡虏，犹有故国之思，何大愚之不灵也若此！①

批评了李煜在被俘后如此直接地表达"故国之思"，乃明显授人以把柄，简直是愚蠢到了极致。这当然是从一般意义上来说的，但也从反面说明李煜这人确实没有什么心机，他的单纯也到了极致。

　　于是太宗就以祝贺生日的名义，让弟弟赵廷美送了一壶御酒过去。这赵廷美因为喜欢诗词，平时与李煜交往甚多，关系也很亲近。李煜本来就没什么心机，看到赵廷美送来御酒，当然就没有多想，咕咚咕咚一口气就喝完了。李煜哪里知道太宗在酒里下了一种叫牵机药的东西。牵机药的核心成分是中药马钱子，主体成分与灭老鼠的药一样，能破坏神经系统，喝完以后先是肚子剧痛，继而身体蜷曲，头和脚会靠在一起，整个身体就成了一个弓形。所以这个药是很烈性的，而且人喝了死的形状非常恐怖。②

　　李煜终于还是因为他的天真、不设防而去世了。他不是说"春花秋月何时了"吗？现在不用再追问了，因为他

---

① 〔宋〕马令《南唐书》，见《五代史书汇编》第9册，第5297页。
② 《默记》载："后主相持大哭，及坐默不言。忽长吁叹曰：'当时悔杀了潘佑、李平。'铉既去，乃有旨再对，询后主何言。铉不敢隐，遂有秦王赐牵机药之事。牵机药者，服之前却数十回，头足相就如牵机状也。又后主在赐第，因七夕命故妓作乐，声闻于外，太宗闻之大怒；又传'小楼昨夜又东风'及'一江春水向东流'之句，并坐之，遂被祸云。"〔宋〕王铚撰，朱杰人点校《默记》，中华书局1981年版，第4页。

自己已经了了，春花秋月也就不会再刺激到他了，他的如大江奔流的愁情也随之烟消云散了。

我再多说一句，关于李煜的死，其实也有病死一说，史书中基本就是这样说的。而我们上面讲的这些故事来源于北宋王铚的《默记》一书。这书多根据传闻加工而成，属于笔记小说，《四库全书总目》就把这本书归为"小说家类"，并特别强调"不可据为实录"。^①可见与确凿的史料不同。但我在这里为什么还是在说明是"小说家言"的前提下，引用这些材料，主要是其事可能与事实有一定的出入，但情理与李煜这个人还是相当吻合的。比如说李煜的赤子之心，与这些传说所描述的情况，还是非常一致的。我们在这里并不是作精准的历史考证，而是来说明李煜与赤子之心的关系问题。

一个天真、单纯、朴实的人，具备了一个优秀词人的基本素质，但要用这种素质去当好皇帝，确实是没有可能的。就像清代词人郭麐所说："作个才人真绝代，可怜薄命作君王。"^②这两个身份在性情、学养方面的要求太不相同。作为一个绝代的才人，李煜却不幸作了君王，难怪要薄命了。

问题是：李煜他真的想当皇帝吗？

---

① 〔清〕永瑢等《四库全书总目》一四一卷，中华书局1965年版，第1197页。
② 〔清〕袁枚著，顾学颉校勘《随园诗话》，人民文学出版社1982年版，第637页。

　　李煜是李璟的第六子，按照嫡长子继位的传统，继位根本就轮不到李煜。而且像李煜这样的个性和性情，应该也不可能眼巴巴地盯着皇帝的位置。但李煜天生一副帝王相，他"丰额骈齿，一目重瞳子"，[①] 丰额就是说脑门宽大，这样的人气象也比较正大，骈齿就是指嘴里多长了一副比较整齐的龅牙。本来一个两个龅牙突在外面也不好看，但要是长了一排龅牙，倒也显得异人异相。古人一直认为这是圣人之相的一个标志，据说帝喾（黄帝的曾孙，尧的父亲）、周武王和孔子也都长有骈齿。而重瞳也是一种很特殊的体相，一般人一只眼睛里只有一个瞳仁，而重瞳是指一只眼睛里长了两个瞳仁，据说像历史上的舜和项羽也是长有重瞳的。这三种帝王相，拥有其中一种，已经是很不容易了，而李煜居然拥有三项，难怪被钦定为太子的李璟长子李弘冀放心不下，处处提防着他。而李煜虽有帝王相，却无帝王心。为了防止大哥猜忌，他干脆把全部心思放到文学、艺术和宗教上去。

　　但真是世事弄人，没想到李弘冀没等到继位就死了，而李煜前面几个哥哥也早就亡故，这样一直在逃避皇位、排行老六的李煜居然被历史阴差阳错地推上了皇帝的位置。我们常说，历史有时是不以人的意志为转移的，想想李煜登上君王的过程，还真是这样。

────────────

① 〔宋〕欧阳修撰，〔宋〕徐无党注《新五代史》卷六十二，中华书局1974年版，第777页。

一个词中之帝，却当上了人中之帝。李煜显然没有为此作好充分准备，而当上皇帝之后，他恐怕也无法全心投入到治国中去——文学与艺术对李煜有着无与伦比的吸引力。

从王国维对李煜赤子之心的描述来看，李煜其实正属于王国维所说的"主观之诗人"。王国维曾经这样说：

客观之诗人，不可不多阅世。阅世愈深，则材料愈丰富，愈变化，《水浒传》《红楼梦》之作者是也。主观之诗人，不必多阅世。阅世愈浅，则性情愈真，李后主是也。（初刊本第17则）

王国维把诗人，也就是文学家，分为两类："主观之诗人"与"客观之诗人"。这种划分的依据是什么呢？文学虽然千变万化，但不外乎反映外在的世界和内在的思想情感。反映外在的世界主要通过描述一个一个的事件来展示世界的丰富和复杂，所以这类文学以叙事为基本特征，也被称为叙事文学。而反映内在的思想情感，就不一定去描写一个一个的事件，可以比较直接地去表达，所以这类文学也被称为抒情文学。王国维的"主观之诗人"与"客观之诗人"，就基本上是根据叙事文学与抒情文学的不同类型而划分的。

叙事文学如我们熟知的《水浒传》《红楼梦》，不仅跨越很长的历史时段，而且涉及政治、军事、外交与商业等众多领域，如果没有广博的知识和丰富的阅历，是不可能把历史、事件写得跌宕起伏，扣人心弦的。尤其是要从深厚的阅世中锻炼出眼界，从纷繁复杂的事件当中理清头绪、准确判断，谈何容易呢？《水浒传》《红楼梦》的作者施耐庵、曹雪芹（关于作者，还有一定的争议）本身就是经历丰富、眼光锐利之人，所以才能写出这样经典的文学作品。

《水浒传》里演绎的其实是个现实大江湖，各种人生哲学在这里交汇、碰撞，从而产生种种为人处世的生存哲学。譬如林冲在被逼上梁山之前，简直是淋漓尽致地诠释了"忍"的人生哲学。

林冲出身枪棒师家庭，担任东京八十万禁军教头。这官职虽不能说卑微，但也实在算不上高级，这意味着以收敛性情为特点的"忍"的哲学就是必备的了。故事要从林冲陪着夫人到岳庙进香说起。林冲因为看鲁智深打拳入迷而与夫人分开了，当他后来回去找夫人时，正看到有人放肆地调戏夫人。林冲刚要上去教训一下对方，却发现此人不是别人，而是大名鼎鼎，也可以说是臭名昭著的高衙内，只能强自压住怒火。这是第一次忍。但林冲与高衙内的矛盾由此形成。

林冲为什么见到高衙内，心里就犯起了嘀咕呢？我们看《水浒传》的描写：

> 林冲赶到跟前，把那后生肩胛只一扳过来，喝道："调

戏良人妻子，当得何罪！"恰待下拳打时，认得是本管高太尉螟蛉之高衙内。

什么叫"螟蛉"呢？其实就是义子，也就是我们常说的干儿子。

《诗经·小雅·小宛》有"螟蛉有子，蜾蠃负之"之句。螟蛉是一种小虫，外表绿色。蜾蠃也就是我们说的胡蜂，属于寄生蜂的一种，腰细是它的形体特色。这两句话怎么理解呢？古人因为动物学知识非常有限，认为蜾蠃有雄无雌，这意味着什么呢？意味着蜾蠃没有办法像一般的动物那样进行交配，繁殖后代，只能把螟蛉捕捉来作为义子抚养。这句诗就基本上体现了这种观念。

但这种观念真的对吗？其实也不用等到现在来考证。据说南北朝时期的医学名家陶弘景就已经解决了这个问题。他首先对蜾蠃有雄无雌这一看法产生了怀疑，所以就准备实地调查。他在详细勘察之后，找到了蜾蠃的藏身之地，结果发现蜾蠃雌雄都有，但蜾蠃产卵的过程确实比较特殊，它们把螟蛉捉回来后，先用有毒的尾针把它们刺伤，然后将卵产在螟蛉身上，从螟蛉身上吸收营养。这么说来，螟蛉并不能说是义子，而只是蜾蠃产子的工具和食物而已。

我们回到高俅与高衙内的关系上来。有人问，高俅为什么深受宋徽宗赏识？主要是高俅踢得一脚好球，这是高俅的一个特长。高俅的名字，似乎也暗合了球艺甚高的意思——这当然是我随意联想了。但光靠会踢球，也不可能有这么高的地位。根据南宋王明清的《挥麈后录》所说：

> 高俅者，本东坡先生小史，草札颇工。①

"小史"也就是书童，"草札颇工"，也就是文章写得挺好的意思。据说苏轼后来因工作变动，不止一次向别人推荐高俅，可见这高俅也确实有才华，不是平庸之人；否则，按苏轼的脾气，哪里会随便推荐人呢？再加上高俅运气也特别好，在宋徽宗还是端王的时候，就因为别人的介绍而结识了端王，并且深受赏识。后来端王当了皇帝，高俅也就顺势而上了。我们看《挥麈后录》上怎么说：

> 逾月，王登宝位，上优宠之，眷渥甚厚。②

认识端王一个多月，端王就变成了宋徽宗，这高俅的运气也实在是好到挡也挡不住。"优宠""眷渥"意思相近，都是宠爱、照顾、优待的意思。后来高俅在仕途上平步青云，都是因为有这个作为基础。

---

① 〔宋〕王明清《挥麈后录》卷七，见《宋元笔记小说大观》第 4 册，第 3714 页。
② 同①，第 3714—3715 页。

这高俅虽然红极一时，但也有难言之隐。什么难言之隐呢？那就是高俅虽然发迹了，但没有儿子。后来居然把自己原来的叔伯弟兄，也就是这个高衙内，收作了干儿子。这辈分有点乱，但他们自己不在乎，我们也就不好多说了。这高衙内是游手好闲之人，专门爱干调戏、霸占良家女子这类事，所以民间称他为"花花太岁"。因为这个背景，林冲自然有点怵了。不是有句老话嘛："宁得罪君子，勿得罪小人。"林冲心里是透亮的。

所以，林冲的"忍"在当时也实在是因为没有办法。问题是"忍"有没有用呢？

我看还真是没什么用。

为了帮助高衙内霸占林冲妻子，高俅亲自出马，设计了圈套，让林冲误入白虎堂，结果林冲被判充军沧州。林冲当然知道这父子的卑劣用心，但他无力对抗，也只有忍。

在去沧州的路上，两个押送的人因为私下接受了银两，要在野猪林杀死林冲，幸亏鲁智深施以援手，但当鲁智深要将这两个押送人员杀掉的时候，林冲考虑到种种现实情况，依旧忍了下来。

等等，等等。

可以说在被逼上梁山之前，林冲一直在忍。这种忍至少使林冲在艰难的处境中暂时稳定了下来。而这种忍正是从阅世中来的，这种忍已经完全不是赤子之心，而是在复杂社会中的一种生存策略。施耐庵要是不懂得这点，他能这样写吗？肯定不能。要写出林冲的这一特点，也必然要对人性、对江湖处世艺术有深入的了解，这样才有可能写出来。所以王国维说如小说这类叙事文学，需要作者具有深广的阅历和敏锐的判断力。现在想想，真是这么回事。

从王国维将李煜与施耐庵、曹雪芹进行比较来看，所谓"赤子之心"，其实是希望作者不要过多地介入复杂的社会中去，要保持与社会的距离，尽量守护天性，这样才能在词中体现出别样的艺术魅力。因为一个人刚来到这个世界时，原本是懵懂无知的，一切的嬉笑怒骂都是出于天性，而天性则因为真实而美好。

阅世浅带来真性情，这就是王国维关于"赤子之心"的内在逻辑。我突然想起明代李贽说过的一段话：

> 童子者，人之初也；童心者，心之初也。夫心之初曷可失也！然童心胡然而遽失也？盖方其始也，有闻见从耳目而入，而以为主于其内而童心失。[1]

人都是从儿童过来的，童心代表了我们最初对这世界的认知。这个初心怎么能丢掉呢？童心怎么能不好好保护呢？追寻童心被丢失的原因，就是因为随着我们从童年一天一天长大，我们听到见到遇到许多外面的东西，这些东西逐

---

[1] 〔明〕李贽《焚书　续焚书》，中华书局 2009 年版，第 98 页。

渐进入我们内心，从而遮掩了最纯粹的童心，导致我们找不到童心了。李贽其实与王国维一样，也是希望能与现实保持足够的距离，从而让晶莹的童心得到精心的保护。

不过，阅世浅不等于读书少，只是有的人书读多了，童心也就不见了；有的人读书，正是为了守护好童心的，因为童心中有最真最美也是最本质的东西。

李煜读书的勤奋也是非常有名的。徐铉在为李煜写的墓志铭中，说李煜"精究六经，旁综百氏"。①意思是说，李煜不仅对儒家的"六经"（《诗》《书》《礼》《易》《乐》《春秋》）有精深的研究，而且对诸子百家的著作都广泛涉猎。这说明，除了社会知识和社会经验，李煜的传统文化修养是极为突出的。但这种精深的文化修养，如果失去了赤子之心，就容易把文学、艺术引向虚伪、做作一路，也等于失去了文学最为重要的真实的特点。而且读书多，正是用来保护童心的。李贽对此说得十分清楚，他说：

　　然纵不读书，童心固自在也，纵多读书，亦以护此童心而使之勿失焉耳，非若学者反以多读书识义理而反障之也。②

多读书，多识义理，应该更能体会童心的珍贵。李煜应该

① 〔宋〕吕祖谦编，齐治平点校《宋文鉴》，中华书局1992年版，第1950页。
② 《焚书　续焚书》，第98页。

就属于这种读书人的典型吧。

但我们不要忘了，李煜是一代帝王，把一个帝王与一般作家进行对比，这样的结论客观吗？如果将帝王与帝王相比，是不是更能体现出李煜无可替代的"赤子之心"呢？要回答这些问题，我们看王国维下面一节话，就能明白其中的道理了：

尼采谓：一切文字，余爱以血书者。后主之词，真所谓以血书者也。宋道君皇帝《燕山亭》词亦略似之。然道君不过自道身世之戚，后主则俨有释迦、基督担荷人类罪恶之意，其大小固不同矣。（初刊本第18则）

简单来说，这段话至少包含下面三层意思：

第一，"以血书者"的文字才是文学的最高境界；

第二，李后主与宋徽宗两人是"以血书者"的代表；

第三，在词的境界上，李后主表现的是生命的落空，宋徽宗表现的则只是身份的落差。

如果说，前面主观、客观之诗人是从作家类型的角度来说的，这里则将帝王与帝王相比，来说明有无"赤子之心"与词境大小的关系。所谓"以血书者"，其实就是以"赤子之心"来书写的文字，它因为真实而震撼人心，因为纯朴而涵盖了广阔的情感。这比过多地沾染了世俗功名的情感要更具有情感的力量。

李煜用最后的生命换来的《虞美人》，我们刚才作了分析，那真是用最淳朴的语言去感叹生命的脆弱和无力。生命的短暂与自然的永恒，其实很多的词人也考虑过，甚至也满怀着悲情。但你看晏殊《浣溪沙》在认清"无可奈何花落去，似曾相识燕归来"的自然现象之后，他不过是"小园香径独徘徊"，他在徘徊思索之后是想通了然后放下了，还是想不通而被痛苦笼罩？我们不知道，因为晏殊没把他的思考结论放到作品里，所以他这么写，最多是给我们一种理性的感动和一种想象的空间。而李煜就不同了，他觉得生命无趣，就要问"春花秋月何时了"；他沉浸在悲情中，就把自己整体抛入汹涌的江水之中，没有一点回旋的余地。这真像一个小孩子，率真而任性，简直像透明人一样出现在我们面前。

而宋徽宗呢？宋徽宗原名赵佶（1082—1135），是宋神宗的第十一个儿子，你说都已经排到第十一个了，本来哪里有什么希望当皇帝呢？估计他也没有过这个梦想。但宋哲宗去世后，因为没有子嗣，所以作为弟弟的赵佶就继位当了皇帝。这其中当然还有一些斗争，比如小赵佶一岁的弟弟赵似也曾是候选人之一，但因为赵似小时候害了严重的眼疾，严重到什么地步呢？严重到一只眼睛瞎掉了。这就有点麻烦了，毕竟是一国之君，形象上的基本要求还是要的。向太后与大臣们议来议去，机会最终落到了赵佶的头上。当然最关键的原因是向太后——也就是神宗皇帝的皇后，倾向于让赵佶继位。

关于赵佶的出生，传说中还与李煜有着神秘的关系。据说在赵佶出生前，他的父亲，也就是宋神宗看到秘书省收藏的李煜画像，对李煜的"人物俨雅，再三叹讶"，也就是十分赞赏、惊叹李煜的大雅气象。然后不久，赵佶就出生了，宋神宗还因此做了一个梦，说是"生时，梦李主来谒，然其文采风流过李主百倍"。[①]梦到李煜来拜见宋神宗，所以赵佶也就继承了李煜的文采风流，甚至水平远过李煜。简直是把赵佶看成李煜的托生转世，这当然是竭力渲染赵佶作为帝王的不凡身世。但实事求是地说，赵佶与李煜确实有太多相似的地方了，说赵佶身上有李煜的影子，并不为过。但要说他的文采超过李煜百倍，估计也就是过过嘴瘾罢了。

宋徽宗与李煜的性格经历真是十分相似，他们都爱好诗词书画，艺术修养深厚，但都被历史推到了帝王的位置，当然他们同样在帝王任上碌碌无为。李煜就不说了，宋徽宗当上皇帝，心思也不在治国理政方面。他整天干什么呢？就是流连忘返于艺术与声色之中。政治上重用蔡京等一帮奸臣，结果国内怨声载道，导致方腊、宋江起义；外患也日重一日，最终被金兵端了老巢汴京（开封）。最后与儿子宋钦宗（赵桓）以及皇后、嫔妃、宫女及皇室眷属等数

[①] 〔清〕李有棠撰《金史纪事本末》卷八，中华书局2015年版，第179页。

千人，被金兵押送着一路北上。为了断绝他们复国的念想，金兵一直把他们押送到了"五国城"，也就是现在的黑龙江省依兰县。元臣巎巎就曾经感慨地说：

> 宋徽宗诸事皆能，独不能为君耳！[①]

"诸事皆能"的人却被命运安排在一个自己缺乏才华的位置上，命运弄人看来是真的。史家的感慨是沉痛的，但眼力也是非常精准的。

一个帝王瞬间沦落为阶下囚，那感觉肯定是崩溃的。再加上在三年多遥远的押送途中，他受尽了金兵种种折辱，备尝生活艰辛，对故国的思念和对身世的感怀，肯定就空前强烈了。这宋徽宗虽然名字叫佶——佶就是健壮的意思，但再健壮的身体，也经不住精神与身体的双重折磨，他终于在被俘八年后黯然去世了。

被王国维认为与李煜词风相近的《燕山亭》词，就作于被押送至东北的路途上。我们先来看这首词：

> 裁剪冰绡，打叠数重，冷淡燕脂匀注。新样靓妆，艳溢香融，羞杀蕊珠宫女。易得凋零，更多少，无情风雨。愁苦。闲院落凄凉，几番春暮。　　凭寄离恨重重，这双

---

① 〔清〕王士禛著，靳斯仁点校《池北偶谈》，中华书局1982年版，第202页。

燕，何曾会人言语。天遥地远，万水千山，知他故宫何处。怎不思量，除梦里，有时曾去。无据。和梦也，有时不做。

这首词一开始极力描写杏花的精致与美丽，花瓣像精心剪裁过的白色丝绸，层层叠叠，上面均匀地分布着淡淡的红色，像染了一层胭脂似的。样子好看，杏味飘溢。视觉和嗅觉都令人陶醉，连天上的仙女也自愧不如。到这里为止，把这杏花描写得简直是人间第一花，美到连仙女也羞愧得抬不起头。

有人就说了，作为一个亡国之君，这个时候，还有心情去这么细致地描写杏花，与后面的情感很不协调。其实在我看来，这正是赵佶的高明之处。他写杏花的美，写得这么美艳，这么芳香，是为了突出如此美的景象却因为暮春风雨，而很快凋零，正是这种美的生命的凋零才更使人感到痛心。一块砖头摔碎了，人们也许无所谓；但一块宝玉摔碎了，就会很心疼。我感觉，宋徽宗就是要写出一块宝玉被摔碎了的感觉。

从下片来看，杏花这种从极盛到极衰的变化，正是赵佶用来自况的。艳若天仙的杏花，其实正比喻当年统治大宋王朝时的辉煌。杏花的"易得凋零"，也象征了他从皇帝沦为阶下囚的转变。所以下片就写"离恨重重"了，你看这也呼应上片"打叠数重"的感觉的。这个"离恨重重"，既有因空间上距离"故宫"（汴京城）的"天遥地远，万水千山"所造成的地理障碍——在东北与中原之间，确实相隔着重重叠叠的山和水，燕子虽可飞去，但却不会传达人的情感；更有从以前的偶尔梦见到现在的无梦可到的心理上的巨大折磨。所以，赵佶的离恨至少包括两重意思：地理上远离故宫之恨；心理上无法梦见故宫之恨。

由上面简要的分析，我们可以大概明白：王国维为什么要说宋徽宗与李煜在"以血书者"上神韵相似了。我大致归纳一下，原因有二：

第一，两人都眷怀故国。李煜说"故国不堪回首月明中"，深深怀念以前的南唐王朝；赵佶说"知他故宫何处"，心心念念在北宋时的辉煌。他们都一时放不下曾经统治的国家，这种情怀非常相似。

第二，两人都愁对现实。李煜说"问君能有几多愁。恰似一江春水向东流"，着重说"愁"；赵佶说"愁苦""凄凉""离恨"，把愁情说得细腻而强烈。

而根据两人当时的地位，类似这样的抒情是很危险的。一个战败国对一个战胜国，最大的忌讳就是有复国之念，而李煜和赵佶在词里面，却毫无忌讳地表达出这种深切的故国之思。这也说明，这两人都不怎么通世故，不懂得韬晦之术，等于把自己的想法赤裸裸地告诉给了对方。"真"是真了，但"真"得太危险，后果有可能太残酷。唐圭璋说：

况周颐云："'真'字是词骨。"若此词及后主之作，皆以"真"胜者。①

我们现在不用考虑一首词与生命的直接关联，可以来静静地欣赏作品中的真情流露，但在当时，稍通世故的人，肯定不会这么说，因为说了可是有掉脑袋的危险的。李煜与赵佶的特殊性就在这里，他们把心里想的直接写到了纸上，中间不经过一个遮遮掩掩的过程，所以他们的对手也就因此"证据确凿"了。

这么说来，王国维把李煜与赵佶两人放在一起，认为他们都因为拥有赤子之心，所以在作品中将自己的情感倾泻而出，这种看法是有道理的。

但王国维显然看得更深远。为什么这么说呢？大家有没有注意到，王国维在说了李煜与赵佶词风相似之后，接着就是说他们两人的不同之处了。他觉得李煜与赵佶的词境明显有大小的不同，这里的大小不仅指作品内涵的深浅，更指两人思想境界的高低。

简单来说，他们两人虽然都是针对从帝王到囚犯的身份变化来抒情，但赵佶无法忘怀的是身份的落差，而李煜则由此看出生命的无常。赵佶说来说去说自己，李煜说着说着就说到了人类普遍性的命运。

赵佶说自己的身世之感，词里面写得很明白了。他想

① 唐圭璋选释《唐宋词简释》，人民文学出版社 2010 年版，第 168 页。笔者按：原文标点有误。

回到故宫，不过因为相距遥远而回不去，想让燕子带去自己对故宫的思念，但燕子哪里能通人语呢？最后没有办法，只能寄望梦中回去，可以往偶尔还能梦见，现在根本连梦都没有。所以，虽然赵佶说自己对故宫"怎不思量"，但现实和梦境都注定了故宫已经成为历史了。赵佶的悲情就在这里：他一点也放不下，但又没一点办法。

李煜也想故国，但面对"朱颜改"的自己，他想得更多的是：为什么会出现这种自然永恒与人生短暂的矛盾呢？这个矛盾有办法解决吗？若没有办法解决，人靠什么信念生存下去呢？你看，李煜他像个哲学家，他考虑的问题非常开阔深远。李煜也悲情，悲到连春花秋月都不想见，悲到仿佛把自己投进汹涌奔腾的大江之中。但他的悲情不仅仅限于个人命运的变化，而是说到了芸芸众生难以把握的命运。这样，抒情的力度一下子就增加了许多。

王国维说这就好像佛教的释迦牟尼和基督教的基督"担荷人类罪恶之意"，带着宗教的意义。这个评价当然就不是一般的高，而是很高很高了。

为什么这么说呢？比如佛教，我们都讲世间轮回，而佛教主张通过修行回归本心自性。什么叫本心自性呢？就是人天性所赋予的原始和本能的情感。佛教要求放下世间的功名利禄、七情六欲，把世间一切都看成假象，都是虚幻的。把假的放下，真的才会出现。如果人人都能做到这一点，人人也就都能成佛了。佛经里是这么说的：

地狱不空，誓不成佛；众生度尽，方证菩提。

我们读这样的句子，就能明白佛教普度众生的宏愿了。作为佛教的始祖，释迦牟尼希望能带领人类脱离苦海，到达圆满而光明的境界。释迦牟尼的担当精神一向被佛教徒盛相推崇。

关于释迦牟尼，有句很经典的话，几乎是家喻户晓的。那就是："我不入地狱，谁入地狱？"这句话背后究竟有着怎样的故事呢？

据说释迦牟尼尚在修行时，有一次坐船外出，与五百个商人同行，而船上有一个毛贼，为了窃取商人的财物，动了杀心。这一切当然逃不过佛陀的眼睛。佛陀就开始琢磨：怎样才能最合理最有效地平息这场可能的血案呢？如果直接劝说毛贼别动杀心，毛贼肯定听不进去。如果把有毛贼要杀商人的消息透露给商人，大家一联手，毛贼肯定在劫难逃，一命呜呼。但如果不把这消息告诉商人，肯定有商人要命丧毛贼手下。

佛陀就这么想来想去，想了很久，也没有两全之策。最后佛陀决定自己动手杀了毛贼，因为相对来说，杀一毛贼而救五百商人，这是最好的办法了。佛陀深知，这毛贼如果杀了五百商人，肯定要"堕无间地狱"。这"无间地狱"的意思，就是在地狱受到的刑罚不间断地进行，是佛教所谓八大地狱中最苦的一个，在地狱的最底层，只有穷凶极恶之人才会被打入无间地狱。而一旦入了无间地狱，就"受苦无间"，很难解脱，备尝种种痛苦，譬如被大火猛烧等。所以佛陀杀毛贼，其实是让自己来下地狱，以免毛贼再受地狱之苦。"我不入地狱，谁入地狱？"也因此具有了大慈大悲的佛法精神。

这是释迦牟尼"担荷人类罪恶之意"的生动例子。

而基督呢？作为基督教的始祖，耶稣基督自称是上帝的儿子，他以肉身来到人世，目的是履行救世主的职责，为人类赎罪。他要求教徒爱上帝，爱人如己。

耶稣一直声称自己是上帝的儿子，对芸芸众生有着极大的影响力，而这种影响力被认为触犯了法律的尊严，一些宗教领袖因此要求政府处死耶稣。但罗马政府审讯了几次，都没有发现耶稣触犯法律的证据。那怎么办呢？最后就以其学说对政府具有潜在的威胁为理由，下令处决耶稣。

以耶稣的智慧，他当然完全预料到了这个结局，所以虽然名义上是被处决，其实也是他的一种主动选择。在耶稣的心里，如果以自己一人之死，能替众生赎罪，也是值得的。所以他才会异常平静地走上刑场，坦然地被钉死在十字架上。很显然，耶稣的担当精神才是其不畏死亡的原因所在。有传说三天后耶稣复活了——这也证明耶稣确实是上帝的儿子，他先在以色列南北两省走动了四十多天，后来又回到耶路撒冷，并最终从耶路撒冷升到了天国。

从上面的例子来看，无论是佛教还是基督教，也无论是释迦牟尼还是耶稣，他们都把目光放在彼岸，人间的一切只是用来修行、赎罪，然后在彼岸的世界享受永久的光明。

说了上面的故事，我们要追问了：王国维说李煜有释迦、基督担荷人类罪恶之意，是不是有些拔高呢？毕竟李煜只是一国之君，不是宗教教主。但宗教大多以回归人之本心自性为宗旨，李煜至死也葆有一颗晶莹剔透的赤子之心。在纯粹、朴实、包容等方面，也确实带有一种宗教情怀。而赵佶呢？他在词里面其实不大关注身外的世界，他的痛苦都是因自身遭遇而起，又回归到自己身上。也就是我们刚才说的，说来说去说自己。李煜呢？他从自己说起，可是他从自己一人，延伸到古今以来的芸芸众生，他发现人生的短暂与自然的永恒是任何人都难以超脱的。他的悲情那么大，那么汹涌，那么磅礴，也正是因为这不是他一个人的悲情，而是人类共同的悲情。

这么说来，王国维说赵佶词境偏小，李煜词境开阔，真是别具眼力的。

但王国维是不是也有说得过于绝对的地方呢？我觉得还是有的。比如把李煜的赤子之心归于"生于深宫之中，长于妇人之手"，就显得结论简单了。其实古来帝王的成长经历大多类似，这宋徽宗也是生于深宫之中，长于妇人之手的，但何以与李煜有如此的不同？所以，赤子之心乃天赋所在，环境只具备次要的意义，而天性才是最根本的，王国维好像没有充分注意到这一点。

如果我们把"赤子之心"的意思简单概括一下的话，主要有下面四点：

第一，真实是基础。婴儿还没到会撒谎的年龄，他饿了就会哭，饱了就会笑，一切都出于最真实的情感。

第二，纯净是底蕴。大凡拥有赤子之心的人，对人世的功名利禄都没有什么概念，所以在复杂的人世间，他们因为阅世浅而显得单纯而幼稚。

第三，自然是特色。具有赤子之心的人，在艺术上的表现，也往往不加掩饰，自然流露，他们的作品也因此带着自然的韵味。

第四，博大是内涵。为什么说赤子之心的内涵博大呢？因为其情感没有被世俗之心所遮蔽，所以它呈现出来的是原初的开放状态。我们平时的喜怒哀乐，往往不一定出于本心，有时是因为需要而刻意表现出来的，这样的情感其实是狭窄的，被局限的。而赤子之心因为不受任何的限制，所以具有一种特别的张力，也就是情感的弹性。

在王国维看来，做个一流的词人，看似简单，其实很不简单。

刚才，我们说了王国维分析李煜词的赤子之心的具体内涵，我们这才知道赤子之心在一流文学家和经典文学作品中的特殊地位。但一流文学家并不止李煜一个人，譬如还有清代的纳兰性德。那么纳兰与李煜之间究竟有怎样的不同呢？一流的文学家是不是下笔就一定成经典呢？如果不是，那还需要什么条件呢？下一讲，我们继续讲述。

第五讲

自 然 之 眼

　　杭州西湖是中国的风景名胜，到过的人肯定不少。西湖的出名不只是因为那一湖清水——你想在我们幅员辽阔的大中国，像西湖这样的湖泊也不知道有多少。但为什么偏偏西湖那么出名呢？我觉得与西湖承载的深厚的历史文化有关。现在去西湖的人，都知道唐代白居易修建的白堤和宋代苏轼修建的苏堤，这白居易和苏轼可是中国文学史上赫赫有名的人物，这两道堤是不是一下子就显示出西湖的不凡来了？这是看得见的历史。还有很多在现场看不见的文化，譬如诗词歌赋。在写西湖的诗词中，我觉得写得最好的是苏轼的《饮湖上初晴后雨》：

　　　　水光潋滟晴方好，山色空濛雨亦奇。
　　　　欲把西湖比西子，淡妆浓抹总相宜。

这首诗知名度很高，但知名度高的诗不一定透明度也同样很高。我记得林语堂的《苏东坡传》是这样评价这首诗的：

> 西湖的诗情画意，非苏东坡的诗思不足以极其妙；苏东坡的诗思，非遇西湖的诗情画意不足尽其才。[①]

林语堂的意思是什么呢？他是说西湖固然充满着诗情画意，但并不是谁都能将这种诗情画意写到极致的，只有苏轼才能用他精妙的诗思把这种诗情画意淋漓尽致地表现出来。也就是说，西湖与苏轼如果此生没有相遇，那么西湖的美与苏轼的才就碰撞不出火花，那将是中国文学史上多么遗憾的事情。

人与风景的关系就是这样，有的一见倾心，此生长念；有的长期共存，却老死不相往来。看不出风景的特别之处，这风景与人就一直是陌生的，可以终日相对，却无法一朝相会。

都说苏轼这首诗写得好，但究竟好在哪里呢？

我们先看题目：饮湖上初晴后雨。"饮湖上"是说一种边喝酒边游湖的状态，这种状态肯定很惬意，很放松。"初晴后雨"是说天气的变化，一开始是阳光灿烂的晴天，过了一会就下起了蒙蒙细雨。所以苏轼诗歌的第一句就是"水光潋滟晴方好"，"潋滟"是说水的波纹一道一道相连。

[①] 林语堂《苏东坡传》，湖南文艺出版社 2016 年版，第 128 页。

为什么相连呢？因为这船在开啊，就把平静的水面带出了一圈一圈的波纹，加上是晴天，阳光洒照，所以这一圈一圈的波纹光耀闪动。这是一种动态视觉的美。这当然是从船上近处看到的景象。第二句说"山色空濛雨亦奇"，就是远望了，写湖边的群山。这句写下雨了，除了景区中间的孤山，还有西南方面的南山以及北边的北山，三面环山的西湖在雨中显现出很奇特的景象。这句写山色，当然注重的是视觉感受，但写晴天湖水是清晰的光亮感，而写雨中群山则是模糊的阴沉感。

苏轼写西湖，写水也写山，写晴天也写雨天，写动态也写静态，写光亮也写阴沉，写清晰也写模糊，写近景也写远景。不过是两个句子，居然写了这么多内容，简直是写出了西湖的全天候的美，让人不佩服不行，也体现出苏轼对西湖的深刻认知。

问题是苏轼并没有写到这里为止，他接着写："欲把西湖比西子，淡妆浓抹总相宜。"这就一下从自然写到了人文。西湖也被称为"西子湖"，就是因为苏轼的这句诗。西子是越国的美女，也就是大家都熟悉的西施，西施与王昭君、貂蝉、杨玉环并称为中国古代四大美人，西施排在第一位。古代谈及美女经常用的"闭月羞花之貌，沉鱼落雁之容"，[①] 就是形容这四个人的。其中的"沉鱼"说的就是西

---

① 西施浣纱鱼沉水，昭君出塞雁落沙，貂蝉拜月致月隐，贵妃醉酒羞落花。

施，因为她经常浣纱——也就是洗衣服，浣就是洗涤的意思，那些鱼儿看到清澈的湖水倒映出她如花的美貌，感到羞愧，也忘了游水，而沉了下去。

这西施到底有多美，其实我们也不知道。古来的文献都说她美，但也没说她眼睛、鼻子长啥样，脸型身材如何。所以西施的美其实是一种概念，很难变为一种具体的形象。也正是从这个角度来说，我们可以理解西施虽然可能艳若桃花，也可能清若幽兰，但主要应该是一位气质美女。所以素颜的西施美，浓妆的西施同样也美。而且这种美总是那种恰到好处的美。这样的美当然是没有办法模仿的，我们的成语中有一个"东施效颦"的故事。最早见于《庄子·天运》：

> 西施病心而矉其里，其里之丑人见之而美之，归亦捧心而矉其里。其里之富人见之，坚闭门而不出；贫人见之，挈妻子而去走。[1]

"矉"同"颦"，就是皱眉头，"病心"，就是心脏有病，我怀疑可能是心绞痛。说西施心绞痛发作的时候，十分痛苦，总是把双手放在胸前——好像捧着心脏，皱着眉头。同乡的一个丑女觉得西施捧着心脏、皱着眉头的样子很美，所

---

[1] 《庄子集释》，第517页。

以回去也学着西施的样子，皱着眉头。结果周边的富人看到东施这种做作的样子，马上把门关牢；穷人见了东施，赶紧带着自己的老婆孩子离开。总之是避之唯恐不及。

这就是我们现在经常说的：不作死就不会死。东施就犯了这个"作死"的毛病，结果成为中国历史上丑女的典型。其实这东施的长相，我总想也许只是长得不出众而已，但因为心态不好，结果在大家心目中就变丑了。所以美和丑有的时候只是一种感觉而已。

这说明真正的美是模仿不了的。苏轼说"欲把西湖比西子，淡妆浓抹总相宜"，其实写出了西湖的不可替代性，就像西施的美无法模仿一样，西湖的美也是独一无二的。因为这两句写得实在好，宋代有个诗人叫武衍，他有次游西湖，想起了苏轼的这两句，很有感慨地说：

除却"淡妆浓抹"句，
更将何语比西湖？（《正月二日泛舟湖上》）

简直没有比苏轼这两句形容西湖更好的句子了。这话看上去过分了一点，但仔细想想，好像也不过分。因为苏轼把西湖比作西施，西湖的形象也就一下子灵动了起来。一流的文学家总会引起"公愤"的，因为他让后人没办法再写了。

所以，苏轼笔下的西湖至少具有四个特征：整体性、深刻性、独特性和灵动性。

　　我今天其实不是讲苏轼，也不是专门讲这首《饮湖上初晴后雨》。我们讲苏轼笔下西湖的整体性、深刻性、独特性和灵动性，是为了说明一个简单的道理：要写出这样灵秀的诗歌，对作者有什么特别要求呢？因为这显然不是一般的诗人能够写出来的。你想想，中国文学史上有几个苏轼呢？就是苏轼写的诗歌，也不是篇篇都这么精彩啊。

　　我觉得要回答这个问题，就要回到王国维《人间词话》的相关话题了。《人间词话》有一则是这样说的：

　　纳兰容若以自然之眼观物，以自然之舌言情。此由初入中原，未染汉人风气，故能真切如此。北宋以来，一人而已。（初刊本第 52 则）

　　这是王国维评价纳兰性德的话，这个评价在王国维那里，其实就是最高的评价。纳兰性德被称为"北宋以来，一人而已"，因为有纳兰性德，王国维把整个南宋和元明清的其他词人都不放在眼里了。王国维在这段话里提出了三个概念：自然之眼、自然之舌、真切。"真切"，就是真实、切合，真实当然不虚假，切合就是很精准。从"自然之眼"到"自然之舌"是一个完整的创作过程，"自然"是关键词。"真切"其实是"自然之眼"与"自然之舌"的基础。一个优秀的词人要有"自然之眼"的审美眼光，更需要一种"自然之舌"的抒情方式和语言。

而"自然之眼"则是一流词人的首要条件。

什么叫"自然之眼"呢？大自然真的有眼吗？我知道这样一问，很多人会觉得我问得好没道理，但其实有的时候乱问也出真知的。据说大自然真的有自己的眼睛，这眼睛在哪里呢？在撒哈拉沙漠的西南部，也就是毛里塔尼亚境内，确实有个外形非常像眼睛的自然景观之眼，那是一个巨大的同心圆地貌，直径接近 50 公里，中心位置有一块崛起的岩石，看上去就像是一个眼球。当然，这个"自然之眼"需要在太空中绕行地球时，才能完整地看出。这个巨眼好像凝视着茫茫宇宙，令人惊讶于自然的神奇和伟大。也许自然的奥秘都在这个自然之眼里面，只是我们不知道而已。

可惜，我们人的眼睛没有这么神奇的力量。但人的眼睛是观察世界的最重要的窗口。我们每天接触、感受、认识这个世界，主要靠什么？靠眼睛。实验心理学家特瑞拉通过大量的实验证实，人类获取的信息中，有 83% 来自视觉。这个比例够惊人吧！现在我们知道有些企业为什么要花费巨资在电视上做广告了，因为视觉信息的冲击是最有力量的，广告在电视上轮番播出，无论你爱看不爱看，它总在你面前晃。那些你特别爱看的，或者特别讨厌的广告，都是广告的成功案例。所以，有一双智慧的眼睛，该有多么重要。

那么，纳兰性德有一双怎样的眼睛呢？他诗意的生命中信手的一阕为什么如此地令人沉醉呢？

原因正是王国维所说的，纳兰是用自然之眼观物，以自然之舌言情。

譬如关于生命与爱情的主题，前人也不知道写了多少作品，但在纳兰的世界里，依然流淌着一股自然的韵味，给我们带来深深的感动。如下面这首《蝶恋花》：

> 萧瑟兰成看老去。为怕多情，不作怜花句。阁泪倚花愁不语，暗香飘尽知何处。　　重到旧时明月路。袖口香寒，心比秋莲苦。休说生生花里住，惜花人去花无主。

这是纳兰的悼亡词，他与结发妻子卢氏只维持了三年的婚姻，妻子便因难产而去世。而这三年的婚姻给纳兰带来了无限的快乐。他在另外一首《浣溪沙》词里写在卢氏去世之后"沉思往事立残阳"。下片就追忆起夫妻日常生活的幸福场景：

> 被酒莫惊春睡重，赌书消得泼茶香。当时只道是寻常。

纳兰说，这首词里写的就是他们婚姻期间的"寻常"生活，最常见，最普通，也最令人难忘。"被酒"就是酒喝多了，喝多了酒一般是两种反应：一种是滔滔不绝地说；一种是昏昏沉沉地睡。很惭愧我就属于前一种，而这卢氏应该属于后一种。看来卢氏醉得不轻，有点像李清照《如梦令》里说的"浓睡不消残酒"，醉得深，所以睡得重。而"莫惊"两个字，可见纳兰对妻子的关爱之心。所谓恩爱，其实就是生活中点点滴滴的关心和爱护。那种放在嘴上说多了的恩爱，很可能内涵是不怎么纯粹的。

卢氏到底是因为什么喝了那么多酒呢？词里面没有直接说，如果原原本本一一说来，也就不是词，而是小说了。诗词这类文体，表述一件事情，往往是撷取一两个片段，中间空在那里，让读者去联想。我们也可以理解为这是词这种文体的矜持。

我的联想是什么呢？我觉得这喝酒与下一句"赌书消得泼茶香"有关。而这句背后，又有宋代赵明诚与李清照的恩爱故事在内。赵明诚是宋代著名的收藏家，他收藏的东西以金石书画为主，不仅数量多，而且珍品多，品位高。我们可以看一段李清照晚年写的《金石录后序》，里面说他们经常白天在外面收购藏品，如果买回了一本好书，两个人就在灯下一起校勘，看看哪里有错字，哪里有漏字。如果买到了一些书画等物，两人就共同欣赏，看看这幅书法哪个字写得好，哪个字弱了，整体结构上有什么问题，等等。李清照说，因为他们对收藏品下了那么多的整理功夫，所以在当时"冠诸收书家"①，也就是众多藏书家中藏品品相最好的。他们每天晚上"夜尽一烛为率"②，也就是只点一根蜡烛，在蜡烛点燃的过程中，除了前面我们说的对收藏品的整理、校勘等之外，还有时间怎么办呢？李清照是这样描写他们的生活片段的：

> 余性偶强记，每饭罢，坐归来堂，烹茶，指堆积书史，言某事在某书、某卷、第几叶、第几行，以中否角胜负，为饮茶先后。中即举杯大笑，至茶倾覆怀中，反不得饮而起。甘心老是乡矣。故虽处忧患困穷，而志不屈。③

这"归来堂"是赵明诚在山东青州老家的书房名，名字应该来自陶渊明的《归去来兮辞》，李清照还有个"易安居士"号，也是取自《归去来兮辞》中"倚南窗以寄傲，审容膝之易安"之句，意思是说虽然房子很小，但我对着南窗，依然不失我傲世的情怀。赵明诚与李清照退隐青州，是从宋徽宗大观元年（1107）秋天开始的，原因是这一年的三月，赵明诚的父亲因为得罪了当朝宰相蔡京而被罢官，赵明诚兄弟三人也受牵连被免职，所以只能住到老家去。李清照在这段文字中说的"虽处忧患困穷，而志不屈"，就

---

① 〔宋〕李清照《金石录后序》，见《李清照集校注》，第196页。
② 同①，第196页。
③ 同①，第196—197页。

应该说的是全家在政治上处于困境的时候。

　　我们现在回到纳兰词当中的"赌书消得泼茶香"一句，其实就在李清照的这段文字之中。李清照说"余性偶强记"，这个"偶"字其实是谦虚的说法。自己夸自己，这分寸感很重要，夸过头了被人笑话；夸不到位，又淹没了自己的才华。所以别看这好像很随意的一个"偶"字，足见李清照文字功夫的高超。

　　记忆力好，当然就来玩记忆游戏。赵明诚也是一个才子，自认为不一定输给太太，当然就同意了。我估计他们是轮流出题，因为家里到处都是书，就猜某件事情是在哪本书里记载的，光猜书名还不够，还要说出具体在第几卷第几页第几行。这完全是一档电视节目《最强大脑》的游戏方式，而且难度可能有过之而无不及。两人约定：猜对的一方，就先喝茶；猜错了，就出题人先喝。这个对一般人来说，肯定是有难度的，但李清照的"强记"是出了名了，是"最强大脑"啊，所以基本上没有什么问题，猜中的时候要多。赢了丈夫，李清照当然很得意，很兴奋。在那样的年代，赢了丈夫，感觉就跟赢了全世界似的，得意不仅可以想象，而且觉得完全应该。李清照举着茶杯，洋洋得意，刚想喝，结果因为笑得太厉害，动作失去了平衡，茶都泼在了身上。

　　这种婚姻生活片段，只有在幸福而有才华的夫妻之间才有可能发生。赵明诚与李清照是一对才人，所以才有这种赌书、泼茶的雅事。喝茶其实是很普通的事，但雅人就是能把俗事也做雅了，而俗人往往把雅事做俗了。所以雅俗说到底也就是一种情怀而已。

纳兰和卢氏，其实也同样是一对有文化有情怀的知己。他们不一定真的像赵明诚和李清照那样来"赌书"。但深夜相对，举杯畅谈，也应该是一种乐趣。或许他们聊得很投入，很兴奋，聊着聊着，喝着喝着就喝多了。纳兰是男人，酒量应该大一些——我只是随便这样说说，希望没有得罪酒量大的女性。这弱弱的卢氏就不胜酒力了，结果醉酒入睡了。这样快乐的时光，当时只觉得是"寻常"之事，但万万没想到，在短暂的婚姻中，这种对饮畅谈的时光居然是最珍贵的时光。现在是想追也追不回了。

我们现在来看刚才说的《蝶恋花》。"兰成"是南朝诗人庾信的小字。他 42 岁时出使北朝被扣留，从此只能遥望南方。虽然在北朝时，他"位望通显"，但毕竟非平生之志，所以心里常常涌起"乡关之思"，[①]他晚年的作品因此都带着一股萧瑟的情调。杜甫《咏怀古迹》说："庾信平生最萧瑟，暮年诗赋动江关。"就是说因为平生萧瑟，所以庾信晚年的作品特别让人感动。庾信的萧瑟体现在政治与人生的纠葛之中，而纳兰的萧瑟只是写情感的悲凉而已。庾信无奈地看着年华老去。纳兰呢？也一样无奈，所以这"看老去"三个

---

① 《周书·庾信传》，见〔唐〕令狐德棻等撰《周书》卷四十一，中华书局 1971 年版，第 734 页。

字里面虽然心酸，但更多的应该是无奈。因为当年赌书泼茶的寻常事也只能停留在记忆之中了，再也没有办法把它变为现实了。

纳兰真的是一点也不掩饰自己的感情，本来要写些怜花的诗来表达自己对妻子的深情，但一作诗肯定要唤起记忆，唤起记忆肯定带来痛苦，为了避免这种痛苦的发生，所以干脆就不写诗了。纳兰的这个"怕"字，是只有情到最深处才会有的一种心理感觉。薄情寡义的人，他们的人生词典里哪会有"怕"这个字呢？

但不写诗，并不等于追忆被完全尘封。事实上，追忆是随时会发生的，所以纳兰还是陷于深深的追忆之中，他含着眼泪，多么希望妻子能神奇地出现在眼前。"愁不语"是因为无人可语，只能任由眼前的菊花香气随着一阵轻风飘向远处。纳兰为什么在深陷记忆的时候，要特别提到"倚花""暗香飘尽"？很显然，当年他与妻子有在一起赏花的经历，花魂亦妻魂，这暗香飘尽的菊花，也正是比喻妻子的黯然去世。

下片因为追忆难忍，词人就走出室外，在月夜踏访当年携手走过的路。"袖口香寒"是说当年夫妻手挽手，自己的袖口上留着妻子的香味。而如今呢？秋天来了，天气冷了，香味也消失了。纳兰想到这里，心里痛苦到了极点。想着当年夫妻约定今生今世花前长伴，如今惜花的妻子已经去世了，这花也就没有了主人，这人生还有什么意义呢？

你看这纳兰说自己追忆妻子时，因为多情而胆怯，倚花而无语，重到旧时路，香寒而心苦，感叹花无主，真是一点也没有隐瞒、遮蔽自己的感情，完全是顺着自然的感情抒情，而且用了四个"花"字，围绕着自然的花，将当年花前徘徊，如今寂寞无主的情况对应着来写。写得全面、深刻、细致，让读者仿佛看到了一个痛苦地在月下徘徊的深情又悲情的男子形象。词里面的感情也是独特的。这四个"花"，或者是他眼前所见，或者是他心中所想，我们读来，都仿佛就在眼前，十分灵动。

没有刻意地突出或者遮蔽自己的感情，没有刻意地讲究修饰技巧，只是顺着感情的自然而自然地书写。这正是对"自然之眼""自然之舌"的最好诠释。与苏轼的《饮湖上初晴后雨》一样。纳兰的这首词至少体现了以下几个特征：

一、完整的诗歌情境；

二、丰富的情感状态；

三、直接的心理感动；

四、朴实的语言艺术。

没有"自然之眼"的观照，没有"自然之舌"的抒发，要写出这样精妙的诗篇是不可能的。林语堂说，没有西湖，苏轼的才情也就失去了发挥的空间。我们也可以说，如果没有卢氏，纳兰的才情恐怕也少了很多挥洒的冲动。我想起了王国维对"大家之作"的基本要求。《人间词话》云：

　　大家之作，其言情也必沁人心脾，其写景也必豁人耳目。其辞脱口而出，无矫揉妆束之态。以其所见者真，所知者深也。诗词皆然。持此以衡古今之作者，可无大误也。（初刊本第 56 则）

　　"所见者真，所知者深"，是因为用的是"自然之眼"。言情能沁人心脾，是因为情感有针对性，有精准度，所以很容易让读者感动。写景豁人耳目、语言脱口而出，是因为作者用的是"自然之舌"，而"自然之舌"与"矫揉妆束"是相对的，也就是反对雕琢修饰，要自自然然、活活泼泼地表现出来。

　　从这里，我们知道，"自然之眼""自然之舌"不仅是王国维用来评价纳兰性德一个人的，也是他用来衡量一切优秀文学作品的标准所在。

　　纳兰为什么能够做到以自然之眼观物、以自然之舌言情呢？王国维说：

　　此由初入中原，未染汉人风气，故能真切如此。（初刊本第 52 则）

纳兰是清代满洲正黄旗人，正黄旗是清代满族八旗中地位最高的一旗，原本由皇帝直接统领。清代由满族统治，相对于汉民族丰富灿烂的文化，满族当时的文化确实要落后一些。但这是从总体上来说的，而作为相门公子的纳兰，其实很小就主动接受了汉民族文化的熏陶，这与"初入中原"，倒不见得有直接的关系。因此把"自然之舌"与"汉人风气"对立起来，也就没有多少学理依据了。

我觉得纳兰能够保持一种"自然之眼""自然之舌"，应该与下面这些原因有关：

第一，天分绝高。况周颐《蕙风词话》说：

> 容若承平少年，乌衣公子，天分绝高，适承元明词敝，甚欲推尊斯道，一洗雕虫篆刻之讥。……其所为词，纯任性灵，纤尘不染。[1]

这就主要是从天分的角度来说的。纳兰的词纯任自然、不事雕琢，更多的是因天赋的审美观以及欲纠正元明词的弊端而起的。他平时喜欢读的词集也集中在南唐、北宋诸家，这一时期属于词的发生发展阶段，自然是这一时期词的最重要特点。因为读得多，所以他自己的词也受到影响。《清史稿》说他的词"清新秀隽，自然超逸"，[2] 就与这种学词的方向有关系。我一直觉得，天分的最高境界，说到底就

---

[1] 〔清〕况周颐《蕙风词话》，见《词话丛编》第 5 册，第 4520 页。

[2] 赵尔巽等撰《清史稿》，中华书局 1977 年版，第 13361 页。

是自然两个字。

第二，淡于荣利。纳兰的性情也属于淡泊自然一类。《清史列传》说他"生平淡于荣利，书史外无他好"。① 别人淡于功名利禄，可能是因为没有机会，或者是因为获得名利太辛苦，所以只能被迫淡了。而纳兰是当朝权倾一时的朝廷重臣纳兰明珠的公子，要跟人"拼爹"，也没有几个人能拼得过他。"荣利"其实是他随手可及的东西，在这种情况下，要"淡于荣利"，确实需要一份很强的性情定力。曹雪芹的祖父曹寅与纳兰非常熟悉，他的《题楝亭夜话图》诗说：

> 家家争唱饮水词，纳兰心事几曾知。
>
> 布施廓落任安在，说向名场此一时。

"饮水"是纳兰的词集名，大家都在传唱纳兰词，但纳兰这种自然淡泊的心志又有几个人能知道呢？曹寅当然是以此来说明他与纳兰的密切关系。但后两句好像不大为人所重视，"布施"是佛教用语，指人的行为，"廓落"则是指豁达，不拘泥于具体的事情。曹寅的意思是说，虽然纳兰名声很大，但他其实不在意这些功名利禄一类的东西，他的豁达、淡泊才是他最真实的性情。看来曹寅对纳兰确实理

---

① 王锺翰点校《清史列传》，中华书局1987年版，第5807页。

解得比较准确。韩菼这样评价纳兰：

> 虽履盛处丰，抑然不自多。于世无所芬华，若戚戚于富贵而以贫贱为可安者。身在高门广厦，常有山泽鱼鸟之思。[1]

说他虽处盛世和丰厚的物质生活中，但一直很节制自己的欲望。对五彩缤纷的世界没有什么兴趣，对富贵很担忧，而对贫贱很安心。虽然住在豪华的高楼门第，心里向往的却是乡村平民式的生活。与陶渊明《归园田居》诗里说的"少无适俗韵，性本爱丘山"，其实是非常一致的。天然地对这个充斥着名利的世界很隔膜，而山川自然才是内心深处所追求的。这段话简单来说，其实就是对大自然欣赏与向往，而抵触人世间普遍追求的功名富贵之心。这是另外一种自然。

第三，性情真率。这种真率主要体现在平时的处世方式上。《清史稿》纳兰传记载了这样一件很有趣味的事情：

> （纳兰）尝读赵松雪自写照诗有感，即绘小像，仿其衣冠。坐客期许过当，弗应也。乾学谓之曰："尔何似王逸少！"则大喜。[2]

---

① 韩菼《通议大夫一等侍卫进士纳兰君神道碑铭》，见〔清〕纳兰性德《通志堂集》卷十九，上海古籍出版社1979年版，第763—764页。
② 《清史稿》，第13361页。

赵松雪就是元代的赵孟頫，是著名的诗人、书画家。他的自写照诗在今传的诗中并未见到，可能纳兰当时读的赵孟頫诗集中有。纳兰因为读赵孟頫的诗很有感触，所以就模仿了赵孟頫的穿着，给自己画了一幅画像。看了这幅画的人纷纷称赞画得神似，或许还有人说诸如"您真是当代的赵孟頫"之类的奉承话，但纳兰对这些不合自己心意的称赞，一概不回应。他的老师徐乾学深明纳兰的心思，对他说："你怎么把自己画得这么像王羲之呢？""逸少"是王羲之的字。纳兰一听徐老师的话，开心得不得了，毕竟老师是了解自己的。为什么纳兰对徐老师将他与王羲之相提并论感到十分兴奋呢？因为赵孟頫的书法正是学王羲之的，所以用赵孟頫的"衣冠"来为自己画像，就是要表达超越赵孟頫的意思。纳兰这种性情真是不仅真率，简直可爱。

第四，名师垂范。纳兰的老师主要有两位，一位是徐乾学，是纳兰参加乡试的主考。另外一位是姜宸英，是从学性质。而后者对他人生态度的影响应该更为直接。《清史列传》姜宸英的本传记载说：

宸英在京时，大学士明珠长子性德从宸英学。明珠有幸仆日安三，颇窃权，宸英不少假借。性德尝以为请，宸英益大怒，掷杯起，绝弗于通。[1]

---

[1] 《清史列传》，第 5806 页。

所谓"窃权"，就是暗中使用不正当的权力。纳兰的父亲明珠是当朝宰相，权倾朝野，是个炙手可热的人物，明珠宠幸的这个叫安三的仆人，便常常利用明珠的名义偷偷为自己谋取利益。这个安三具体干了些什么，我们一时也弄不清楚，但总是徇私舞弊、谋取私利之类的事情了。姜宸英与纳兰关系很好，但安三如果要利用姜宸英，就会碰到硬钉子，姜宸英一点都不会给他面子。纳兰也曾经因为安三的事情请求姜老师帮忙，更是惹怒了老师，姜宸英把手中的杯子猛摔在地，一字一句地告诉纳兰："一点通融的余地也没有。"这件事情对纳兰的触动非常大，老师的严明、耿介也从此成为纳兰学习的榜样。

其实姜宸英的耿介在当时也是出了名的。他很早就考取了举人，诗文也写得非常出色，与朱彝尊、严绳孙一起被称为"江南三布衣"，社会上的名气很大，并且以布衣的身份被推荐到史馆，这是清代极少的特例。皇帝也很多次在科举考试结束后，问考官："那个浙江的姜西溟考上了吗？""西溟"是姜宸英的字。但即便是才华横溢，也受到朝野关注，姜宸英仍然一直到70岁才考中进士。

仕途艰难的原因正在于姜宸英不懂得头脑转弯，直来直去的性格容易得罪人。据说康熙二十五年（1687）顺天首场考试，已经把姜宸英初定为第二名录取——其实这一年姜宸英也已经59岁了。结果在应礼部试时，他在答卷中用了"涂抹《尧典》《舜典》字，点窜《清庙》《生民》诗"

二句，"涂抹""点窜"都是运用点化的意思，《尧典》《舜典》是《尚书》中的两篇，《清庙》《生民》是《诗经》中的两篇。负责会试的御史不知道这两句的出处，所以就建议他把这两句修改一下。一般人在这种重要的场合，也就顺着御史的意思算了。而这个姜宸英，不仅不听从，而且带着讥讽的口吻说："这两句不是我的杜撰啊，出自李商隐的《韩碑》诗，这么有名的诗，你不知道吗？"李商隐的七言古诗《韩碑》主要是围绕韩愈的《平淮西碑》一文来写，类似两个名人的同题之作。这么有名的诗人与这么有名的作品，主考官不知道，确实有点说不过去。但姜宸英这样说，也未免太不给人面子。结果御史随便找了点理由，就把姜宸英的名字刷掉了。①

《清史列传》说姜宸英"与人交悃愊无城府，然遇权贵不少阿"。②"悃愊"就是真心实意的意思，没有城府的人在朋友面前，会呈现出自然坦诚的样子，这会让人很舒服；但不愿意对权贵阿谀奉承，难免让权贵对他很不舒服，因为权贵可能习惯了居高临下的人生姿态。这种性格真是让姜宸英一辈子吃尽了苦头。

---

① 《翰林院编修湛园姜先生墓表》载："尝于谢表中，用义山'点窜《尧典》《舜典》'二语，受卷官见而问曰：'是语甚粗，其有出乎？'先生曰：'义山诗未读耶？'受卷官怒，高阁其卷，不复发誉。"〔清〕全祖望撰，朱铸禹汇校集注《全祖望集汇校集注》，上海古籍出版社 2000 年版，第 292 页。

② 《清史列传》，第 5807 页。

姜宸英的这种耿介正直的个性其实也是顺应着他的"自然之心"，纳兰在跟他的相处中慢慢感受到这种性格的魅力，并潜移默化为自己的行为，也就可以理解了。就像苏轼诗歌中"水光潋滟"与"山色空蒙"都是自然的造化一样，性格的柔顺与耿介同样也是一种自然的表现。姜宸英在《祭纳兰成德文》中曾经追忆他与纳兰的交往说：

> 兄一见我，怪我落落；
>
> 转亦以此，赏我标格。
>
> ……
>
> 我常箕踞，对客欠伸。
>
> 兄不余傲，知我任真。
>
> 我时嫚骂，无问高爵。
>
> 兄不余狂，知余疾恶。
>
> 激昂论事，眼睁舌抮。
>
> 兄为抵掌，助之叫号。[①]

先解释两个词：一个是"箕踞"，就是像簸箕一样坐着，两脚张开，膝盖稍微有点弯曲。这种坐法不大礼貌，有点瞧不起对方的样子。另外一个是"舌抮"，就是指翘着舌头很久不放下，形容很惊讶的样子。姜宸英说，纳兰最初见我，

---

① 《通志堂集》，第828—829页。

对我的坦率和举止随性，觉得很奇怪，但很快就反而觉得这才是为人的样子。有客人在座的时候，我经常表现出随意甚至不太礼貌的地方，纳兰也不会觉得是我故意傲慢，他知道我其实是率真任性、不加掩饰而已。我有时痛骂一些人，不管对方地位高不高，纳兰也不认为我轻狂，他知道我其实是爱憎分明而已。我有时慷慨激昂地谈论时事，纳兰睁着大大的眼睛，惊讶得嘴都合不上，为我拍手，大声叫好。在姜宸英的自述里，纳兰对姜宸英的认同、追慕程度确实是相当深的。

从上面的分析来看，王国维的"自然之眼""自然之舌"，其实是从文学创作的最高标准出发而提出的要求。那我们要问了：对照这样的标准，除了纳兰，还有哪些作家符合呢？这些符合或者基本符合的作家有什么共同特点？人品与文品的关系究竟怎样？是大体一致，还是可能两者对立？这些问题，我们下一讲再跟大家一起讨论。

第六讲

词品人品

近年有一首歌曲很流行，歌词中有这么几句：

他有非凡人气，一生爱美成癖，不折不扣的才子；他出世又入世，眉目如画的美男子，春风得意，时代的万人迷。

这首歌的关键词至少有三个：人气、美男子、万人迷。这是说谁呢？说的就是西晋的潘安，这首歌的歌名也就叫《潘安》。

如果给中国古代的美男子列一个名单，可能是长长的一串，但其中哪个最有名呢？我觉得应该就是潘安，用我们现在的话来说：潘安说第二，恐怕没人敢说第一了。我们说一个男的非常帅气、好看，往往用"貌似潘安"来形容。这说明什么呢？这说明"潘安"已经成为美男子的一个符号了。

潘安究竟美到什么程度呢？美到连正史也不能忽略，

《晋书》在他的传记中就特别加上一笔"美姿仪"。[①]这个"美姿仪"在当时有怎样的体现呢？我们看《世说新语》中的记载：

> 潘岳妙有姿容，好神情。少时挟弹出洛阳道，妇人遇者，莫不连手共萦之。[②]

潘岳（247—300）是潘安的真名，他的字叫安仁，潘安是后来的简称。看《世说新语》的记载，这真是不得了，潘安少年时拿着弹弓到洛阳城外去玩，那些青年女子看到潘安来了，马上手拉手把他围在里面，不让他走。这真是帅到没朋友，帅到不自由了。看来粉丝——尤其是女粉丝疯狂，也是中国自古以来的一种传统了。

年轻女子看到潘安是这么疯狂，中老年妇女见到潘安是怎样的反应呢？我们看刘孝标注《世说新语》引《语林》的一节话：

> 安仁至美，每行，老姬以果掷之，满车。[③]

"至美"就是美到极致的意思，我这人笨，不擅联想，真的

---

① 〔唐〕房玄龄等《晋书》卷五十五，第 1507 页。
② 〔南朝宋〕刘义庆撰，〔南朝梁〕刘孝标注，余嘉锡笺疏，周祖谟、余淑宜、周士琦整理《世说新语笺疏》，中华书局 2007 年版，第 717 页。
③ 《世说新语笺疏》，第 717 页。

不知道这是怎样一种美到让人震惊、窒息的相貌。"老妪"的字面意思是老妇人，用我们现在的年龄标准来衡量，大概也就是中年妇女。按说，这个年龄段的妇女阅历丰富，应该比较沉静一些了，但见了潘安，还是会冲动，还是要尖叫，把水果接连不断地向潘安马车里扔，一会儿就把车厢扔满了。有个成语"掷果盈车"，就是这么来的。这潘安家里要是开个水果店，倒是货源充足了。一旦缺货，就坐着马车出去转一趟，水果就自动满车了。

看来潘安的美已经严重影响到社会安定和交通秩序了。

这么美的人，关键还很有才。也就是我们现在说的：明明可以靠颜值，偏偏还要拼才华。

《晋书》潘岳的传说他"才名冠世，为众所疾"[1]，才华大到让很多人嫉妒的地步，可见这潘安真是有大才的，就像《潘安》这首歌里唱的，是"不折不扣的才子"。他的《闲居赋》更是流传千古的名篇。这篇赋写于元康六年（296）他五十岁时，回顾三十年来曲折的仕途历程，忽然感到心灰意冷，厌倦了风云变幻的官场，表达了回归田园的想法。其中有这么几句：

> 览止足之分，庶浮云之志。筑室种树，逍遥自得。[2]

---

[1] 《晋书》卷五十五，第 1502 页。
[2] 〔西晋〕潘岳著，王增文校注《潘黄门集校注》，中州古籍出版社 2002 年版，第 74 页。

这几句话是什么意思呢？意思就是知道凡事要适可而止，学会满足，视眼前一切如浮云；在乡间建两间屋，四周种些树，在这种环境中优哉游哉地过着生活。这就是他所说的"拙者之为政也"——苏州名园"拙政园"的得名就来自于这一句。

这篇文章的核心是厌恶仕途，向往归隐田园的生活。志趣显得非常高洁。

但了解潘安的人就困惑了，你潘安以前可不是这样的人。不仅不是这样的，而且正好与此相反，功名心超级强，如何忽然之间有了这样的认识和转变呢？《晋书》潘岳的传中也注意到这种前后不相称的地方：

> 岳性轻躁，趋世利，与石崇等诌事贾谧，每候其出，与崇辄望尘而拜……其母数诮之曰："尔当知足，而干没不已乎？"而岳终不能改。既仕宦不达，乃作《闲居赋》。[1]

历史也没忘记这一笔，看来潘安的转变确实有点让人不能接受。石崇是当时巨富，潘安因为貌美多才而遭人压制，他们共同发现了贾谧的特殊价值，所以一起专门迎合、奉承贾谧。而且奉承拍马的程度到了令人难以想象的地步：每次就在贾谧门口等着，看到贾谧出门，就赶紧叩拜。这

---

[1] 《晋书》卷五十五，第1504页。

样没格调的事情也做得出来，我真是不知道怎么说他了。可能潘安做得实在出格，连他的母亲都批评他说："为人处世，应当知足，更要知道尊严的可贵，为何总这样干这种没完没了巴结别人的事呢？"史书上说潘安始终没有改掉这个习性。后来因为仕途一直没有起色，才放弃了升官的念头，写了篇《闲居赋》来表明自己其实是向往自然，想做个地道的隐士的。

原来是仕途失意，才写这篇《闲居赋》来表明自己放弃功名的高格调。难怪没有人相信他是出于真心了。

大家可能要问：这贾谧到底有什么来头，让巨富石崇争着要与他勾结，让失意潘安燃起希望？原来这贾谧是西晋第一开国功臣贾充的外孙，当时位高权重，影响力非常大，加上这个人喜好文学，所以后来就在他门下形成了一个文人小集团，多达 24 人，这就是历史上还比较有名的"文章二十四友"。

潘安人品与文品不一致的现象，被不少人注意到了。譬如金代的元好问写了《论诗绝句三十首》，其中第六首就是写的潘安：

心画心声总失真，文章宁复见为人。
高情千古《闲居赋》，争信安仁拜路尘。

后两句的意思，听了我刚才的分析，大家肯定一看就懂了。

写下这么格调高雅的《闲居赋》的潘安，有谁相信他曾经为了功名拜倒在马路上呢？所以做了丢人的事情，要想抹掉就没那么容易了。元好问其实发现了潘安为人和为文之间的矛盾，也就是我们现在说的"双重性格"。他因此对扬雄在《法言》里说的"心画心声"说产生了怀疑。扬雄是主张语言、文字与为人要一致的，但元好问却说哪里能从文章看透一个作家的全部为人呢？

所以，文品与人品的关系，一直被批评家所关注。

像潘安这种情况到底有多少代表性呢？我觉得这种现象虽然确实存在，也不是偶然，但文品与人品关系比较一致还是主流的。细心的读者会发现，中国古代文人在评论文学的时候，经常喜欢用到一个字：品。不少书就以"品"来命名，如《诗品》《词品》《曲品》等，所以文学可以"品"评，作家也有自己的品格。那么这两者的关系究竟怎样呢？唐代的韩愈在《答李翊书》中说：

仁义之人，其言蔼如。[1]

就是说一个道德完善的仁厚忠义之人，他说出来的话也是温润亲切的。清代的刘熙载《艺概》因此总结说：

[1] 〔唐〕韩愈著，马其昶校注，马茂元整理《韩昌黎文集校注》，上海古籍出版社1986年版，第169页。

　　诗品出于人品。[①]

也就是说一个人笔下诗歌的格调风格与他本人的格调风格是一致的。简单来说，有怎样的人，就有怎样的文。这个结论当然会有例外，譬如我们上面说的潘安在为人和为文上就有矛盾，但也绝对符合文学史的基本情况。

　　王国维显然更认同刘熙载的说法。《人间词话》说：

　　"画屏金鹧鸪"，飞卿语也，其词品似之；"弦上黄莺语"，端己语也，其词品亦似之；正中词品，若欲于其词句中求之，则"和泪试严妆"，殆近之欤？（初刊本第 12 则）

飞卿是晚唐词人温庭筠的字，端己、正中分别是五代词人韦庄、冯延巳的字。"画屏金鹧鸪""弦上黄莺语""和泪试严妆"则分别是他们三人词中的句子。王国维很有意思，他不具体说这三人词的风格怎样怎样，只是分别从他们的作品中摘录一句，回评他们的词风。这种批评，好的地方在于比较形象、灵活，可以让人想象；不好的地方就在于不够清晰，让人很难完整地把握其中的意思。这看上去是评论一个人词的风格问题，实际上同样暗含着人品问题。

---

① 〔清〕刘熙载撰《艺概》卷二，上海古籍出版社 1978 年版，第 82 页。

"画屏金鹧鸪"是温庭筠《更漏子》中的句子，全词如下：

> 柳丝长，春雨细。花外漏声迢递。惊塞雁，起城乌。画屏金鹧鸪。　　香雾薄，透帘幕。惆怅谢家池阁。红烛背，绣帘垂。梦长君不知。

这首词从最后一句"梦长君不知"来看，写的是闺怨，说在自己长长的梦里，出现的都是对方的身影，但对方一点感应也没有。一番深情，从白天到梦里，都割舍不下，但好像只是单相思，所以就抱怨了。这首词上片主要写室外的景象，柳丝在雨中飘拂，花外听到计时的水漏声一声一声传过来，这声音，或许会惊动边塞的大雁和城头的乌鸦吧。而眼前屏风上金色的鹧鸪却一点反应也没有。下片主要写室内景象，薄薄的香雾弥漫着，慢慢地飘散到了帘幕外面。这女子想起了什么呢？她想起了当年与征人一起在家的时光，而现在分别两处，心里就感到万分惆怅了。所以干脆吹灭了红蜡烛，放下精致的窗帘休息了。然而梦中又到了边塞。真是醒着梦着的时候，心里都牵挂着远在边塞守边的人，然而他可能完全不知道啊！

你看这词写闺思真是写得好，好在哪里？主要是两个对比：

第一，女子的多情与"君"的不知对比；

第二，塞雁城乌惊起与画屏鹧鸪漠然的对比。

这就在一首词中写出了矛盾，又因为这种矛盾，而将闺思写得更加形象而深刻了。

这首作品的情感难道真就是"闺思"两个字可以完全解释清楚的？我看不一定。温庭筠不是女人，他不可能有什么闺思。他显然是用一个备受冷落的女子来暗喻自己不受重用的处境。晚清的词论家陈廷焯曾经在《词则》一书中这样评点此词：

> 思君之词，托于弃妇，以自写哀怨。[①]

陈廷焯是故意说深了，还是确实有道理？要弄清楚这里面的奥秘，我们就要对温庭筠这人有一点了解了。

温庭筠的才华很早就得到公认，据说他每次参加科举考试，双手叉八次，一首律诗就写好了，所以赢得了"温八叉"的雅号。他不仅自己考试才思敏捷，还经常帮左右的人代笔，也就是我们现在说的"枪手"，当时有人又送他一个"救数人"的名号。这个当然不对，我要在这里批评一下。请他代笔的人倒是经常有人考上，但他自己却怎么也考不上。这里面的原因是什么呢？这与他的个性有关。有才的人往往会恃才傲物，不拘小节，对当朝权贵，动不

① 〔清〕陈廷焯编选《词则》，上海古籍出版社 1984 年本，第 22 页。

动就讽刺几句。这些被讽刺的人当时也许没有什么反应，但一到关键时候，可能就抓你辫子，落井下石了。所以温庭筠一生都郁郁不得志。

温庭筠的性格说好听一点儿就是耿直，说不好听一点儿，就是不会做人。譬如当时的宰相令狐绹很赏识他，经常款待他，送钱物给他。当时的皇帝唐宣宗特别喜欢听《菩萨蛮》曲，令狐绹想利用这个机会讨好皇帝，就请温庭筠代写了几首《菩萨蛮》词进献给唐宣宗，并千叮咛万嘱咐温庭筠不要将他代写歌词这事说出去。结果呢？这温庭筠不仅很快就说出去了，而且对很多人说起，弄得令狐绹脸上很是挂不住，把一个好好的靠山给得罪了。①

得罪令狐绹的事情还不止这一件呢。唐宣宗曾经写了一首诗，其中上句有"金步摇"三个字，按照规定，下句要对仗。唐宣宗就让那些未考上进士的考生来对。你说这样的小问题怎么可能难住温庭筠呢？他脱口就说：可以对"玉条脱"（"条脱"，是古代的一种臂饰，类似于镯子一类的东西）。唐宣宗一听，这对仗不仅工整，而且意思也好，所以非常高兴，赏赐了不少宝物给温庭筠。

令狐绹也很欣赏温庭筠的才华，但他不知道一个典故是什么意思，就虚心地向温庭筠请教。大家知道温庭筠怎

---

① 《北梦琐言》载："宣宗爱唱《菩萨蛮》词。令狐相国假其新撰密进之，戒令勿他泄，而遽言于人，由是疏之。"〔五代〕孙光宪撰，贾二强点校《北梦琐言》，中华书局 2002 年版，第 89—90 页。

么回答的吗？他说：

"这是《南华经》里的话啊。"

《南华经》也就是《庄子》这本书。温庭筠如果只把话说到这里，其实也挺好的。但大家知道他接下来怎么说吗，他说：

"《南华经》又不是什么冷僻书，相国大人日理万机，我也知道，但下班后，多少也要看点书，免得好多常识都不知道。"

这话说得也实在是太不给人面子了，一点讲话的艺术也没有，所以真是把令狐绹彻底得罪了。后来令狐绹就对皇帝说：

"温庭筠虽然有才华，但品行很差，不能录取这样的人。"[①]

这也基本上判了温庭筠政治生命的死刑了。

我们平常说，高调做事，低调做人。这温庭筠却一直这样高调做人，所以他虽然读书广博，才华突出，但在仕途的发展上一直不顺。他被周边冷落的氛围包围着，就像一个单相思的女人，得不到温暖和回应，是"梦长君不知"。他整天面对的就好像是"画屏金鹧鸪"，虽然美丽，

---

① 《北梦琐言》载："宣宗尝赋诗，上句有'金步摇'，未能对，遣未第进士对之，庭云乃以'玉条脱'续也。宣宗赏焉。"《北梦琐言》，第 89 页。"（令狐绹）曾以故事访于温岐，对以其事出《南华》，且曰：'非僻书也。或冀相公燮理之暇，时宜览古。'绹益怒之，乃奏岐有才无行，不宜与第。"《北梦琐言》，第 33 页。

好像就在眼前，但完全漠然地对着他。温庭筠把内心的孤寂写得真是形象传神。

王国维说"画屏金鹧鸪"就是温庭筠词风的代表，这是什么意思呢？以我的分析，应该主要表达两层意思：

第一，词的意象偏于富丽；

第二，着重表达冷遇之心。

接着我们看王国维拈出的"弦上黄莺语"这句。为什么说韦庄的"词品"可以用这句来代表呢？"弦上黄莺语"一句出自五代词人韦庄的《菩萨蛮》：

> 红楼别夜堪惆怅。香灯半卷流苏帐。残月出门时。美人和泪辞。　　琵琶金翠羽。弦上黄莺语。劝我早归家。绿窗人似花。

我们一读这首词，有一句应该马上就跳了出来。哪一句呢？就是"美人和泪辞"一句。这说明这首词写的是离别的情形。而且跟温庭筠的《更漏子》词不同，温庭筠词里面的主角是女子，而韦庄词里的主角则是男子，而且这男子说白了，其实就是韦庄自己。

我们看韦庄怎么写这场离别。说红楼那一晚真是让人惆怅万分，昏暗的长明灯（香灯即长明灯，通常用琉璃缸盛香油燃点）映照着垂着流苏（用彩色羽毛或丝线等制成的穗状垂饰物）的帷帐。慢慢地熬到了黎明时分，终于到了不得不分手的时候了，美人满含着眼泪，虽然依依不舍，但也只能强作分别。临行前，这女子弹奏了一曲琵琶，琵琶上那用黄金和翠玉制成的饰物闪现在眼前，而琵琶弦上传出的动人声音，如黄莺一般深情诉说着，好像劝我不要留恋外面的风月，应该早点回到家里那个时时在窗前守望的如花美人身边去。

这是我们从字面上读出的意思，这女子虽然爱韦庄，也舍不得分别，但知道韦庄注定不属于自己，所以劝他回到妻子身边去。

这真的是一首公子哥儿与青楼女子欢爱后的分别之词吗？我们知道韦庄确实曾经在江苏、浙江一带浪游过一段时间，江南的莺歌燕舞也确实让韦庄沉醉其间。所以现在有不少人认为这首词很可能是韦庄晚年寓居四川的时候，因为备受政治斗争的困扰，而想起了当年在江南游玩时简单而快乐的生活。

但有个人不同意了，他是谁呢？他就是清代常州词派的开山祖师张惠言。张惠言在他编的《词选》中评论这首词：

此词盖留蜀后寄意之作。一章言奉使之志，本欲速归。[1]

---

[1] 《词话丛编》第 2 册，第 1611 页。

张惠言说，这首词写于韦庄晚年在四川的时候，这是不错。但不是追忆当年江南的情事，而是有另外的意思在。这意思是什么呢？是说韦庄曾经受唐昭宗派遣，带着艰难的政治任务入蜀，去劝说当时蜀地两名节度使和解。韦庄原来是想完成任务后就尽快回长安，结果任务没完成，还被迫留在四川，并终老四川。

这事情要从乾宁元年（894）说起。这一年，快六十岁的韦庄终于考中进士。两年后接到皇帝诏书，任命他为判官，跟着谏议大夫李询奉使入蜀。为什么要派韦庄入蜀呢？因为当时西川节度使王建与东川节度使顾彦晖为了政治利益战争不息，唐王朝希望他们和解。韦庄到了蜀地后，把诏书交给了王建。结果王建把诏书扔在一边，根本就不当回事，挥师大败顾彦晖，最后占据了两川之地。韦庄没有完成唐王朝交付的使命，但这个王建却十分欣赏韦庄的才华，希望能把韦庄招到幕下，当自己的幕僚。因为对当时的政治局势还在观望之中，韦庄并没有马上答应。

到了光化三年（900）十一月，唐王朝的宦官突然发动宫廷政变，把唐昭宗囚禁了起来，并且虚拟了一道圣旨，令太子李裕监国。韦庄听到这个消息，感觉重回唐王朝的愿望已经不现实了，所以就正式投靠了王建。

天祐四年（907）三月，唐哀帝在绝望之中，被迫将皇位"禅让"给了从黄巢起义起家的朱全忠，持续了近三百年（618—907）的唐王朝终于走到了尽头。在这种情况下，韦庄回唐无望，且已经无唐可回——因为唐朝已经没有了，只能拥戴王建称帝，这就是历史上的蜀国，而韦庄也因此被任命为宰相，据说蜀国的开国制度大都是韦庄帮忙建立的。

韦庄生命中的最后十五年（896—910）主要在四川度过，这是他始料未及的。他素来是个有抱负的人，一直以"平生志业匡尧舜"（《关河道中》）自励，在韦庄的语境里，这个"匡尧舜"就是为唐王朝尽忠尽力的意思。大概除了他生命中的最后三年，他在留蜀的前十多年，恐怕一直也是做着回归唐王朝的梦的。

"劝我早回家"，至少我们在了解了韦庄的境遇和心态后，会多了一份新的理解，因为韦庄留蜀后不少诗词确实表达了"本欲速归"的愿望。在这种情况下，张惠言对这首《菩萨蛮》的解读，确实有着一定的依据。而其中的"弦上黄莺语"五个字为什么会被王国维视为韦庄词品的标签呢？我想理由大概是：

第一，风格动人而空灵，好像琵琶弦上之声；

第二，意思深远而隐约，仿佛枝头黄莺之语。

王国维论词品的最后一个例子，是用冯延巳的"和泪试严妆"来评他的词风。我们同样先看这一句的出处——冯延巳的《菩萨蛮》：

娇鬟堆枕钗横凤。溶溶春水杨花梦。红烛泪阑干。翠屏烟浪寒。　　锦壶催画箭。玉佩天涯远。和泪试严妆。落梅飞夜霜。

从词中"玉佩天涯远"一句，我们知道这首词也是写闺怨的。第一句描写睡态，说娇俏好看的发鬟"堆"在枕头上，这个"堆"说明什么？说明头发浓密，那是年轻的标志；凤凰形状的金钗斜斜地插在发间，那是别有风情！显然是一场好梦刚刚醒来，梦里自由得像空中飞舞的杨花一样，沿着流动的春水去寻找郎君去处。但醒来以后才发现，除了眼前歪歪斜斜烧下的蜡烛形状，就是翠绿屏风上带着寒意的烟波浩渺。哪里有什么郎君的影子呢？"锦壶催画箭"即时光飞逝的意思，锦壶就是铜制的漏壶，是利用滴水来计时的一种工具——在漏壶中插入一根标有记号的标杆，称作"箭"，箭下面有个托盘，浮在水面，水流出或流入的时候，箭就跟着上浮下沉，以此来判断时辰的变化。这句中的"催"表示时间过得很快。转眼之间，那个温润如玉的郎君已经去了遥远的地方了。我能怎么办呢？虽然想也没有用，但不想他也不可能啊！半夜醒了以后，就这样呆呆地坐着，再也没有睡着，为了掩饰满脸的疲惫，一边流着眼泪，一边画着浓妆，化完妆走到窗外，看到片片飘下的梅花，凌乱地落在结满秋霜的大地上。

这像不像一首恋人因分别而相思的词？我觉得像，不仅像，而且很像。冯延巳不仅写了梦里梦外的强烈对比，更从半夜写到天亮，把被相思折磨的情形写得细腻动人。

但大家也别忘了，冯延巳可不是一个妙龄女子，他不可能"娇鬟堆枕钗横凤"。他把女子的相思写得这么痛苦，显然也是借用女子情感上的愁怨来说出一个士大夫的疲惫、惆怅甚至无奈的境遇。

冯延巳原来有着很好的从政基础，很早就因为文章写得好、多才多艺而受到南唐烈祖李昪的赏识。南唐中主李璟登基三年后（946），冯延巳就出任宰相一职，结果因为缺乏军事才能，先后主张进攻福建、湖南，都以失败告终，所以在朝廷备受非议。

其实最受非议的不是冯延巳的才能，而是他的人品。李璟总算是他多年的朋友了，对他看得很准，心里面也很不喜欢他的个性。要不是早年与他有过一段亲密相处的时光，或许早就冷落他了。李璟显然感觉到冯延巳极有可能利用他与自己的关系而谋取不正当的利益，所以其实也很防备他。

这样一来，朝廷大臣有一批人排斥他，皇帝也多少提防着他，他的人生就难免处处受到钳制。虽然两度为相，但也两度被罢相。冯延巳从父辈开始积累的从政优势，很快也就被他挥霍殆尽，所以冯延巳的一生，恐怕大部分时间都不算如意，至少心里舒畅的时间不多。

冯延巳虽然也有"溶溶春水杨花梦"的惬意时候，但毕竟如梦境一般短暂，"玉佩天涯远"的冷峻现实，才是真正让他感到无助的原因所在，这个"玉佩"也就是如玉一般的人，如果理解为是曾与他朝夕相处的李璟，当然是可以的。

现在我们理解"和泪试严妆"的意思了吧。因为被冷落而流泪，因为自我珍惜而不放弃，依然要呈现出自己最美好的一面。而王国维用这句来形容冯延巳的词品，可能的意思是什么呢？我觉得至少有下面两层意思：

第一，悲情是情感基调；

第二，注重修饰的艺术。

我们现在再回到王国维的语境当中，王国维分别用三句词形容其作者的风格，是不是准确？读者对此当然会有不同意见，但这至少体现了王国维本人的特殊体验。我们接着就要追问了：王国维是从平等的角度来评论三个人的词风呢，还是暗含着对风格高下的评判？虽然具体答案在王国维的这一节话里，是看不出来的。但对照王国维在《人间词话》中的其他论述，还是可以看出一些迹象。

譬如，王国维非常重视人品的高低。《人间词话》里说：

词之雅郑，在神不在貌。永叔、少游虽作艳语，终有品格。方之美成，便有淑女与倡伎之别。（初刊本第 32 则）

你看王国维这里把欧阳修、秦观与周邦彦的词进行对比，说欧阳修、秦观虽然也写很艳的词，但本质上是"淑女"，也就是骨子里是端庄严肃的；而周邦彦的艳语，就如同"倡伎"，骨子里难免是轻佻肤浅的。这与其说是评三人的词，不如说是评三人人品的高下了。

那么具体到温庭筠、韦庄和冯延巳三人的词品，其间高下是怎样的呢？我们可能很难划出非常明显的等级，但我认为，冯延巳的词品应该得到王国维更多的认同。《人间词话》中有这么一段话，特别显眼：

冯正中词虽不失五代风格，而堂庑特大，开北宋一代风气。与中、后二主词皆在《花间》范围之外，宜《花间集》中不登其只字也。（初刊本第 19 则）

说冯延巳不失"五代风格"，是从题材上来说，也就是多写相思离别、春花秋月之类的，但"堂庑特大"则是说其词的表现力更强，联想空间更大，并对北宋词产生了直接的影响。你看他把冯延巳的词抬得有多高。

词品高低有别，终究与人品的高低分不开。我们前面引了刘熙载《艺概》中"诗品出于人品"一句话，其实我没有引出后面的话，如果完整引出来，大家就能明白，人品高下在很大程度上决定着文品高下。刘熙载说：

> 诗品出于人品。人品悃款朴忠者最上，超然高举、诛茅力耕者次之，送往劳来、从俗富贵者无讥焉。[1]

刘熙载说人品其实有等级，那些真挚、诚恳、朴实而忠诚的人，属于人品中"最上"一品，也就是最好的人品。而潇洒飘逸或除草耕作的体力劳动者，属于人品中的第二等。而整天周旋在权贵之间、追求功名富贵的人也就不值得去说了。这是刘熙载说的人的高低三品，这个三品显然也会带来诗品的变化。

因为王国维没有像刘熙载一样说出人品高下，所以我们也只能大致判断在王国维的眼中，三人词品的高下了。王国维非常注重用词表达悲情，而且认为词本来就应该是一种修饰精美的艺术。这么一对应，冯延巳"和泪试严妆"显然符合程度最高。

词品与人品的关系，我们虽然不可能过于简单地来进行分类，但这种关系非常值得关注。我们平时说"要学做事，先学做人"，同样，要学作文，先学做人。道理总是简

---

[1] 《艺概》，第 82 页。

单的。但具体的判断就因人而异了。王国维应该是以冯延
巳的词为词体的典范，原因就在于他词中的悲情特别丰富，
特别深沉。但悲情也是要分类的。那么，在王国维看来，
到底是个人的悲情重要呢，还是对时代的忧虑之心更可贵？
下一讲，我们将走进"忧生忧世"的话题。

第七讲

忧生忧世

每年的中秋前后，到杭州去看钱塘潮，成为许多人神往的一件事。古往今来，为此写下的诗词歌赋也不知道有多少。但我最喜欢的是唐代刘禹锡《浪淘沙》中的四句：

八月涛声吼地来，头高数丈触山回。

须臾却入海门去，卷起沙堆似雪堆。

奔涌而来的波涛仿佛从大海深处而来，带着怒吼的声音，高高的浪头拍打着两岸的山峰，瞬间又回归到大海里去，卷起的波涛像白雪一样壮观而迷人。这诗把钱塘潮的壮阔之势通过视觉和听觉两种感觉写得形象传神。

其实，要看钱塘潮，还有一个很好的地方，就是离杭州大概四十多公里的海宁，更具体一点，就是海宁下面的盐官镇。据说那里的"一线潮"可以完整地展现涨潮时候，从听到轰轰的巨响，到形成海浪一条白线，再到汹涌地扑向杭州湾的过程。

离海宁的江边不过几百米远处，住着我今天要说的主人公：王国维。

大概是光绪二十三年（1897）的冬天，王国维来到了江边，冬天的钱塘江虽然平静了许多，但潮来潮去，还是让王国维想起了苏轼"有情风万里卷潮来，无情送潮归"（《八声甘州》）的名句。这种潮来潮去，虽然是一种自然现象，但其中也暗含着人世的沧桑变化。苏轼觉得人世中"有情"与"无情"的关系就在这种来来去去中体现得淋漓尽致。

而此刻王国维在想什么呢？他正为自己的前途命运担忧着。科举考试，他是没兴趣了。那种琐碎的章句之学——对四书五经一字一句的理解和记忆，他实在提不起精神；对程式化十分严重的八股文，他也再不想去写了。这意味着什么呢？这意味着通过科举考试确立自己的人生目标，一下子就没有了可能。

那在当时，还有什么方法可以改变自己的命运呢？那就是出洋留学了。但王国维家境贫薄，条件实在是一般，根本没有经济能力来支持他实现这一想法。

怎么办呢？王国维其实也想不到办法，他看着手中拿着的两期《时务报》，这是他近年来最关注的一份报刊了，几乎每期都看。其实也不光是王国维，这份报刊当时许多年轻人都爱看，胡适就说过，那个时代是属于《时务报》的时代。王国维把身边的《时务报》翻来翻去看了好多遍，里面梁启超慷慨激昂的变革声音，看得王国维热血沸腾。

忧患重重的王国维，好像看到了希望，但这希望又像梦幻一样，怎么也抓不住。

好像有希望，又好像没有希望。王国维的人生从青年时期开始就充满了种种的忧患。

忧患之中的王国维，在诗词中消磨时光，他惊讶地发现，原来"忧患"居然是中国文学的永恒主题。我们看他在《人间词话》中怎么说：

> "我瞻四方，蹙蹙靡所骋"，诗人之忧生也；"昨夜西风凋碧树。独上高楼，望尽天涯路"似之。"终日驰车走，不见所问津"，诗人之忧世也；"百草千花寒食路。香车系在谁家树"似之。

原来，"忧患"是诗人的基本特性之一。王国维一直以诗人自许，忧患的诗人读忧患的诗，感受也就更强烈了。王国维发现在中国古代文学作品中，有两种忧患：一种是"忧生"，也就是对个人身世命运的忧患；另外一种是"忧世"，是对国家、社会现实和前景的担忧。

你看，我们平时可能都会有或多或少的忧患，但忧患完了，也就忘记了。但理论家的眼光就是不一样，他从自己的忧患和古人的忧患中，一下子就看出了忧患的类型不同。

"我瞻四方，蹙蹙靡所骋"两句出自《诗经·小雅·节南山》，原诗很长，但王国维引的也太短了，看不出其中的意思，我想至少要看四句：

> 驾彼四牡，四牡项领。我瞻四方，蹙蹙靡所骋。

"牡"就是公马，"项领"就是马的脖子非常壮硕，"蹙蹙"就是惊恐不安的样子，"靡所骋"就是不知道往哪里跑的意思。《节南山》这首诗写的是什么时候的事情呢，现在很难说得非常明确，但应该是西周末年的时候，具体来说，很可能是周幽王时期。这首诗是一个士大夫对当朝政治昏庸导致亡国的批评，写得非常尖锐。先写连年饥荒，瘟疫肆虐，再写边境不宁，战事不断，老百姓逃的逃，死的死，一片凄凉景象，并最终导致国家灭亡。那么这个时候，士大夫能怎么办呢？也只能跟着逃难，但能往哪里逃呢？驾着那由四匹公马组成的马车，那马个个都非常壮硕，但他真是四顾茫茫，在这样一个战乱纷起的时代，内心满怀着焦虑不安，根本不知道去哪里。

所以《节南山》这首诗中流露出来的"忧生"，应该是个人对当时处境和未来命运的担忧。

王国维说，《节南山》里所表达的"忧生"之感与北宋晏殊"昨夜西风凋碧树。独上高楼，望尽天涯路"（《蝶恋花》) 里的情怀是一样的。这意思是说，晏殊这几句也是感叹自己前程茫茫，无路可走。但大家可能困惑了，这晏殊十四岁的时候就被赐"同进士出身"，也就是没有经过严格的科举考试，而是破格享受进士待遇，后来在北宋也是当了几十年的太平宰相，他怎么会这么迷茫，甚至好像也有点绝望呢？其实，我们读读《宋史》，就知道原因。除了新党与旧党之间斗争的激烈之外，还有地域歧视。

晏殊是江西人，据说宋真宗要赐晏殊"同进士出身"的时候，宰相寇准首先就反对，他对真宗说："晏殊是南方人，这么越级提拔，合适吗？"好在宋真宗还算开明，他回答寇准说："这有什么关系？唐代一代名相张九龄也是南方人，而且是更南边的岭南人呢。"宋真宗这么一说，寇准当然就没话说了。[①] 不过话说回来，寇准也不是针对晏殊一个人，他在主持科举考试的时候，有一次一个江西人明明已经得了状元，他硬是把这个状元拿下，换了一个山东人上去。关键是他还很得意，对人说："我又为中原夺回了一个状元。"你看，他一点也不掩饰这种地域歧视。

寇准的这种观念除了他是典型的北方——陕西人之外，也可能与宋太祖有关。据说宋太祖曾经说过："南方人是不能当我大宋王朝的宰相的。"宋太祖说这话的具体原因，尚不是很清楚，但他的这种观念肯定会影响到朝廷的用人制

---

① 《宋史·晏殊传》载："帝嘉赏，赐同进士出身。宰相寇准曰：'殊江外人。'帝顾曰：'张九龄非江外人邪。'"《宋史》卷三一一，第 10195 页。

度。连给晏殊一个"进士"的身份都会受到非议，作为南方人的晏殊在北宋的发展受到了种种阻力，我们也是可以想象得到的。

其实晏殊也算是很小心的人，据说宋真宗每次找晏殊谈论 些事情，晏殊都用巴掌大的小纸把自己的看法工工整整地写在上面，在上奏皇帝的同时，把底稿也一并封好交上去，宋真宗不止一次称赞晏殊"慎密"①，也就是做事谨慎，考虑问题周密。

但在北宋政坛，一个人不是光有"慎密"就可以的。新党与旧党在是否要变革以及怎样变革的问题上，呈现出非常对立的态势，这两个党派有时甚至是你死我活的关系。晏殊在这种斗争中其实也是命运坎坷的，你看欧阳修被贬谪的亳州、陈州、蔡州和颍州等地，晏殊也一个不落地到过。在这种频繁被贬谪的经历中，有时看不到希望，甚至对前途很茫然，这样的情感晏殊应该也是经常有的。

王国维说《节南山》里那个找不到人生出路的士大夫与《蝶恋花》里同样找不到人生方向的晏殊，都是属于对个人命运十分焦虑的情况。这种感觉，我们稍微加以对比，也确实可以看出来。

王国维说，在传统文学作品中，除了这种强烈地表现

---

① 《宋史》卷三一一，第 10196 页。

出对个人命运的"忧生"之外，还有一种把个人命运与时代命运结合在一起，对整个现实、国家发展深感忧虑的一种情怀。这种情怀，如果与"忧生"相对应的话，就叫作"忧世"。

王国维说陶渊明《饮酒》诗中"终日驰车走，不见所问津"两句就是典型的"忧世"了。这话怎么理解呢？《饮酒》是陶渊明写的一组诗歌，总共有二十首。为什么题目叫"饮酒"呢？按照陶渊明在小序中所说的，是因为"既醉之后，辄题数句自娱"，①也就是都是醉了以后，随性写下的一些诗歌，没有什么特别的深意，就是自娱自乐而已。那我们接着要追问了：陶渊明为什么"无夕不饮，顾影独尽"②呢？也就是为什么要天天晚上喝酒，为什么总是一个人喝酒呢？其实这些问题，小序的第一句话就有答案："余闲居寡欢"。③闲居说明没工作。当然陶渊明没工作，经常是他主动放弃的，一旦这个工作限制了他的自由，损害了他的尊严，他甩甩袖子就不干了。而他想工作的时候，原因也往往很简单，就是因为公务接待，有免费的酒喝。寡欢说明不开心。那到底是什么让陶渊明如此郁郁寡欢呢？王国维引用的"终日驰车走，不见所问津"应该是重要的原因之一了。这两句是什么意思，我们缓缓再说。这是

---

① 《陶渊明集笺注》，第 235 页。

② 同①。

③ 同①。

《饮酒》组诗的最后一首，也就是第二十首。

据说陶渊明写了十九首之后，家里也没有酒了。你说按照他"无夕不饮"的生活习惯，再多的酒也存不住。而没有酒，陶渊明就没有写诗的冲动。恰恰在陶渊明闹酒荒的时候，邻居李大爷送了一坛酒来，这就好像瞌睡的时候有人送枕头。陶渊明赶紧把李大爷请进家门，兴高采烈这个词好像还不是很准确，应该说是手舞足蹈地说："我这两天其实也饿着肚子，但肚子饿没关系，没酒喝的日子简直就不是人过的日子啊。"话还没说完，陶渊明急急忙忙倒了一海碗酒，咕咚咕咚一饮而尽。趁着舒畅的酒劲，陶渊明挥笔写下了《饮酒》组诗的最后一首。

这诗比较长，我们也没办法全部来解说，但我觉得看一头一尾，意思基本上也在里面了。这诗开头四句是：

羲农去我久，举世少复真。
汲汲鲁中叟，弥缝使其纯。

伏羲、神农是古代"三皇五帝"中的两皇。这几句诗的意思是，伏羲、神农的时代离我们真是太遥远了，所以现在很少有那种纯真、朴实的人了。好在后来有个路过的山东老头，也就是孔子，努力地恢复上古时候淳厚古朴的民风民心。

我不知道大家读到这里会不会有点奇怪，这陶渊明一

直被认为是一个田园诗人，是个千古难得的大隐士，他怎
么对孔子那么尊崇呢？隐士大体属于道家的范围，而孔子
则是儒家思想的开创者。这两者怎么统一在陶渊明身上呢？
陶渊明的内心到底有着一种怎样的复杂情怀呢？我们先把
疑问搁在这里，看这首诗的最后几句：

> 如何绝世下，六籍无一亲？
> 终日驰车走，不见所问津。

"绝世"应该是文化中绝之世的意思，具体也就是指魏晋之
世。为什么说这一时期文化中绝呢？因为再也没有人去亲
近、研究和信奉"六籍"了。"六籍"就是儒家的"六经"，
指《诗经》《尚书》《礼经》《易经》《乐经》《春秋》六种儒家
经典。这世界上熙熙攘攘的车马，都是为了名利而奔走，哪
里能见到像孔子一样周游列国，努力探索治国之道的人呢？

　　我为什么说这一头一尾就已经见出陶渊明的思想呢？
就是因为这些头尾的诗句，强烈地表达出陶渊明对现实的
不满，他感叹世风日下，所以对儒家的治世就格外推崇了。

　　一直被认为逍遥人世的陶渊明为什么对孔子及儒家经
典如此推崇呢？关键是他不希望东晋灭亡，因为陶渊明家
族的荣耀都是因为东晋的存在而获得的，尤其是他的曾祖
陶侃，乃是东晋名将，战功赫赫，东晋能够从连年不断的
战乱中稳定下来，陶侃是立了很大功勋的，所以他也一直

被东晋朝野视为国家英雄。这种荣誉也给陶侃的后人带来了无上的光荣，陶渊明就一直为此辉煌的家世自豪。

但陶渊明的时代究竟怎样了呢？东晋王朝气息奄奄，这时候出现了一个刘裕，率领全国的精锐部队，从东到西，从南到北，分五路兵马全力讨伐后秦，而且连续攻克了洛阳、长安等地，尤其是攻下洛阳，意义重大，毕竟它曾经是西晋的首都。据说东晋朝野听到刘裕部队连战连捷消息的时候，更是一片欢腾。但陶渊明却从这种捷报频传中看到了可能的隐患，他知道，刘裕篡位应该是迟早的事。而一旦东晋被改朝换代，陶渊明觉得不仅他这个陶氏家族失去了光彩，而且整个国家也必然四分五裂。但陶渊明有办法改变这种现实吗？他其实一点办法也没有，他仅有的办法大概就是因为"闲居寡欢"而"无夕不饮"。

现在我们知道这组诗为什么总名叫"饮酒"了吧，原来是因为对时局担忧失望甚至感到愤怒之时，借着酒兴来表达内心的不满。我觉得宋代的叶梦得《石林诗话》在这方面看得真是准。他说：

晋人多言饮酒有至于沉醉者，此未必意真在于酒。盖时方艰难，人各俱祸，惟托于醉，可以粗远世故。[1]

---

[1] 〔宋〕叶梦得《石林诗话》，见〔清〕何文焕辑《历代诗话》，中华书局1981年版，第434页。

他说，晋人——当然主要是陶渊明了，为什么喜欢饮酒，又喜欢在诗歌里写到酒呢？原因无非有二：

第一，晋人好酒，也多醉酒，但意多不在酒；

第二，时势艰难，动辄遭祸，故托酒以避世。

王国维应该也看到了这两点，所以把陶渊明的“终日驰车走，不见所问津”作为“忧世”的典范，应该是契合陶渊明的真实心境的。

那么在词方面，与此相似的是谁呢？王国维说，应该是南唐的冯延巳，他的“百草千花寒食路。香车系在谁家树”（《鹊踏枝》）两句，跟刚才陶渊明的两句诗，都是在表达忧世的情怀。

冯延巳的词其实意思往往都比较模糊，别的词人大多直接写感情，基本上读读词就可以体会出来。冯延巳的词就难说了，其字面常常写闺怨，但闺怨背后到底要表达什么，有时还真难以把握。这首《鹊踏枝》从女子的角度，写外出的恋人“忘却归来，不道春将暮”，所以这女子就疑心，在这寒食时节——那些妖艳的妓女都纷纷出来诱惑男子的时候，这男子的马车究竟是系在哪一家青楼门口的大树上呢？说到底，这女子知道自己的丈夫肯定在寻花问柳了。这里的“百草千花”，你说是寒食节五颜六色的花花草草可以，你拿它们来比喻花枝招展的妓女也可以。

寒食节，顾名思义，就是这一天不能开火做饭，只能吃冷的东西，时间一般在清明节的前一两天。寒食节的起源与一个忠臣的故事有关。据说在春秋时期，晋国公子重耳为了躲避各种祸乱，在外面流亡了十九年之久，手下大臣介子推一直跟随左右。在异常艰难的日子里，为了维持重耳的生命，介子推甚至割下自己大腿的肉给重耳吃。这重耳也确实很励志，后来回到晋国，成为一代明君，也就是晋文公。当年逃难途中，介子推的忠诚让晋文公十分感念，所以他准备用高官厚禄报答介子推，但介子推无意功名利禄，与母亲一起隐居在绵山。晋文公遍寻不见，为了让介子推出来相见，下令从三面放火烧山，只留一面逼介子推出来，介子推坚决不出山，最后被活活烧死了。晋文公非常难受，为了寄托哀思，下令在介子推死难这一天禁火，只能吃寒食。[①]

冯延巳把寒食节的故事放在词里面，是不是也有以忠臣自许的意思呢？我觉得还是有可能的。

冯延巳因为在李璟小的时候与之朝夕相处，两人结下了很深的感情。后来李璟当了皇帝，冯延巳也就顺理成章地当了宰相。但南唐在强敌大力扩张的过程中，其实处境非常危险，而冯延巳当政的这段时间，问题更是接连不断：淮南被后周攻陷了，而南唐进攻湖南，又大败。再加上朝廷里面派系斗争非常激烈，冯延巳与宋齐丘、陈觉、李征古是一派，另一派以孙晟为领袖。李璟最后没有办法，痛

① 详见〔元〕马端临《文献通考》卷九十七，中华书局 2011 年版，第 2971 页。

下决心，把宋齐丘流放到九华山，后来宋齐丘被饿死在家里，陈觉、李征古更是被逼自杀，"宋党"就这样被铲除掉了。冯延巳虽然因为与李璟旧情深厚而没有受到大的影响，但这些朋友遇到的灾难也深深地影响了他的情绪。在冯延巳看来，这些忠臣受到的惩处更使南唐处在风雨飘摇之中。冯延巳对南唐命运的担忧也就越来越深了。

从这些情况来看，冯延巳这两句确实可以从"忧世"的角度来理解。但这种忧世之意也是从诗人个体的角度来说的，则忧世之中也有着忧生之心。王国维将"忧生""忧世"分类而言，只是为表述的方便而已，其实两者之间密不可分。但"忧生""忧世"的至高境界仍在超越一己之"忧"，从生命、世道角度引发的忧虑才堪称"无我之境"。

描写"忧患"，确实是中国古代文学作品常见的情形。但"忧患"重了，也就容易变成"抑郁"了。《红楼梦》里的林黛玉自幼父母双亡，后来寄居在金陵荣国府，偏偏又喜欢上了贾家公子宝玉，一边爱，一边又不自信，再加上薛宝钗、史湘云在里面搅局，体弱多病的林黛玉便慢慢变成了重度抑郁症患者。在荣国府里，林黛玉虽然能得到贾宝玉的爱，但这份爱其实随时都有终止的可能。这份若即若离的爱情最终让林黛玉付出了生命的代价。

我们看《红楼梦》第九十六回，描写林黛玉与贾宝玉最后一次见面：黛玉从傻大姐嘴中听说贾宝玉要娶宝钗了，心里好像把糖盐酱醋倒在一起，根本分不清酸甜苦咸了。林黛玉本来是要回潇湘馆的，这时候连路也走不动了，感觉自己的身体有千百斤重，两只脚也好像踩在棉花上一样，软软的，一点力气也没有，所以几乎是一步一步挪到了沁芳桥旁边。这个时候，紫鹃正好过来，看到黛玉是这样的情形：

> 颜色雪白，身子晃晃荡荡的，眼睛也直直的，在那里东转西转。

这段话大概不需要我解释，但"眼睛也直直的"几个字，我希望大家不要轻视了。一般来说，只有重度精神抑郁或者受了刺激，才会有这种眼光直直的时候，也就是这时候，她的眼光好像是在看东西，其实是看不见什么东西的。所以林黛玉才在那里东转西转，完全没有了方向。后来紫鹃当然就搀扶着黛玉去见了宝玉，见完了宝玉，知道这个结果没有办法改变了，回去的时候居然走得飞快。

大家看这段描写，非常符合重度抑郁症的症状，有时恍惚无力、目光呆滞，有时突然亢奋，两者交替着，但无论是哪一种情况，都不是正常的情况。忧郁的林黛玉变成抑郁的林黛玉，所以《红楼梦》这部书到底写了什么，大家有很多的说法。我觉得至少可以从心理学上给这本书以一定的地位。

　　王国维对忧生忧世特别有感觉，我觉得最重要的原因，就是王国维本身就是一个忧患重重的人。他对自己的评价是"体素羸弱，性复忧郁"。[①] 天性忧郁，我们就不去说了。王国维在说到自己的学问为什么不能有大的进步时，认为"体素羸弱"就是一个重要原因，因为身体羸弱，每天读书时间最多不过四小时，一般以两三个小时为常，时间一长，精力就集中不了。王国维当时研究的是关于人生的哲学，精力高度集中，才能进入思考阶段，而高度集中的思考是很费体力的。

　　王国维的经历注定了他对生命的忧虑在一般人之上。他在《自序一》中说："体素羸弱，性复忧郁，人生之问题，日往复于吾前，自是始决从事于哲学。"[②] 可见身体多病，加上忧郁的性格，对生命的感觉与一般人就不同了，既有一种生命脆弱的恐惧感，也有对人生究竟具有怎样的意义的深入思考。

　　王国维从小寡言笑，1879 年母亲去世，1887 年祖父去世，1906 年父亲去世，1907 年继母、夫人去世，亲人一个一个离世，对王国维的影响肯定非常大。父亲王乃誉对王国维寄予厚望，但面前的两条路都走不通，一条是科举，他不想考；一条是出洋，他"出"不起。所以"居恒

────────────

① 《王国维全集》第 14 卷，第 119 页。
② 同①。

快快",^① 只能很抑郁地生活着。

王国维十六岁时就考中了秀才，但十八岁那年，他去杭州参加乡试，据说是"不终场而归"，^② 也就是没考完就回去了。为什么呢？因为王国维对科举八股文非常瞧不起，觉得花精力在这上面真是浪费生命。从那之后，他就再也没有参加科举考试了。

王国维的身体也一直问题不断。1898 年，他刚到上海半年，就因为"鹤膝风"——膝关节肿大疼痛，两条腿根本不能走路，只好回海宁休养。1901 年，他在罗振玉资助下去日本留学，不到半年又回了国，原因是脚气病发作。

经济对于王国维来说也是问题。1898 年他到《时务报》当秘书，校对、代回信、代作文，做的事情比别人多，但到手的报酬却比别人少。王国维的前任月薪 20 元，王国维只有 12 元，所以"心恒不乐"。^③ 展现给他的生活似乎基本上没有什么亮色。

政治上呢？当时中国有被瓜分的危险，但大多数国人守旧因循，浑然不觉，王国维内心十分焦虑。"外患日逼，民生日困，虽有智者，亦无以善其后"。^④ 王国维可不是一个只会钻故纸堆的学究，他对现实的关心程度是完全超出

---

① 《王国维全集》第 14 卷，第 119 页。
② 陈守谦《祭王忠悫公》，见陈平原、王风编《追忆王国维》（增订本），生活·读书·新知三联书店 2009 年版，第 3 页。
③ 《王国维全集》第 15 卷，第 15 页。
④ 同③，第 12 页。

大家的想象的。

　　所以王国维在《人间词话》中提到的不少看法，其实与他的身世、经历有着直接的关系。王国维特别重视文学中的"悲情"内涵，又把悲情分为"忧生"与"忧世"两种，我们读《人间词话》，应该注意到这种基本的审美倾向。

第八讲

隔与不隔

如果居住在山间，早上起来或者雨后，山顶往往云雾缭绕，宛如仙境。这种云雾虽然遮着了一部分景物，但由露出来的景象，也可以想象被遮住的景象。从这种现象，我们知道"云遮雾绕"原来是一种很有诗意的境界。如果你在阳光洒照的时间去湖南张家界，就能清楚地看到那远远近近的山的丛林，虽然感觉它们是从远古走来，但呈现在你面前的是非常清晰而有层次的画面。从这种现象我们知道，"如在目前"也是一种很有诗意的境界。

中国文学追求含蓄，讲究言外之意，所以对"云遮雾绕"境界的描写要更多一些。白居易的《长恨歌》写唐明皇在杨贵妃死后一年里，居然从未梦见过她，非常沮丧。后来遇到了一个临邛道士，据说"能以精诚致魂魄"，也就是能够通过非常强烈的意念，将死去之人在隐约迷离之境中召回。这唐明皇也真是个多情的皇帝，所以就让这个道士殷勤去寻觅。结果呢？我们看白居易的描写：

　　　　忽闻海上有仙山，山在虚无缥缈间。

　　　　楼阁玲珑五云起，其中绰约多仙子。

　　在虚无缥缈的海上仙山中，果然有不少身姿绰约的仙子穿梭其中，"中有一人字太真，雪肤花貌参差是"。其中果然有这个叫杨太真的人，依旧是花容月貌，非常迷人，"参差是"就是差不多就是的意思。你看，这杨贵妃魂魄的出现就不可能是清晰的，她只能出现在虚无缥缈、云雾缭绕的环境之中。而在这种情境中出现的杨贵妃，也因此多了一分朦胧之美。

　　宋代的欧阳修在任职扬州的时候，写过一首《朝中措》，里面有"平山阑槛倚晴空。山色有无中"之句，大家都说这句写得好，但好在哪里呢？他的学生苏轼说："盖山色有无中，非烟雨不能然也。"[1]在烟雨迷蒙中，从平山堂看远处的山，若有若无，像仙境一般。但也有人说，从平山堂看山，山都在近处，其实一目了然。再说欧阳修明明说是"晴空"，不可能"山色有无中"！现在我们知道，苏轼爱师心切，努力帮老师打圆场，但考虑不周到，这圆场不仅没打好，我感觉反而是帮了倒忙。

　　其实了解欧阳修的人就知道，欧阳修三十多岁的时候，就患了眼病——飞蚊症，也就是眼前总有黑色的花出现。再加上他当时应该是糖尿病的前期，视力当然就差了。

————————————
[1]〔宋〕严有翼《艺苑雌黄》，见〔宋〕阮阅编《诗话总龟》后集卷三十一，人民文学出版社 1987 年版，第 199 页。

简单来说，有眼病的欧阳修即使看近处的东西，其实也看不清楚，所以带着一双病眼来观察眼前的世界，景物当然只会呈现出模糊的样子。但这种模糊的样子在文学作品中，却有一种特别的美感。一双病眼看世界，看出来的世界却特别有美感。我虽然很舍不得诗人生病，但为了让这个世界有好诗，有时也想，要生病就生病吧。等诗歌写好了，病再好也不迟。我说是这么说，但其实也很为自己居然有这样的想法而感到羞愧的。

我今天又是讲文学中的朦胧美，又是讲生活中的病眼，其实是为了引出王国维的"隔与不隔"说，因为他好像很不欣赏这种朦胧迷离的美。他在《人间词话》中说：

问"隔"与"不隔"之别。曰："生年不满百，常怀千岁忧。昼短苦夜长，何不秉烛游""服食求神仙，多为药所误。不如饮美酒，被服纨与素"，写情如此，方为不隔。"采菊东篱下，悠然见南山。山气日夕佳，飞鸟相与还""天似穹庐，笼盖四野。天苍苍。野茫茫。风吹草低见牛羊"，写景如此，方为不隔。（重编本第 26 则）

我们读这一节文字，发现王国维对什么朦胧美、言外之意好像都没兴趣。他追求的是"不隔"的境界。所谓"不隔"，也就是诗词中表达的情感应该可以直接体会到，不用拐弯抹角，读者一读就懂，而且触及被描写对象最真实最本质的地方。读者一读就懂的原因，就是因为作者没有故意遮蔽或者扭曲内心最真实的想法，心里想什么，笔下就写什么。所以你看王国维举的例子就都具有这个特点。

从情感的真实性来说，《古诗十九首》中的这两首，确实是这样。你看第一首写人生苦短，活不过一百年的生命，却要额外怀着一千年的忧虑，这样的人生也太辛苦了，也太浪费了。所以不如及时行乐，即使晚上，也可以举着蜡烛游玩，把有限的人生都挥霍在吃喝玩乐之中。第二首针对的是当时人们为了长生不老，寄希望于炼出不老丹的情况——其实这个世界上哪里有什么不老丹呢？人又怎么可能成为神仙呢？所以还不如在有限的人生里，多喝一杯美酒，多穿些漂漂亮亮的衣服，来得实在一些。你看这两首诗歌表露及时行乐的思想真是一点也不掩饰。这当然与东汉末年人们在社会动乱中的普遍性焦虑有关。

王国维未必欣赏这样的人生态度，但对这种真实展现内心的写作方式非常赞赏。

从景象描写的真实性来说，王国维认为陶渊明《饮酒》组诗中的第五首和北朝斛律金唱过的《敕勒歌》也堪称典范。你看陶渊明写采摘菊花时悠然的样子，简直与南山的悠然是浑然一体的。看到傍晚时候飞鸟回巢，他想象到飞鸟的快乐应该是与自己一样的，满足感油然而生。

而《敕勒歌》写敕勒川的辽阔，天空就像一个大蒙古包，好像把空旷的平川都笼盖住似的。青色的天空下，敕勒川一望无际，风吹过去，草原中露出了成群的牛羊。去过内蒙古与山西交界的敕勒族居住地的人，应该一看这诗歌，就知道它非常形象传神地描写出了北方草原的景象。

王国维举的这些诗歌例子，读者几乎不需要有多高的文化修养，就能读懂诗人的感情，也能感到诗中的景象仿佛就在眼前。

这样真实的、直接的、形象的描写，就是王国维"不隔"概念的基本意思了。

但这样理解"不隔"，是不是简单了一些呢？我觉得从感性的层面来说，关于情感和景物描写，王国维已经说得比较清楚了。但我们仔细想想，一首作品应该是一个整体，如果只是其中几句写得好，并不等于整篇都写得好。王国维应该也考虑过这个问题。所以他在《人间词话》中还有一段话值得注意：

> 欧阳公《少年游》咏春草云："阑干十二独凭春，晴碧远连云。二月三月，千里万里，行色苦愁人。"语语皆在目前，便是不隔；至换头云："谢家池上，江淹浦畔，吟魄与离魂。"使用故事，便不如前半精彩。然欧词前既实写，故至此不能不拓开。若通体如此，则成笑柄。（重编本第 26 则）

欧阳修的这首《少年游》写了春天的离别。王国维说这首词上片写得好，因为"语语皆在目前"，就是说写的景象和情感都好像就是眼前发生的。上片写什么呢？写我一个人在二三月的春天，独自徘徊在弯弯曲曲的走廊上，扶着栏杆远望，看到晴朗的天空下，春草茂盛，在远处似乎与天空的云彩相连。春草引发了我的思绪，我想起了千里之外的人。行色匆匆的游子在外，令家里的女子也为之忧愁不已。你看这几句真是写得清清楚楚，传统的诗歌讲究比兴寄托，但欧阳修完全不用这些修辞手法，只是把眼前的景象与内心的情感明明白白地写出来，让读者也好像身临其境似的。

但王国维说，这首词上片确实不错，不过下片就有问题了。问题在哪里呢？问题就在于使用了"故事"。什么叫"故事"？也就是我们现在讲的"典故"。所谓典故，就是关于历史人物、典章制度等方面的故事或传说，也包括有来历的一些词语。"谢家池上"当然是用东晋、南朝诗人谢灵运《登池上楼》中的典故，此诗中有"池塘生春草"一句，写贬官之后缠绵病榻几个月的谢灵运本来以为外面还是凌厉的北风，枯枝满树，没想到推开窗户一看，池塘边向南的一面已经开始长出春草了，这说明春天在不经意中已经来了。"江淹浦畔"则是用了南朝江淹《别赋》的典故，里面有"春草碧色，春水绿波。送君南浦，伤如之何"几句，写情侣之间离别时候的感伤。

王国维的意思是什么呢？他的意思是无论是谢灵运的

"池塘生春草"，还是江淹的"送君南浦，伤如之何"，在他们各自的作品中都非常贴切。明代的杨慎就认为江淹"春草碧色，春水绿波。送君南浦，伤如之何"几句"取诸目前，不雕琢而自工，可谓天然之句"。[①] 意思是说，在江淹的作品中，这几句把诗人亲眼见到的景象直接地写了出来，根本没有去故意雕琢，所以是天然的好句。

但欧阳修在词里面借用别人写过的事情，就不是"取诸目前"，而是故意雕琢了，是绕了一个弯儿来写。如果读者不了解谢灵运的《登池上楼》、江淹的《别赋》，其实也就不明白"谢家池上"和"江淹浦畔"的具体意思了。因为你欧阳修本来是写自己的情怀，却去牵连谢灵运、江淹干什么呢？要知道每个人的情感因为对象和场景的不同，都是独特而不可替代的。

但王国维的否定也是有限度的。他从整个篇章结构的角度，对这种使用"故事"的情况也有一定程度的认同，因为前面是实写眼前之景，如果要用这个景物带出更深厚的感情，则用一下典故把意韵拉得远一点深一点也是可以的。王国维反对的是一首词从头到尾都在使用典故，弄得人稀里糊涂的，不知道作者究竟在说什么。

所以，在诗词中使用典故，从作者的角度来说，已经不是写出直觉，而是精心安排了。而读者呢，也就读得辛

---

① 〔明〕杨慎撰，王大厚笺证《升庵诗话新笺证》卷一，中华书局2008年版，第11页。

苦了，有时根本不知道作者在说什么——或者知道一点，但不全面。王国维说这就是"隔"了。

在王国维"隔与不隔"理论中，他推崇的是"不隔"，而反对的是"隔"。不过从篇章结构的角度，王国维认为"隔"与"不隔"合理搭配也是可以接受的。

我们简单总结一下王国维的意思，"不隔"的特征是：

（1）亲眼所见的真实性；

（2）如实描写的直接性；

（3）注重感觉的直觉性；

（4）篇章结构的平衡性。

欧阳修的这首词给王国维阐释"隔与不隔"理论提供了很好的典范。具体到欧阳修的这首词，到底是在什么情况下写的，为什么一首作品会并存这种"隔与不隔"的现象，我觉得有一段记载我们一定要了解一下。

据吴曾《能改斋漫录》卷一七记载：有一天梅尧臣在欧阳修府上聊天，聊的话题是关于"春草"的词。在一起的另外一个人突然说：要说写春草的词，我觉得林逋《点绛唇》中"金谷年年，乱生青草谁为主"写得真是好，我还没见过比这个更好的。

梅尧臣可能不大服气，马上就挥笔写下一首《苏幕遮》，上阕云："露堤平，烟墅杳。乱碧萋萋，雨后江天晓。独有庾郎年最少。窣地春袍，嫩色宜相照。"并说：你看看我写得如何？难道比林逋的差？

　　梅尧臣词里面的"独有庾郎年最少"，应是指欧阳修，他当时不过 25 岁，在入仕的年纪上，当然算是很年轻的，梅尧臣比欧阳修大五岁。而"窣地春袍"，就是穿上长长的青色的官服，意思是初入仕途，西京留守推官确实是欧阳修踏入仕途的第一站。

　　欧阳修马上接着说："不错不错，我看一点也不输林逋，可能还在林逋《点绛唇》之上呢。"

　　梅尧臣听了当然十分得意，他指着欧阳修说："不如你也来一首，三人比试比试？"

　　欧阳修哪里是认输的人。不到一会儿工夫，一首《少年游》就填好了。就是王国维引用的那首"阑干十二独凭春"。

　　欧阳修这词一出，梅尧臣也不能不俯首称臣。①

　　简单来说，欧阳修这词完全符合梅尧臣对文学作品的基本要求——必须"状难写之景，如在目前；含不尽之意，见于言外"。梅尧臣有这个想法，但不一定能做到，而欧阳

①　《能改斋词话》载："梅圣俞在欧阳公坐，有以林逋草词'金谷年年，乱生青草谁为主'为美者，梅圣俞别为《苏幕遮》一阕云：'露堤平，烟墅杳。乱碧萋萋，雨后江天晓。独有庾郎年最少。窣地春袍，嫩色宜相照。　接长亭，迷远道。堪怨王孙，不记归期早。落尽梨花春又了。满地残阳，翠色和烟老。'欧公击节赏。又自为一词云：'阑干十二独凭春。晴碧远连云。千里万里，二月三月，行色苦愁人。　谢家池上，江淹浦畔，吟魄与离魂。那堪疏雨滴黄昏。更特地、忆王孙。'盖《少年游》令也。不惟前二公所不及，虽置诸唐人温、李集中，殆与之为一矣。"〔宋〕吴曾《能改斋词话》卷二，见《词话丛编》第 1 册，第 149—150 页。

修不仅接受了这一说法，而且在创作上贯彻了这一说法。

欧阳修在洛阳，最好的朋友应该就是这个梅尧臣。他们除了一起结伴出游，也一起讨论诗歌。欧阳修为什么会把自己的诗词写得如此明白晓畅呢？其实也是因为在这种讨论中慢慢形成了自己的创作观念。[①]

据说有一天，欧阳修与梅尧臣讨论起诗歌，话题从唐代的贾岛说起。

欧阳修说："贾岛这人写自己贫困写得真是很到位，但他也经常为了写出所谓的"名句"，而把意思写得文理不通。"

梅尧臣说："不要浮泛地说，要举个例子才有说服力。"

欧阳修说："这容易，你看他有一首诗，题目叫《哭柏岩禅师》，里面就有"写留行道影，焚却坐禅身"两句。对偶工整，当然是没得说，但读起来好像是把个和尚活活烧死了。这完全不是事实啊。"

梅尧臣一听，也哈哈大笑起来。他接着说："这种情况确实普遍，也有一种诗歌写的道理倒是通的，但读起来怪怪的，意思不到位。譬如有一首《咏诗者》，其中有'尽日觅不得，有时还自来'两句，本来的意思是说有时整天想写诗却怎么也写不出来，但有时突然有好句涌上心头……"

梅尧臣还想继续讲下去，欧阳修打断了他的话头，坏

---

① 〔宋〕欧阳修《六一诗话》，见《历代诗话》，第 267 页。

坏地说："我以为说的是家里的猫丢了，一家人怎么找也找不到，没想到这只猫后来自己回来了。"

梅尧臣听了又是一阵狂笑，说："算你有才，太有才了。"

不过，梅尧臣话头一转，说："这诗歌创作还真不是简单的事情，要做到'状难写之景，如在目前；含不尽之意，见于言外'，① 才是真的高手。"

欧阳修说："你这两句概括得真是太好了，这也应该是我们共同的创作方向。"②

你看欧阳修与梅尧臣在这些轻松的话题中，其实把他们的创作理念也表达了出来。欧阳修后来特别指出梅尧臣对自己诗词创作方向的指引。他在《再和圣俞见答》中说："嗟哉吾岂能知子，论诗赖子初指迷。"梅尧臣感谢欧阳修对自己才能的肯定，但欧阳修却认为：凭我的水平，哪里能了解你的创作高度，我写诗最初就是得到你的指导。欧阳修实际上把梅尧臣视为自己的导师了。

欧阳修之所以在《少年游》词的上、下片之间呈现出不同的风格，就是因为他自觉地照着梅尧臣的话去做了。

① 〔宋〕欧阳修《六一诗话》，见《历代诗话》，第267页。
② 《六一诗话》载："诗人贪求好句，而理有不通，亦语病也。……如贾岛《哭僧》云：'写留行道影，焚却坐禅身。'时谓烧杀活和尚，此尤可笑也。"《历代诗话》，第269页。"圣俞尝云：'诗句义理虽通，语涉浅俗而可笑者，亦其病也。……有《咏诗》者云：'尽日觅不得，有时还自来。'本谓诗之好句难得耳，而说者云：'此是人家失却猫儿诗。'人皆以为笑也。'"《历代诗话》，第268页。

所以他在上片写景，真是一切如在目前，很符合王国维的"不隔"的要求；而下片抒情，就是含不尽之意了，所以他要用典故来把这个不尽之意表达出来，也就难免有点"隔"了。王国维看的是准的，但他可能不明白其实欧阳修是故意这样写的。

根据吴曾的记载，我们可能还有一个困惑。林逋的这首《点绛唇》究竟是怎么成为他们当时的话题的呢？或者说，这个故事究竟发生在什么时候呢？我看了好几种欧阳修词的笺注本，它们在这首词后面都没有注明创作时间。但我猜测，这首词应该写于天圣九年（1031）的春天。

欧阳修天圣九年（1031）三月来到洛阳，担任西京留守推官，主管司法事务，职务比较清闲。三月初三上巳节，他在去拜访西京留守钱惟演的路上，结识了梅尧臣，两人居然把去见上司的事放在一边，结伴就去游附近的香山。这举动算是够任性的了。后来两人更是把洛阳附近的山水名胜游了个遍。欧阳修不仅对梅尧臣的诗歌很佩服，甚至觉得梅尧臣的帅气也是惊天动地的。他在《七交七首·梅主簿》中有"玉山高岑岑，映我觉形陋"之句，为了突出梅尧臣的伟岸帅气，不惜丑化自己。我觉得愿意"自黑"也是一种美好的姿态。

而在洛阳名胜中，金谷园更是闻名遐迩。金谷园是西晋富豪石崇的私家园林，遗址在今洛阳老城东北的金谷洞内。据说当时园林里面楼阁参差，山水相绕，树木葱茏，建筑更是金碧辉煌，宛如宫殿，是当时洛阳的一大景观。但后来石崇因为政治斗争而被杀，称雄一时的金谷园也就逐渐衰败了。

但遗址在，记忆也就在。北宋初年的林逋大概是感叹金谷园盛衰变化，所以填了一首《点绛唇》，开头就是"金谷年年，乱生春色谁为主"，把一个春草杂生、破败不堪的金谷园描写了出来。所以他笔下的春草，其实带出了一段沧桑的历史。

我觉得这次在欧阳修府上的聊天，就发生在欧阳修与梅尧臣踏访金谷园之后。所以话题自然就从金谷园说起，而大家对金谷园杂草丛生的印象应该更为深刻。金谷园与春草，就这样成为了话题。

但金谷园还有一个寓意，就是送别之意，因为石崇曾经在这里为征西将军王诩回长安饯行，这个饯行也载入了历史。所以你看林逋的词里有"又是离歌，一阕长亭暮"，梅尧臣词的下片，也有"堪怨王孙，不记归期早"。所以由春草萋萋而生离别之怨，就是金谷园在中国文化史上的特殊含义。

林逋是公元 1028 年去世的，也不过是在欧阳修与梅尧臣这次聊天的三年之前。林逋成为话题，金谷园成为话题，也就这样凑巧了。更巧的是，林逋这词写于 1007 年，而欧阳修正是这一年出生的。看来他们的缘分真是不浅的。

欧阳修当时在洛阳任职，他的离别之怨又是什么呢？

要说清楚这其中的故事，就要追溯到三年前，也就是天圣六年（1028）。这一年欧阳修携文到汉阳（今武汉）拜见汉阳知军胥偃。胥偃读了欧阳修的文章，当即就断言："子当有名于世。"① 也就是说：你才华突出，将来肯定名闻天下。这个断言我们现在想想确实是厉害，眼光看得真是准。胥偃就把欧阳修留在自己门下，同年冬又带着他到京师，推荐给当时的知名人士。

天圣八年（1030），欧阳修不负众望，考中进士。欧阳修后来在《与刁景纯学士书》里感慨地说：我当初发愤学习，但其实没有人赏识我，我第一次登胥偃之门，便深受他的褒奖和提携；后来虽然我也得到了许多前辈的帮助，"虽有知者，皆莫之先也"。② 欧阳修对胥偃的感恩之心可见一斑，而这个胥偃也有意把自己的女儿许配给欧阳修。

但我必须强调，欧阳修应该并不是因为感恩而娶胥偃的女儿，而是心里也确实是喜欢的。天圣九年（1031）下半年，欧阳修与胥偃之女结婚。据说《南歌子》就是他描写新婚的词作：

凤髻金泥带，龙纹玉掌梳。走来窗下笑相扶。爱道画

① 〔宋〕欧阳修《胥氏夫人墓志铭》，见〔宋〕欧阳修著，李逸安点校《欧阳修全集》，中华书局2001年版，第921页。
② 《欧阳修全集》，第1006页。

眉深浅、入时无。　　　弄笔偎人久，描花试手初。等闲妨
了绣功夫。笑问双鸳鸯字、怎生书。

这首词说妻子把发髻挽得高高的，如凤凰一般，用洒着金
屑的带子系着，而短的头发呢，就用雕刻着龙纹的小梳子
插着。打扮好了，就笑眯眯地走到正在窗前读书的欧阳修
面前，撒娇地问：我的眉毛今天画得好看吗？是深了呢，
还是浅了呢？时髦不时髦？——你看这就见出古代女子的
审美中心了，花了那么多时间去做发型，结果问的还是眉毛
好看不好看。现在我们应该明白了，为什么我们现在要称一
个漂亮的女子为"美眉"，原来是呼应了中国的古老传统，
是底蕴非常深厚的一种说法。我估计欧阳修面对夫人的问
题，肯定是一通狂赞了——除了赞，他还能说什么呢？然
后呢，欧阳修要继续看书，妻子就亲昵地靠在他身边，把玩
着桌上的笔。过了一会，又想试试描花，但没描多久，就放
下了，因为想绣"鸳鸯"两个字，就问欧阳修，鸳鸯两个
字怎么写呢？你看这词把夫妻之间亲昵的动作、表情与对
话都写得非常形象，不用说，这肯定是一对恩爱的夫妻了。

　　但天圣九年（1031）春天的时候，欧阳修在洛阳，而
这个未来的胥夫人却在汉阳。这时候虽然与胥氏尚未结婚，
但欧阳修因为已经得到胥偃的赏识，与胥偃之女已经是明
确的情侣关系了。而汉阳与洛阳，相隔遥远，所以有"千
里万里"之句，又因为整个春天都在牵挂胥氏，所以"二

月三月"，相思不断。"行色苦愁人"，这个愁人应该就是远在汉阳的胥氏了。下片用典故，"谢家池上"其实是为了落实到春草的主题意象上，而"江淹浦畔"才是切合到离别的主题上面。江淹的《别赋》虽然描写了七种离别的情况，但"江淹浦畔"才是写情侣之间的离别的，"春草碧色，春水绿波。送君南浦，伤如之何"，这种在春草杂生、春水绿波之时，情侣之间面临分别、依依不舍的情况，也确实符合欧阳修当时对胥氏的千般思念。如今为了功名，与自己心爱的女人分居两地，这样的"王孙"，也就是游子，真的有意义吗？

你看这欧阳修与胥氏之间真是情意深厚的。明道二年（1033）正月，妻子胥夫人已经临产了，但因为公事紧迫，欧阳修先赴汴京（开封），然后又转道去了随州（今属湖北）看望退休在家的叔父欧阳晔，当他三月回到洛阳后才知道胥夫人在生了一个男婴后，因为产后感染而去世了，时年不过17岁。欧阳修悲从中来，他以一篇《述梦赋》表达对胥夫人的深深追思，其中云：

夫君去我而何之乎，时节逝兮如波。
昔共处兮堂上，今独弃兮山阿。

你离开了我，到底去了哪里呢？以前我们在一起恩恩爱爱，今天你为什么要一个人远行呢？欧阳修确实是有情有义的人，二十年后他把母亲灵柩归葬故乡吉州，胥夫人也被迁葬在欧阳修父母的坟茔之旁。

明白了欧阳修这首《少年游》的创作背景之后，我们再来看王国维所说的"隔与不隔"的理论。我觉得王国维只是读懂了一半的欧阳修，也就是上片中的欧阳修，而下片中努力要"含不尽之意，见于言外"的欧阳修，他好像就不一定懂了。

大家是不是有点困惑，如果文学作品都是按照"语语皆在目前"的模式写下去，文学的言外之意在哪里呢？一个大文学家、大理论家，怎么就不知道含蓄朦胧的独特之美呢？为什么王国维只能欣赏晴空万里，而不能欣赏云遮雾绕呢？这样的审美是不是太偏执呢？

我觉得这些疑问都是成立的。但我还是要为王国维说几句话：王国维绝对不是不欣赏这种烟水迷离的境界，而是当时的词坛，在他看来，已经不是云雾深深，而是雾霾重重了。当时的词坛以朱祖谋为代表，在全国范围内掀起了向南宋词人吴文英学习的热潮。而吴文英的词一向以晦涩著称，他的词非常讲究构思安排，一定要把意思隐藏在字面之下，让一般人根本摸不着头脑。譬如他的《八声甘州》，开头就是"渺空烟四远，是何年青天坠长星"，不知诸位有没有看懂。如果没看懂，那就对了，因为吴文英根本就不想让一般人懂。其实这句写的是：苏州郊外的灵岩山到底是在什么远古的年代，从天下掉下来的一个星星呢？你看，我一解释，你就懂了；但不解释，你肯定云里雾里，弄不清楚。

王国维认为词如果都这样写，就写坏掉了。一流的文学作品总应该让大家轻松地读懂、愉快地接受。所以为了纠正这种风气，他说，南宋人的词，除了辛弃疾的，都是"隔"，都是炫耀技巧，让人读得痛苦的。用《人间词话》重编本中的话来说，就是"南宋人词则不免通体皆是'谢家池上'矣"。你处处要用典故，明显是故意要为难读者了。这话当然说得有点过头，但想想王国维是为了反对当时的词风，因此只能极端一些，把那种明白如话的词推崇到一个很高的位置。王国维其实是一个有着很大使命感的理论家，所以他的"隔与不隔"说，说得对不对，存在什么问题，这些当然可以讨论，但我们必须首先明白王国维提出这个说法的背景所在。他不只是一个穿着长衫、戴着瓜皮小帽的遗老的形象，其实，在年轻时候，他也曾经是个热血青年呢。

第 九 讲

何 谓 境 界

北宋嘉祐五年（1060）的某一天，宋祁十分开心：与欧阳修一起花费了十多年心血的《唐书》终于完稿，这是第一喜；前不久，他晋升为工部尚书，这是第二喜；今天要去拜见赫赫有名的大词人张先，这是第三喜。

宋祁到了张先府上，通报了自己的身份，张先的门童随即向室内传话说："有个尚书要见'云破月来花弄影'郎中。"在里屋的张先听了，哈哈大笑说："我猜应该是那个'红杏枝头春意闹'尚书吧！赶紧请进。"①

宋祁与张先见面后的情况我就不去想象了，估计彼此夸赞一下对方的名句，应该是其中的内容之一。

这就是古人的雅趣所在，两人见面的事情是不是真的，

---

① 《遁斋闲览》载："张子野郎中，以乐章擅名一时。宋子京尚书奇其才，先往见之，遣将命者，谓曰：'尚书欲见"云破月来花弄影"郎中乎？'子野屏后呼曰：'得非"红杏枝头春意闹"尚书邪？'遂出，置酒尽欢。"《苕溪渔隐丛话》前集，第 252 页。

我觉得不重要，但古人这样的情怀却是完全可能的。一个诗人，写的作品肯定会很多，但被人特别欣赏并在江湖上广为传播的就不一定多了，而将一个人写的名句与其职位联系起来，起个别号，且此别号为圈内人共同认可的例子就更少了。

张先因"云破月来花弄影"一句出名，而宋祁因"红杏枝头春意闹"出名。这两位金句缔造者见面后彼此调侃的方式，其实在古代具有相当的普遍性。王国维在《人间词话》中提出了著名的"境界"说，应该也注意到了宋祁与张先这次有关名句的历史性会面。他说：

> "红杏枝头春意闹"，著一"闹"字，而境界全出。"云破月来花弄影"，著一"弄"字，而境界全出矣。（初刊本第 7 则）

在王国维之前，一般是称许这两个句子好，王国维更进了一步，指出这两个金句之所以好，是因为句中各有一个金字，也就是我们说的句眼。因为这个句眼，让句中的境界一下子就跳了出来。

我们先看宋祁"红杏枝头春意闹"这句的全词《玉楼春》：

> 东城渐觉风光好。縠皱波纹迎客棹。绿杨烟外晓寒轻，

红杏枝头春意闹。　　　浮生长恨欢娱少。肯爱千金轻一笑。
为君持酒劝斜阳，且向花间留晚照。

　　据说宋祁因为"红杏枝头春意闹"而被称为"红杏尚
书"。这词写于什么时候，一时难以确定，但既然称宋祁为
尚书，则肯定是嘉祐五年（1060）或之后了。为什么这么
说呢？理由是这一年，宋祁因为完成了《唐书》，而被晋
升为工部尚书。第二年，他又转任翰林学士承旨了，并且
在这一年就去世了。也就是说，宋祁任职工部尚书的时间
就一年左右。这首词如果宋祁不是写于嘉祐五年或六年初，
也就很难说"红杏尚书"了。再晚一点，就可以称"红杏
翰林"了。

　　这首词的主题是什么？我觉得"浮生长恨欢娱少"就
是主题。把人生的快乐放在第一位，所以"肯爱千金轻一
笑"——这是个反问句，就是说我难道会因为爱惜金钱而
轻视人生的快乐吗？

　　那么，王国维为什么说"红杏枝头春意闹"，因为有这
个"闹"字而"境界全出"呢？

　　我觉得除了这个"闹"字需要押韵之外，更重要的是
它写出了一种现场感，而且这种现场感把视觉、听觉和嗅
觉混合在一起了。你感觉这枝红杏的枝头，散发着一种淡
淡的香味，这是嗅觉；你感觉红杏们在枝头你挤我挤你，
一方面在兴奋地迎接着春天，另一方面也在抢占着最好的

位置，所以现场的拥挤感和吵闹声，好像就在眼前。

所以这个"闹"字，确实写出了一种特别的春天的感觉。这个"闹"字，把这一句、这一首词点活了。原本春天可能离得远远的，但现在感觉春天就在眼前，你可以去听去看去闻。

但我们知道诗词中的一句并不是孤立的，它一定与前后文有关系。从开头一句"东城渐觉风光好"，我们知道是写早春。而第二句"縠皱波纹迎客棹"，可见是在船上，而且这船开得很慢，"縠皱波纹"就是形容水波很细微。波纹小，当然是船开得慢，这也体现了作者悠闲赏玩的心情。"绿杨烟外晓寒轻"呼应了第一句的早春特征：清晨还有些微寒。在铺垫完了这些场景之后，才是"红杏枝头春意闹"一句。你看，如果没有"绿杨"，这"红杏"可能也不会有太强的视觉冲击；又因为是"晓寒轻"，所以这红杏就更显得珍贵了。说到这里，我们是不是又读出一种感觉：在这清晨的寒意当中，红杏的"闹"枝头，除了对春天来临的欣喜感之外，也可能有在寒冷中拥挤喧闹在一起以取暖的意思。

宋祁在描写了早春景象之后，下片就是抒情了，而他所抒发的感情就是珍惜当下、及时行乐的意思了。他那么关注"红杏枝头春意闹"，其实就是因为"浮生长恨欢娱少"，平时太辛苦了，现在终于可以放下一切，好好欣赏眼前的风景，过一种从容舒缓的生活了。

那么宋祁此前到底辛苦什么呢？官场上的坎坷我们不去说了。他之前忙的就是《唐书》了，这书是他与欧阳修合写的，但宋祁付出的心血要更多。他们当初写的时候叫《唐书》，后来为区别前人写的《唐书》，就改称为《新唐书》了。

据说宋祁奉诏写《唐书》，当时是在四川任职。他把参考书随身带着，参加完公家宴会回来后，简单洗漱一下，就关上门，放下帘子，点上一根大大的蜡烛，婢女、小妾在两边侍候，然后他铺开纸张来写。来人或者邻居一看到这阵势，就知道宋祁在写《唐书》了。[①]

这写作的环境和条件当然不错，但宋祁也并不总是文思泉涌的。据说有一年冬天下大雪，因为天很冷，所以宋祁让人把帘幕加厚，点两根大蜡烛，左右两边又用两个大炉子烧炭，但他那天写某个人的传记，总也没灵感，最后当然没写成。他对身边的婢女说：

"你们也都在别人家服侍过，见过像我这么辛苦的主人吗？"

婢女们都回答："没见过，没见过，真是从未见过像您这样勤奋的。"

---

① 《东轩笔录》载："（宋子京）晚年知成都，带《唐书》于本任刊修，每宴罢，开寝门，垂帘，燃二椽烛，媵婢夹侍，和墨伸纸，远近观者，皆知尚书修《唐书》矣。"〔宋〕魏泰撰《东轩笔录》卷十五，中华书局1983年版，第171页。

其中有一个婢女曾经在一个担任太尉的皇族人家待过一段时间，宋祁就问她：

"像这样寒冷的天气，你以前服侍的那家太尉一般干些什么呢？"

婢女说："他呀，也就是围着火炉喝酒喽，再安排一些音乐演奏、歌舞，偶尔也请一些戏班来演一两场杂剧，最后往往是一边看一边听一边喝，醉得不省人事才结束。哪里有您这样清雅的啊！"

宋祁一听，哈哈大笑说："这也不算俗事，正合我意呢。"说完就让婢女把笔砚拿走，安排酒和歌舞，一边欣赏，一边喝酒，一直喝到天亮。[1]

听了这个故事，我们大概知道，宋祁为什么说"浮生长恨欢娱少"了吧。他在撰写《新唐书》的艰辛日子里，也不忘享受人生的快乐。而"红杏枝头春意闹"，也正是他所享受的自然美景。我们要把这一句跟这一篇和他这个人联系起来看，就能看得更清晰了。

而写下名句"云破月来花弄影"的张先，在生活情调上，与宋祁其实十分相似。这一句出自他的《天仙子》：

---

[1] 《夜航船》载："宋祁修《唐书》，大雪、添帘幕，燃椽烛，拥炉火，诸妾环侍。方草一传未完，顾侍姬曰：'若辈向见主人有如是否？'一人来自宗室，曰：'我太尉遇此天气，只是拥炉，丁筵命歌舞，间以杂剧，引满大醉而已。'祁曰：'自不恶。'乃阁笔掩卷起，遂饮酒达旦。"〔明〕张岱撰，李小龙整理《夜航船》卷八，中华书局 2012 年版，第 169 页。

　　水调数声持酒听。午醉醒来愁未醒。送春春去几时回，临晚镜。伤流景。往事后期空记省。　　沙上并禽池上暝。云破月来花弄影。重重帘幕密遮灯，风不定。人初静。明日落红应满径。

　　"云破月来花弄影"是下片中的一句。王国维说这个"弄"字特别好，如果换了别的字，可能就没有办法出境界了。我们说好的诗词不仅语言意象美，思想感情美，同时也有一种逻辑之美。像这一句，如果云层是整个的一大块，可能就遮蔽了云上面的月亮。但现在云层破了，月光就照射到地面上了。照到哪里呢？照到花上。因为月光从上而下，所以就把花的阴影留到地面上了。你看这一句从天上的云与月，写到长在地上的花，再到地面上留下的阴影，层次感很强。更重要的是这一切都符合逻辑，符合生活的常识。好的文学，也是完全经得起逻辑上的推敲的。

　　这样一个画面美是美，也有层次，但毕竟缺乏一些灵动之趣。现在不同了，张先用了一个动词"弄"，因此我们知道原来花在摇摆，花摇摆，地面的影子当然也跟着摇摆。这个画面一下子有了动感，是个活的场面。这时候我们如果抬头看看，会发现云层也在动，月光原来也在变化，所以花和影子一直就处于一种变化之中。现在我们应该明白，张先写的是一个有风的夜晚景象。如果没有风，云层也就不会破；云层不破，月光就没办法透出来。如果没有风，花也就不会动；花不动，影子也就不会动。你看这一环接着一环，都是有着严密的逻辑在里面的。因为这个"弄"字，把所有的情感、景象甚至逻辑都贯穿起来了。

现在我们对词中"风不定。人初静"两句应该有了体会了。因为风不定，才有这种景象；又因为"人初静"，词人也才有观察这种景象的心情。我想说明一下，这叫是一个年近六十的老词人的情怀。

现在我们简单地解说一下这首词。跟一般的词有点不同，这首词上片就是抒情。抒什么情呢？不得志之情。先写了词人端着酒杯听了一会儿《水调》——很多人对这一句有点忽视，特别是"持酒听"三字。你得明白这是张先在中午喝醉以后，一觉醒来后的听歌。中午喝醉了，现在居然又端着酒杯，他怎么会如此地贪杯呢？原来中午的这顿酒，他原本是想借酒浇愁的，结果把自己灌醉了，醒来后，发现愁居然还在。这当然可见张先的愁情之深了，所以他又举起了酒杯。单纯的酒浇不灭愁，那加上音乐呢？你看词人真不是一般的痛苦了。

现在春天也即将结束了，春天什么时候回来呢？也许需要漫长的等待。但有得等待总比没得等待要好。张先想到自己年近六十，过往的一切简直是不堪回首，春天还能等待它再来，流逝的岁月是再也回不来了。我们读他这样的词句，真的感到张先几乎写出了他内心的绝望。

下片就到了晚上，他也不抒情了，就夜色中所见的鸳莺双栖、云月翻滚、花影变化等，一一写来。他看完这些庭院中的景色后，就回去休息了。词人特别担心这么大的风过后，明天应该是满地落花了。说到这里，我们应该对"云破月来花弄影"有了更深的理解了，因为这一句之中，其实也包含着他对风中落花的担忧呢。"花弄影"的景象虽然看上去很美，但这么大的风，树枝这么剧烈地摇摆，很显然接下来就是落花满地了。

上片重点写落魄的人，下片重点写飘落的花。落魄人眼中的落花大概也只能是如此的命运了。

张先（990—1078）这一生真的是命运坎坷。他40岁才考中进士，然后一直在地方上辗转任职，74岁这一年，以尚书都官郎中致仕（退休），大概是五品官员。那么他写这首《天仙子》是什么时候呢？这首词有题："时为嘉禾小倅，以病眠不赴府会。"嘉禾也就是现在的浙江嘉兴，"倅"就是副官的意思，"小倅"两个字，可以看出张先很不满意这个副职判官的职位，这一年张先已经54岁了。一个54岁的人担任这样一个官职，难免心里有想法，所以正常的府会，也借口不去参加。但是不是真的因为有病才不去呢？我很怀疑——那样放肆地喝酒、听歌，不像生病生到连府会都无法参加的状态。我觉得他应该是闹情绪了。

古人都说"穷而后工"，也就是一个人养尊处优时，不一定能写出好诗；但一个生活窘迫、境遇艰难的人却往往能写出优秀的诗篇。我想张先应该属于"穷而后工"一类的典型了。而优秀的诗篇往往也靠着优秀的句子流传开来。张先在这方面就是很好的例子。

张先的名句其实很多，不仅"云破月来花弄影"一句。他因此赢得的雅号颇多。如《古今诗话》记载说：

曾经有个客人对张先说："大家背后都用一个雅号称呼您，您知道是什么吗？"

张先说："雅号？不知道啊。"

客人说："大家背后都称您为'张三中'呢。"

张先惊讶地问："为什么称我'张三中'？"

客人说："因为您的《行香子》词里面有'心中事，眼中泪，意中人'啊。"

张先说："这有意思。但那也不过是平常之句。你们还不如称我为'张三影'呢！"

客人困惑地说："'张三影'？"

张先说："对啊，我写过'云破月来花弄影''娇柔懒起，帘压卷花影''柳径无人，堕风絮无影'等写'影'的句子，这才是我最得意的句子。"

从那以后，张先"张三影"的雅号也就传开了。①

从宋祁、张先对名句的锤炼，可以看到北宋词的一种

---

① 《古今诗话》载："有客谓子野曰：'人皆谓公张三中，即心中事、眼中泪、意中人也。'公曰：'何不目之为张三影？'客不晓，公曰.'云破月来花弄影；娇柔懒起，帘压卷花影；柳径无人，堕风絮无影：此余平生所得意也。'"《苕溪渔隐丛话》前集，第253页。

基本风气：虽然北宋词人注意情景的描写和铺垫，但中间一定要有特别漂亮的句子，才能将一首词的亮色带出来。

这也让我想起我们中国人听音乐会、演唱会时，听到特别好听的一句，往往会不管下面演奏什么或者唱什么，就先报以一阵热烈的掌声。我也经常听到有人批评中国人不懂得欣赏音乐，说应该等音乐完全结束后，稍加回味，然后才能鼓掌。这实际上是不了解中国人对金句的偏爱情结，而这种偏爱情结正是中国文化的一个重要特点。我们应该去挖掘这种欣赏特点背后的原因，而不是简单地否定。

光有名句是不是就一定有境界呢？我觉得不完全是。名句只是境界构成的一个基本要素，而境界的构成至少还有一个重要因素，就是名句的感发空间要特别大，也就是能让人进行更广远的联想，作品能契合读者的不同情怀。我们看王国维在《人间词话》中怎么说：

南唐中主词"菡萏香销翠叶残，西风愁起绿波间"，大有众芳芜秽、美人迟暮之感。乃古今独赏其"细雨梦回鸡塞远，小楼吹彻玉笙寒"，故知解人正不易得。（初刊本第13则）

这段话在《人间词话》中很有名，因为王国维提出了文学的"感发"问题，也就是如何把读者和作品进行有机联系的问题。

但王国维推崇新的名句是以否定旧的名句为基础的。所谓旧的名句就是"细雨梦回鸡塞远，小楼吹彻玉笙寒"两句。为什么从古至今的批评家偏偏喜欢这两句呢？其实王国维的这句话背后有着一个故事。

据马令《南唐书》的冯延巳传，在南唐宫廷，中主的"小楼吹彻玉笙寒"与冯延巳的"风乍起，吹皱一池春水"，都被认为是"警策"的名句。什么叫"警策"呢？就是说这一句非常精炼，但意思丰富而且动人。可能一个皇帝觉得与一个大臣在名句方面平分秋色，有点心有不甘吧。所以有一天，李璟就对冯延巳说：

"'吹皱一池春水'，这是自然现象，你既不是风，也不是水，关你什么事情呢？"

冯延巳当然知道李璟喜欢玩点幽默，但这话确实不怎么好接啊。你说不关我事吧，那我写这句干什么？说关我事吧，好像又不能这样顶撞皇帝。虽然这冯延巳比李璟大13岁，而且李璟从小是跟着冯延巳一起玩大的，但冯延巳知道君臣毕竟有别，所以他巧妙地说：

"哪里哪里，我这句自己读着都觉得有点作，让您见笑了。它远远比不上您的'小楼吹彻玉笙寒'啊，那才是情景妙绝的好句。"

李璟听了很得意地笑了起来。这说明冯延巳的话他很受用，他本人可能也很欣赏"小楼吹彻玉笙寒"一句。[1]

据《雪浪斋日记》记载，王安石也特别欣赏"小楼吹彻玉笙寒"一句。有一次他问黄庭坚："你平时写词，有没有看过李煜的词？"

黄庭坚说："看过啊，经常看，李煜的词真是写得好！"

王安石问："你觉得李煜词最好的一句是什么？"

黄庭坚说："当然是'一江春水向东流'这句，简直是精妙至极。"

王安石说："这句好是好，但比不上他爸的'细雨梦回鸡塞远，小楼吹彻玉笙寒'呢。"[2]

所以你看，李璟自己、冯延巳以及王安石等都对这两句特别欣赏。

但王国维不这么认为。他认为凡是欣赏这两句的人都不能说是合格的"解人"。他觉得在这首《浣溪沙》中，明明有更优秀的两句，也就是"菡萏香销翠叶残，西风愁起绿波间"两句。在王国维看来，"细雨梦回鸡塞远，小楼吹彻玉笙寒"不过写主人公在细雨天气之中入睡，梦中到了

---

[1] 《南唐书》载："元宗乐府辞云'小楼吹彻玉笙寒'，延巳有'风乍起，吹皱一池春水'之句，皆为警策。元宗尝戏延巳曰：''吹皱一池春水"，干卿何事？'延巳曰：'未如陛下"小楼吹彻玉笙寒"。'元宗悦。"〔宋〕马令《南唐书》，见《五代史书汇编》第9册，第5395页。

[2] 《雪浪斋日记》载："荆公问山谷云：'作小词曾看李后主词否？'云：'曾看。'荆公曰：'何处最好？'山谷以'一江春水向东流'为对。荆公云：'未若"细雨梦回鸡塞远，小楼吹彻玉笙寒"。又"细雨湿流光"最好。'"《苕溪渔隐丛话》前集，第407页。

遥远的鸡鹿塞（鸡鹿塞是汉代通向塞北的军事要塞，在现在的内蒙古西部），醒来以后，心绪久久无法平静，所以拿起玉笙把一支曲从头到尾吹了一遍，因为吹得久，笙管里的水也寒了。这不过是围绕着一个梦来写，写出了一种悲凉的情绪。

但"菡萏香销翠叶残，西风愁起绿波间"就不同了。它写出了一种生命的轮回和憔悴的现实，很无奈，甚至很绝望，把词人的主体身份写了出来。菡萏是未开的荷花，开了以后就叫芙蓉了，你说这荷花还没开，到了秋天，天气转冷，花蕾就萎缩掉了，香味还没发出来，就已经没有了香味。原来满池翠绿的荷叶，现在也开始枯萎残破。这种萧瑟的现象连秋风也为之发愁，何况是人呢？所以词人说：生命如此憔悴，真是令人不忍心看啊！李璟这两句写出了大自然的秋天，十分冷酷无情，而词人生命的秋天同样面临着严峻的形势。

作为南唐中主，李璟（916—961）在保大元年（943）即位，至建隆二年（961）去世，统治了南唐18年。他在位的时候，一度令南唐有了崛起的气象，如保大四年（946）中原陷于战乱，密州、青州等北方刺史都来归附；保大九年（951），攻打楚国，也曾获得胜利。但这样的局面没有维持多久，北方的北周崛起，周世宗两次亲自率军攻打南唐，逼得李璟只能削去帝号，但称国主，所以我们现在知道李璟后来不能称什么宗什么帝，只能称国主，根源就在这里。这在一个国家的历史上，其实是非常屈辱的。但南唐没有办法，夹在南北之间，自身又太弱了。接着北宋建立，对南唐更是形成围攻之势。南唐内外交困，除江北已经割让给了北周外，每年更要进贡大量的金钱，弄得国库空虚，国内物价飞涨，民不聊生。

李璟的词应该正是写于这种背景之中。他不仅借自然界的秋风劲吹、万物凋零来写自己的恐惧感、忧虑感，也隐隐写出南唐所面临的严峻肃杀局面。自然、个人、国家三者结合得很紧密。所以相形之下，"细雨梦回鸡塞远"两句所表现的情感比较明显地限于个人了。

王国维正是看出了这两句所包蕴的力量之大。他认为读"菡萏香销翠叶残，西风愁起绿波间"，还可以从李璟所面对的自然、李璟本人以及李璟所在的南唐进行更为广阔的联想。

王国维联想到了什么呢？他想起了屈原，想起了屈原的《离骚》，特别是想起了离骚中的"虽萎绝其亦何伤兮，哀众芳之芜秽""惟草木之零落兮，恐美人之迟暮"等句。这诗句字面意思比较简单，就是说，花儿到了时候会枯萎凋谢，这是自然规律，也没有什么可惋惜的，真正让人感到痛心的是这些落花跟荒芜的杂草在一起，被弄得十分污浊凌乱。看到秋天树叶凋落、青草枯萎，让人也不禁担忧，再美丽的女子也会慢慢变老。

屈原的《离骚》大概写于楚怀王二十四年（前305）

与二十五年（前304）之间。当时他被楚王流放到汉北一带。屈原被流放，是因为遭受了政敌的谗言。他满怀着愤懑和不平，感觉自己就像秋季的落花和草木一样，处于冷酷的季节。而屈原虽然满怀着爱国热情和美政理想，但在被流放的岁月中，却无法阻止青春与美好一天天地流逝，内心十分担忧甚至恐惧。

你看，屈原从落花与草木凋零想到自己的命运也正处于这样的情况，而王国维从李璟的词里也读出了类似屈原一般的感情。李璟其实也在担忧着自己和南唐的命运！也就是说，在王国维看来，李璟与屈原在面对相似的景象时，有着相似的感慨，这种感慨都是对生命和理想的担忧。

王国维说，只有这样的句子，才既是名句，又意蕴丰富，给人以深刻广远的联想。这才是诗词应有的高格调。

通过上面的分析，我觉得有一段话，要隆重推出了，这就是《人间词话》的第1则：

词以境界为最上。有境界则自成高格，自有名句。五代、北宋之词所以独绝者在此。（初刊本第1则）

什么叫名句？王国维举了张先、宋祁、李璟等人的词句为例。什么叫"高格"呢？就是这些名句不仅写景写情十分生动传神，而且要包蕴着广阔的感发空间，要能让读者进行更高更远的联想。王国维认为五代、北宋的词在这方面是独特而无法替代的。

但这段话还有一个词我们一直不大重视。哪个词呢？这个词就是"最上"，就是至高无上的意思。这当然体现了王国维写这部《人间词话》的用意不是写一部词学普及读物，而是要把词风往最高的境界上引导的。

王国维是个很骄傲甚至很自负的人。他在 30 岁的时候写过一篇《自序二》，对自己的词作了高度评价，大概意思是说：我填的词还不到一百阕，但从南宋以后，除了一两个人之外，恐怕还没有能比得过我的，这是我非常自信的。虽然要跟五代、北宋的大词人相比，我很惭愧，比不过他们，但那些大词人也未必没有不如我的地方。

大家听听这口气，是不是有点大？王国维自信的地方究竟在哪里呢？我们在《人间词话》手稿里，读到这么一则，这一则先是用他的同学樊志厚评论他的词"开词家未有之境"开始，接着说："余自谓才不若古人，但于力争第一义处，古人亦不如我用意耳。"（手稿第 26 则）

这里我们看到了什么？"第一义"，这也就是"最上"的意思了。所谓"第一义"，即第一义谛，是借用佛教话语，用以指称那些至高无上、深刻精妙、彻底圆满的真理。从王国维"古人亦不如我用意耳"一句，更可见王国维对此的追求，乃是有意为之。

从这里我们可以看出，王国维追求的"最上"，其实就是我们前面说的"无我之境"，就是不是某一个人的独特感受，而是涵盖了很多人，甚至古今所有人在内的生命感悟。王国维就是要把这样的思想写到词里面去。

这么看来，王国维虽然骄傲，但骄傲得还是有道理的。

关于境界的内容，我在这里只是选择性地谈论了一部分。可能大家要问了，王国维的词学根源到底在哪里呢？他究竟是受西方的思想影响大，还是受中国传统思想的影响大？关于这个问题，我下一讲再跟大家交流。但可以先剧透一下，我的看法与许多人的看法是不同的。

第十讲

回 归 传 统

　　大概是 1912 年春天的一个夜晚，王国维借住在日本京都南禅寺的永观堂。他在永观堂的院子里点燃了一堆火，火中烧的是什么呢？烧的是书。具体来说，就是王国维的第一部论文集《静安文集》。王国维把身边堆得高高的书堆——总共有三百多本，一本一本撕开，丢到熊熊燃烧的大火之中。王国维的脸被火光照得通红，看上去坚毅而冷峻。这堆火大概烧了一个多小时，王国维一直紧抿着嘴，眼睛一动不动地盯着火，等火慢慢熄灭，王国维这才缓缓地转过身，长叹一声，然后走入房内。

　　房内坐着一个人。刚才庭院里烧书这一幕，他从窗户看去，其实都在眼前。看到王国维进来，他几乎带着激动的口吻说："太好了，太好了，我看到了你的决心，虽然学术界也许少了一位研究西方哲学的名家，但一定会多一位国学大师。"[1]

说这话的人是谁呢？他的名字叫罗振玉，也是 20 世纪一位卓有成就的国学名家。他比王国维大 11 岁，因为特别赏识王国维的才华，所以除了一直在经济上支持王国维之外，也在学术上积极引导他。

王国维这次来到京都，其实就是罗振玉带他来的。辛亥革命爆发后，罗振玉认为要去日本暂时避一避，观察一下形势的变化，王国维也就拖家带口地跟着来到了日本京都。

罗振玉一直致力于传统国学的文献整理和研究，但在罗振玉看来，王国维才是天才的学者，因为他有哲学基础，所以他的研究成体系，有规模，而且在方法上也是领先于他那个时代的。如果这样的人来研究中国传统的经史之学，那一定会把传统的国学研究往前推进一大步。

罗振玉是这样想的，也就真的这样做了。他连续几个晚上到王国维家里劝说王国维不要再迷恋西方哲学。当然他也不希望王国维继续沉浸在文学之中。

罗振玉说："你看你花了那么多年时间研究康德、叔本华、尼采等，他们的学说根本不讲究仁义道德，思想很极端，而且狂妄自大，你如果希望借助他们的学说来创造中国的新文化，完全不可能啊。"

王国维听了这一番话，有点迷茫地说："我已经付出了

---

[1] 彭玉平《关于静安文集的一桩公案》，《清华大学学报（哲学社会科学版）》2009 年第 1 期。

那么多年，还能怎么办呢？"

罗振玉说："你看看现在国内，中国传统的学问还有多少人关注？西方的思想已经严重破坏了传统的文明。在这样一个时代，除了'反经信古'，已经没有别的办法来为传统国学正本清源了。"罗振玉说的"反经信古"，就是回到传统的经史之学的意思。

罗振玉接着说："你才三十多岁，正是精力旺盛的时候，我虽然还不算老，但毕竟是奔五的人了。希望我们一起努力，总有一天，凭借我们的学术，会影响到未来的中国。"

罗振玉越说越动情，王国维越听越感动。最后王国维紧紧拉着罗振玉的手说："真是听君一席话，胜读十年书。我想通了，我年轻时就喜欢历史，当年在杭州应试时用不多的压岁钱买了'前四史'，很是迷恋了一段时间，后来被西方哲学耽搁了很多年，我确实应该回归传统！为了表示我与西方哲学的诀别之心，我明天就把带到京都的三百多本《静安文集》一把火烧掉。"①

王国维也是说到做到的人物，这样就有了第二天的烧书之事。因为这部《静安文集》基本上以王国维早年介绍、评论西方哲学美学的文章为主，所以要告别西方，就要对这部带着强烈西学色彩的著作下手了。

---

① 罗振玉《海宁王忠悫公传》载："公闻而悚然，自恧以前所学未醇，乃取行箧《静安文集》百余册悉摧烧之。"《王国维全集》第20卷，第229页。

　　烧书看上去是一件小事，但却是王国维表达情感的一种重要方式。甚至可以说，王国维京都烧书堪称中国现代学术上的一件大事。王国维以这样的方式宣布与西方哲学告别，而向中国传统长驱直入了。

　　但我不认为这完全是王国维被罗振玉劝说的结果，而是王国维一直以来对西学就存着怀疑之心。我们都知道，《红楼梦》研究在20世纪初成为显学，王国维的《红楼梦评论》主要从人生哲学和美学的角度来评述，他借用的主要理论是谁的呢？就是德国哲学家叔本华的。叔本华的理论当然很广博，但其核心的一点，就是认为人生以悲剧为主，当然叔本华也提出了一些如何超越或者消解这种悲剧性的方法。

　　王国维是个天性就很忧郁的人，所以他一读康德、叔本华等人的哲学，就很有共鸣，非常欣赏。但读着读着，问题来了。什么问题呢？他觉得他们的哲学思想中存在着很大的矛盾，而且这种矛盾很难克服。他在《静安文集自序》中说：

　　旋悟叔氏之说，半出于其主观的气质，而无关于客观的知识。[1]

_____

[1]　《王国维全集》第1卷，第3页。

这意思是说，以前读叔本华的著作，读得非常畅快，后来才发现，原来他的思想体系是有问题的，差不多有一半是从自己的性情气质出发来探讨，这样他的人生观的客观性和合理性就有问题了。本来哲学要探讨的是非常理性的宏观的问题，如人的本质是什么，人生的价值和意义是什么，等等。探讨这些问题，当然应该尽量少夹杂个人的性情气质。而原来被王国维当作偶像的叔本华，被王国维发现他的问题恰恰就在这里，王国维开始有点失望了。

如果我们把王国维对西方哲学的兴趣再向前稍加追溯的话，会发现，王国维的哲学原来是数学老师教的。那是1898 年，王国维在罗振玉创办的东文学社学习数学、物理、化学和英文，教授数学的是日本人藤田丰八。这藤田丰八原来是学文学的，结果被派来教数学。王国维说："君以文学者而授数学，亦未尝不自笑也。"① 连藤田丰八自己也感到好笑，但这个教数学的老师之所以引起王国维的兴趣，不是因为数学，而是因为他曾经研究过哲学，所以他们的交谈也就会经常往哲学那里去，特别是他口中频繁出现的康德、叔本华等名字简直让王国维神往不已。后来王国维就在藤田丰八的指导下开始系统阅读西方的哲学美学著作。

但王国维其实是一边读一边怀疑的。他在第四次系统阅读康德著作的时候，曾很有感慨地说，随着研究的深入，

① 《王国维全集》第 14 卷，第 119 页。

他对康德哲学思想的理解障碍越来越少了，而那些尚存的障碍，恰恰本身就是有问题的。也就是说，王国维认为不是他的理解有问题，而是康德学说本身就有问题。

如果打开《静安文集》，你大概就知道王国维所说的"窒碍之处"①具体指什么了。指什么呢？就是指中西可以沟通的地方，沟通的前提在哪里呢？正在于中国传统之学。如他在《静安文集》中，经常在介绍西方学说的时候，笔锋一转，用一句"吾国亦然"，就说到中国来了。换句话说，如果中国不是这样，则西方的这种学术，他在接受上就起怀疑之心了。

譬如王国维非常重视美育，写过一篇《孔子之美育主义》，这美育观念当时绝对是从西方传过来的。但王国维怎么写的呢？他先引中国古代苏轼、邵雍、陶渊明和谢灵运等人的观点，然后再用西方的拜伦、亚里士多德和席勒等人的观点进行佐证。这可以看到一种基本的思维特征。

1914年8月，在日本京都的王国维给他的老乡沈曾植写了一封信。沈曾植当时退居在上海，被称为一代大儒。王国维在信中说：

国维于吾国学术，从事稍晚。往者十年之力，耗于西方哲学，虚往实归，殆无此语。然因此颇知西人数千年思

① 《王国维全集》第14卷，第120页。

索之结果，与我国三千年前圣贤之说大略相同，由是扫除空想，求诸平实。[1]

王国维说他用了差不多十年时间去研究西方哲学，其实他比较集中的研究时间也只有六七年。他用的这个"耗"字很有意思，感觉就是浪费的意思了。为什么说是"虚往实归"呢？因为他当初研究西方哲学是带着梦想去的，而最后呢？梦想虽然没有实现，但回到了很踏实很安心的国学。王国维为什么能那么快地回归中国传统呢？其实也正是因为他发现虽然中西之间话语不同，著作方式不同，但真正有价值的、成熟的理论，其实是中西一致的。既然是一致的，当然就不必刻意到西方去寻找了。他所谓"求诸平实"，不仅是可以放弃哲学，也是可以放弃西方的意思了。

大概在写这篇《自序》后两个月，王国维又写了一篇《自序二》。他说：

余疲于哲学有日矣。哲学上之说，大都可爱者不可信，可信者不可爱。余知真理，而余又爱其谬误……知其可信而不能爱，觉其可爱而不能信，此近二三年中最大之烦闷。[2]

其实，王国维跟康德、叔本华和尼采这些人有相似的

---

[1] 《王国维全集》第15卷，第69页。

[2] 《王国维全集》第14卷，第121页。

地方，就是充满着感性。所以他觉得有些哲学思想读起来很有意思。但这些哲学思想经不起追问，一追问就有问题，有矛盾。有的呢，倒是说得非常理性客观，但那么冷峻枯燥，感情上他又接受不了。王国维说，我知道真理在哪里，但对那些感性的有问题的思想，内心里又喜欢，就这么纠结来纠结去，这几年真是过得好辛苦。

没有人想过太辛苦的日子，每个人都希望能过舒心的日子。这种舒心的感觉，王国维用了一个词，叫"慰藉"。王国维其实是一边烦闷着哲学，一边暗度陈仓去了文学。他在《自序二》中说：

> 近日之嗜好，所以渐由哲学而移于文学，而欲于其中求直接之慰藉者也。[①]

你看，早在1907年，王国维就已经把对哲学的兴趣转移到文学了。这一方面是学科的调整，另外一方面也可以理解为他在一定程度上从西方慢慢回归到中国了。现在我们知道，五六年后的日本京都，在与罗振玉的多次彻夜交谈后，王国维断然向西学告别，其实是有这样一个过程的。

我们现在看到的王国维像，无论是照片还是画像，几乎都是穿着长衫马褂，背后拖着一根长长的辫子。如陈丹

---

① 《王国维全集》第14卷，第121页。

青绘制的清华五大导师油画像中的王国维就是这样的形象。说王国维是晚清的遗老，这也是一个重要的理由。但我要郑重地说明：王国维并非一直都是这样的形象。事实上在 20 世纪初从日本留学回到国内的时候，他是第一批剪掉辫子的人。他在苏州任职于江苏师范学堂的时候，头上不仅没有辫子，而且西装皮鞋，是一副完全西化的打扮。而且那个时候，因为迷恋西方哲学，他开口闭口都是康德、尼采，或者不时冒出几句英语和日语来，完全是一种新潮人物的气质。他说的这些西学的东西，一般人听不懂，或者没兴趣，他就强迫别人听他说，只是这样痴迷的时间并不长而已。

但当他与西学渐行渐远的时候，他的辫子也开始越留越长了。

王国维在 1907 年的时候，学术兴趣已经从哲学转移到文学方面去了。他当时的研究方向一个是词学，一个是戏曲。这两个方向与哲学的关系都不紧密。那么写于 1908 年秋冬季节的《人间词话》能够在多大程度上保留他此前所研究的西方哲学美学呢？如果把《人间词话》当作一部中西美学理论相结合的著作，合不合理呢？

我觉得不太合理。理由至少有几个方面：

第一，这个时候的王国维已经在生活中呈现出传统文人的狂放了。原来学哲学时候的忧郁与苦闷在这一时期的生活中已经不明显了。

1908年的时候，王国维在北京，在清代的学部（相当于现在的教育部）主要承担教材编写工作，也兼任一些其他职务。有一段时间，他住在罗振玉家，与罗振玉的女婿刘季英，也就是那个写《老残游记》的刘鹗的儿子，经常在一起读词评词，一起去喝北京街头的大碗酒。王国维的酒量很小，一碗下去，往往是满头满脸就红了。但他口气很大，他说他要做一个"高阳酒徒"。什么叫"高阳酒徒"呢？高阳酒徒即嗜酒而放荡不羁之人。

这里当然有个故事了。

据说秦代末年，陈留下面有一个地方叫高阳，当地有个人叫郦食其。当时刘邦率兵到了陈留，这个郦食其就到军营门口，对门口的使者说："我是高阳小民郦食其，听说沛公帮助楚国去讨伐不义之人，我希望能见见他，跟他说说怎样去赢得天下这样的大事。"

刘邦的使者进去向刘邦汇报，刘邦当时正在洗脚，就问使者："求见的是个什么样的人呢？"

使者回答说："外表看上去像是个很有学问的读书人。"

刘邦说："算了算了，你帮我拒绝吧。就说我现在谋划的是天下大事，没有时间见一个儒生呢。"

使者奉命，就对郦食其大致重复了刘邦的一番话。

郦食其一听大怒，拔出剑指着使者说："去，去，再去告诉沛公，就说我不是什么儒生，我是高阳酒徒。"

这使者还真被郦食其吓住了，跌跌撞撞地又去向刘邦汇报："来的客人看来不是一个简单的儒生，应该是一个壮士，刚才痛骂了我一顿，吓得我把他的名帖也弄丢在地上。他让我进来说，他是高阳酒徒。"刘邦一听这话，知道来者应该是个高人，来不及擦脚穿鞋，光着脚站起来说："赶紧请客人进来。"

这个郦食其当然后来也就成了汉高祖刘邦的重要谋臣。[①]

王国维说要做一个"高阳酒徒"，未必有当年郦食其一样的雄心壮志。但他从苦苦思索的哲学中解脱出来，也就很快有了一种类似于中国传统文人的狂放了。

这是不是有点苏轼"老夫聊发少年狂"（《江城子》）的味道？这样的王国维怎么也不像哲学家，而更像一个诗人了。

第二，王国维的这部《人间词话》就是因为对晚清词风不满而写的，带着明显的针砭时弊的意思。

刚才说，王国维经常与刘季英在下班后，在外面豪饮

---

① 《史记·郦生陆贾列传》载："初，沛公引兵过陈留，郦生踵军门上谒曰：'高阳贱民郦食其，窃闻沛公暴露，将兵助楚讨不义，敬劳从者，原得见，口画天下便事。'使者入通，沛公方洗，问使者曰：'何如人也？'使者对曰：'状貌类大儒，衣儒衣，冠侧注。'沛公曰：'为我谢之，言我方以天下为事，未暇见儒人也。'使者出谢曰：'沛公敬谢先生，方以天下为事，未暇见儒人也。'郦生瞋目案剑叱使者曰：'走。复入言沛公，吾高阳酒徒也，非儒人也。'使者惧而失谒，跪拾谒，还走，复入报曰：'客，天下壮士也，叱臣，臣恐，至失谒。曰"走！复入言，而公高阳酒徒也"。'沛公遽雪足杖矛曰：'延客入。'"〔汉〕司马迁《史记》，中华书局1982年版，第2704页。

一番。那喝完酒干什么呢？喝完酒，回去当然是读诗读词了。大概是1908年秋季的一个夜晚，王国维与刘季英在一起写口号诗，也就是以随口吟诵的方式来写诗。刘季英平时不仅读诗多，写诗也多。一会儿就写了六首。

他对王国维说："没见过你作过口号诗，不如你也作两首吧？"

王国维说："这个没问题。"很快他就吟诵出六首口号诗。

可能是担心吟诵完了，容易忘掉。王国维随手把桌上的一个笔记本拿过来，翻到扉页，用了两个页码把《戏效季英作口号诗》六首写了上去。

刘季英看了王国维的诗，不断称赞："好诗！好诗！尤其第三首，在下真心佩服。"

王国维心里最喜欢的也恰恰是这一首，他再次看了一下这一首，用他的海宁普通话念了一遍：

夜深微雨洒帘栊，惆怅西园满地红。

秾李夭桃元自落，人间未免怨东风。

"这诗好在哪里呢？"王国维问。

"这诗写出了一种自然与人的关系，你看深夜细雨，西园桃李，落英缤纷，其实都是自然现象，但人'惆怅'什么呢？'东风'有什么好怨的呢？我觉得这诗很高妙，跟你平常总是说的什么'无我之境'比较吻合呢。"

王国维微微地露出了得意的笑。

"不过……"刘季英说了这两个字就停住了。

"不过什么？"王国维问。

刘季英说："我看你平时与我们在一起谈词论词，很有自己的看法。一谈到朱祖谋、况周颐这些人，你就直摇头，特别是说到南宋词人，像吴文英这些人，你简直是气得咬牙切齿。我记得你曾把学习吴文英词的人称作'龌龊小生'，只要一说到'吴文英'三个字，好像他就是你的前世仇人一样，我们都觉得你情怀激烈，像个愤青呢。你这么讨厌南宋词人，肯定是有想法的，我从内心深处也赞成你的想法，要写词，当然五代、北宋那种珠圆玉润、情景交融且夹带一些生命感悟的词才是正宗。南宋人有点炫艺，已经是第二义，至于近人大倡什么'重拙大'，那就离词的本色正宗越来越远了。词都写成'重拙大'的了，那要诗歌干什么呢？文体的区别在哪里呢？你不如把对词的看法写出来，那会是一部很有见解的词话，也一定有正本清源的价值和作用。即使这部词话写出来后一时得不到反应，但有价值的东西早晚会受到关注的。"

"朱祖谋他们那么强势，我们这些小人物虽然一时没办法跟他们抗衡，但怎么也要把我们的声音留给历史。也许时过境迁，您的这部词话会光芒万丈呢。我看来看去，近人写的词话，都有点夹杂不清的感觉。"刘季英接着说。

"是啊，五代、北宋人的词那么好，他们不学，偏偏要去学南宋那种炫弄技巧、词风雕琢、好用典故的词。谁有兴趣看这种词？又有几个人能读得懂呢？他们走的完全是魔道，简直是变态。"王国维几乎带着愤怒的语调说。

刘季英一看王国维的写作冲动好像被自己激发出来了，赶紧趁热打铁地说："我以前读过你的《文学小言》，里面讲到什么'三种阶级'，真的是很有意思。你不如把你对词的看法，系统地写一写。"

王国维说："今天上午我刚刚读到《诗经·蒹葭》一篇，里面的情感跟晏殊'昨夜西风凋碧树'几句倒是有些相似，就是一个要洒脱一些，一个要悲壮一些。"

刘季英一听，直接把毛笔送到王国维手上，说："这就是第 1 则了，很好的话头，赶紧写下。"

所以我们现在读《人间词话》的手稿，第 1 则，果然是谈《诗经·蒹葭》与晏殊"昨夜西风凋碧树"三句在情感风格上的异同问题：

《诗·蒹葭》一篇，最得风人深致，晏同叔之"昨夜西风凋碧树。独上高楼，望尽天涯路"，意颇近之。但一洒落，一悲壮耳。（手稿第 1 则）

什么叫"风人深致"呢？就是诗歌符合温柔敦厚的诗教。《蒹葭》里写对"伊人"的追求，虽然也很努力，但好像更重视过程，所以要洒脱一些。而晏殊对天涯尽头的追寻，则是一种对结果的追求，但茫茫天涯，这种追求谈何容易呢？所以这其中蕴含着可能的悲剧意味。王国维的体会确实深刻。

接着王国维又写下了第 2 则，就是著名的"三种境界"说。

这本《人间词话》究竟写了多长时间，还真是不好说，但王国维习惯集中时间著述，我估计他写完这一百多则的时间也就一个月左右。

从《人间词话》手稿这样的开头，我们可以说，王国维只是想对当时词坛进行拨乱反正，并没有明确地建立体系的想法，所以也就用不上哲学，更用不上西方哲学了。

第三，按王国维当时受过的良好的学术训练，他如果有意建构自己的词学理论和体系，应该用专著，至少是用论文的方式来完成。你看他在《静安文集》中的论文，已经是相当成熟的学术论文了。但他不写专著，不写论文，而用这种带有随笔性质的"词话"体来写，其实就说明他一开始只是想简单评说一些词论和词史，并未作过于深远的考虑。在手稿 125 则词话中，前 30 则就有两个特点：一个是梳理词史的发展，从唐代一直说到晚清；另一个是评论传统的诗论词论，指出它们合理和不合理的地方。这在著述方式上跟前人的诗话词话差不多，更重要的是他表达的观点也很传统。只是从第 31 则开始王国维才涉猎"境界"

的话题。

王国维后来在发表《人间词话》时，确实对手稿作了结构上的调整，把以境界为核心的条目集中到了前面，稍微显得有体系性。但这一条一条相连的方式，结构上还是比较松散的。

第四，王国维围绕"境界"说而提出的一系列概念，都可以在中国传统典籍中找到先例，像"有我之境"与"无我之境"，"隔"与"不隔"以及"造境"与"写境"等，诗话词话里经常使用这些概念，不过王国维用得更集中而已。王国维在《人间词话》手稿中引用文献最多的批评家是清代的周济和刘熙载，都有六次之多，这两个人的理论才是王国维词学理论的基石。王国维虽然也明确引用过两次叔本华与尼采的言论，但都是作为相关观点的旁证。可见中西之间不仅不平衡，而且主次的差距也非常大。所以我认为这部《人间词话》不是中西美学理论结合的产物，而是以中国传统理论为基础，适当点缀一些西方话语而已。

当然这部《人间词话》只是王国维告别西学、走向中国传统的第一部著作。因为在著述时间上靠近他研究西学的这段时间，所以多少还带着一点西学的影子。可能因为王国维对康德、叔本华和尼采等人的学说已经心生厌倦，所以也极少在撰述中提到他们，偶尔说到中西相通的地方，就在引述了中国传统观点之后，再用西学稍微佐证一下。

他的宗旨一方面是对当时的词坛进行批评，另一方面是把他推崇的五代北宋词的特点加以总结，试图扭转当时的词风。

这也让我想起王国维在日本时和晚年到清华任教时，都曾有人想向王国维请教西学的问题，王国维总是笑笑说："呵呵，我不懂西学。"挥挥手就直接拒绝了类似的话题。

王国维花了近十年时间去研究西方哲学，最后却说"我不懂西学"，这当然不符合事实，但至少体现了王国维远离西学之心。在1907年已经有意疏离哲学的王国维，如果硬要说他在1908年时，要以西方哲学美学为主体来建构自己的词学体系，则不仅在动机上无法解释，而且事实上在文本上也看不到明显的痕迹。

从这个角度上来说，王国维的《人间词话》其实一直站在中国的大地上。

附录一

《人间词话》概念、范畴简释

一、释"人间"[①]

王国维的词话为何用"人间"来命名？长期以来，对这一问题的讨论，一直诸说纷纭，莫衷一是。赵万里在《王静安先生年谱》中提到因为此前王国维所作词中多次用到"人间"一词，故王国维拈出以作词集名，《教育世界》1906、1907 年先后刊出其《人间词甲稿》《人间词乙稿》，即是一证。今检两种词集，在全部 99 首词中，"人间"一词出现了 30 余次，这还不包括与"人间"一词相似的如"人生""尘寰"等。这说明赵万里的说法是有一定的事实依据的。

与王国维熟稔的罗振常大概在二十世纪三十年代中期所写的《人间词甲稿序·跋》中也有"《甲稿》词中'人

---

① 彭玉平《王国维语境中的"人间"考论》,《徐州师范大学学报（哲学社会科学版）》2011 年第 6 期。

间'字凡十余见，故以名其词云"[1] 的说法，也可佐证赵万里之说。"词话"的撰述既晚于这两种词集，词话命名因袭词集之名也属自然之事。

但罗振常在跋文中同时提及的一句话却同样重要："时人间方究哲学，静观人生哀乐，感慨系之。"这一方面交代了王国维多用"人间"一词的原因，而且直接以"人间"称呼王国维，则"人间"也宛然是王国维之号了。罗庄整理的刊发于《国立北平图书馆馆刊》第十卷（1936年）第一号的《人间校词札记》，抄录王国维校订《乐章词》《山谷词》的校记，也是以"人间"称王国维的。日本学者榎一雄在《东洋文库书报》第8号发表的《王国维手钞手校词曲书二十五种》中，抄录了王国维所书的跋文和识语，在《宁极斋乐府》《片玉词》等后所写的跋文中，王国维多处自署"人间"。1916年初王国维寓居上海后，与时在日本京都的罗振玉通信频繁，罗振玉信中称王国维"人间""人间先生"多达数十次。综合这些材料，可以确定：王国维确实曾用过"人间"一号以作题跋。罗振玉、罗振常、罗庄等与王国维交往密切的罗氏家族成员也常常直呼王国维为"人间"。故王国维曾号"人间"一事，已无疑义。

罗继祖在《罗振玉王国维往来书信》一书所收录罗振玉信件首次称呼"人间先生"处后加按语云："王先生词中

---

[1] 转引自陈鸿祥《王国维与文学》，陕西人民出版社1988年版，第90页。

好用'人间'字，故公戏以'人间'呼之，尝为制'人间'两字小印。"①窃以为罗继祖的这一按语，可以解释何以罗振玉致信王国维，如此频繁地以"人间先生"相称了，而罗振常、罗庄、吴昌绶等偶以"人间"相称，其实是受罗振玉之影响的。

质言之，罗振玉才是王国维"人间"一号的首倡者。

但问题依然存在：王国维为何要在词中频繁使用"人间"一词？罗振常将此与王国维研究哲学、探讨人生问题联系起来，则"人间"义近"人生"。李庆在《中国典籍与文化》2001年第1期发表的《〈人间词话〉的"人间"考》一文，则认为王国维使用的"人间"一词乃是来源于日本语汇，意即人生，侧重于表达个人化的情绪。这一理解当然可备一说，但在语汇来源上追溯至日本，似索解过深。我近年阅读王国维著述，发现其对《庄子》用心特深，其诗词创作和理论中包含庄子艺术精神之处不一而足。而《庄子》中的《人间世》乃是庄子表述其核心思想的一篇，庄子对人世的判断与王国维当时对人世的判断，稍加比勘，可以发现两者有着惊人的一致性，所以王国维之"人间"从内涵上而言，更多地渊源于《庄子》，"人间"乃是"人间世"的简称，这应该是可以得到合理的解释的。

《人间词话》中有专则论述诗人"忧生""忧世"的话

① 长春市政协文史和学习委员会编，王庆祥、萧立文校注，罗继祖审订，《罗振玉王国维往来书信》，东方出版社2000年版，第22页。

题。在王国维的语境中，人生与世间乃是一个有机的整体，王国维"静观人生哀乐"，本质上是静观人生在"人间世"的哀乐。所以在其诗词及词话中，王国维着眼所在并非限于一己之哀乐，而是将触角延伸到社会的许多方面。其词中多用"人间"一词，以"人间"命名词集、词话，都是他早年关注人间、志在改造社会的一种意识反映。

明乎"人间"一词的内涵，可以得出如下结论：王国维因为究心哲学，关注人间，故其词中频频出现"人间"一词，而这种频繁的出现又引起了王国维周围同学友人的注意，故时以"人间"相称。因为十分契合其词中的创作主题，王国维遂将这缘于静观哲学人生而意外获得的"人间"之号，拈以为词集名。其直接缘由固然是有了"人间"这一号，而"人间"之号则来源于其哲学思考。因此，哲学命题、被称为号、拈以为名三者实在是一个自然发展的过程，忽略了这一过程，则探讨以"人间"名词集名词话的原因，就有可能部分地失去真实。

二、释"境界"①

"境界"是王国维文学理论的核心概念，但这一理论迟至 1908 年才最终成熟。一种理论的形成往往有一个初萌、发展的过程，忽略了这个过程，要探究其理论的内涵，便不免会有所流失。在王国维文论学术中，探讨其渊源的

---

① 彭玉平《"境界"说与王国维之语源与语境》，《文史哲》2012 年第 3 期。

文章很多，有从中国溯源者，也有从西方溯源者；有从文论本身溯源，也有从宗教等角度来溯源的。这些溯源当然为理解王国维境界说的理论内涵带来了很大帮助。但毋庸置疑的是：虽然追溯"境界"的语源可以有多个路径，但王国维直接使用过的"境界"一词，无疑是其中最值得关注之例。

考察王国维早年著述或译文，他曾多次使用过"境界"一词，这些"境界"有的并无严格的内涵限定，带有一定的随意性，有的则近乎后来之境界说。大致经历了一个从地理学的概念到普通的知识范畴，从"审美之境界"到"诗之境界"的变化过程。

现在可以考见王国维最早使用"境界"一词之例的，是1901年4月由金粟斋书局出版的《日本地理志》一书，此书为日本中村五六编纂，顿野广太郎修补，王国维翻译。此书"总论第一"，第一节是"位置"，第二节便是"境界"，王国维在"境界"之下的译文是：

> 东临太平洋。西南隔中国海，遥对中国本部。西北依窄狭之日本海，与朝鲜、满洲及俄属地相对。北端临北海道之宗谷海峡、千岛之久留里海峡、密迩俄属桦太岛（即库页）及堪察加。[1]

从译文内容来看，"境界"的概念显然就是"境之界"的意

---

[1] 《王国维全集》第16卷，第141页。

思，分指国土在不同方向的边界所在。在"山阴道第六"第一节"位置、广袤、人口"之下，王国维的译文也是"其境界东接北陆、东山两道及畿内，南以中国山脉与山阳道分界"①云云，也是承接边境、边界的意思。因为所译是《日本地理志》，所以译文中的"境界"只是一个地理学的范畴而已。

同样是1901年出版的王国维翻译的日本藤利喜太郎的《算术条目及教授法》，其中也有"境界"一词的使用。在第一编"泛论"中，王国维的译文说：

欲确定算术即日本算术，不可不先确定者：第一，算术与代数之境界；第二，算术中整数之性质篇与整数论之境界。但兹所谓境界者，非争分寸之境界，而谓相重复之小部分之境界之意也。②

在第二编"各论"中也有"观德国之谚，凡入于不知之境界而自失者，谓之陷于分数，则教授分数之难可知"。③很有意思的是，书中本身就解释了"境界"的含义，从书中的解释来看，算术上之境界主要是指某种专业知识的范围，译文特别提到此境界"非争夺分寸之境界"，就是言其非具

---

① 《王国维全集》第16卷，第251页。
② 同①，第437页。
③ 同①，第475页。

象之地理学概念，而是抽象的算术知识所包括的范围的概念而已。因为王国维只是翻译日本著作，可以初步判断的是：在日语的语境中，境界原本就有着作为具象的地理学"境之界"和作为抽象的知识所辖范围两种意思。

这种译述的概念对王国维境界说的形成具有怎样的意义，固然不能过分夸大，但似乎也不能轻易忽视。从王国维本身的著述来看，早期对境界的使用也较为随意。如其作于1901年1月的《欧罗巴通史序》云："本自然之境界，顺山川之形势，但睹外界，不问内容，是以鲁突跨两洲而欧亚之界自若，英领遍四海而华离之形弥章，是为地理学上之分类。"[1] 所谓"自然之境界"也是地理学上的概念而已。这与其所翻译的《日本地理志》中"境界"一词的使用，当然是可以联类而看的。

王国维真正在境界说上迈出重要一大步的，我认为是作于1904年初的《孔子之美育主义》一文。此文不仅多次使用"境界"一词，而且显示了王国维对其内涵作了新的充实。康德、叔本华哲学将"无欲之我"观物时对利害关系的超越作为审美人生的追求目标，王国维附和此说，也认为因为无欲，所以才能将所观之物视为纯粹之外物，而"此境界唯观美时有之"[2]，这里的"境界"兼有审美的高度和状态两层意思。

---

① 《王国维全集》第14卷，第4页。
② 同①，第14页。

但康德、叔本华对"境界"的使用虽有特点，却比较单一，而在席勒的《审美教育书简》中，"境界"曾是席勒的重要话语。王国维在《孔子之美育主义》一文中引用席勒《论人类美育之书简》之语云：

审美之境界，乃不关利害之境界，故气质之欲灭，而道德之欲得由之以生，故审美之境界，乃物质之境界与道德之境界之津梁也。于物质之境界中，人受制于天然之势力；于审美之境界，则远离之；于道德之境界，则统御之。[1]

席勒将人生的境界分为物质之境界、审美之境界与道德之境界三种境界，这是否启示了王国维后来的"三种境界"之说是另一问题，但显然这里的境界具有等级、状态的意思。虽然席勒也说过"最高之理想存于美丽之心"[2]的话，但那应该是席勒对其理论的调整了。

按照王国维的理解，席勒的"美丽之心"与叔本华的"无欲之我"及邵雍的"反观"，三者说法不同，但用意一致，就是形容"无希望，无恐怖，无内界之争斗，无利无害，无人无我，不随绳墨，而自合于道德之法则"的"境界"而已。[3] 这意味着，王国维在此时使用"境界"一词，

---

[1] 《王国维全集》第 14 卷，第 16 页。

[2] 同[1]。

[3] 同[1]，第 17 页。

在地理上的境界、知识上的范围之外，增加了阶段、等级、状态等意思。而这层意思似乎又浸染了西方学术的色彩，而且侧重在人生的考量方面，其同样作于 1904 年的《红楼梦评论》在使用"境界"一词时，也有相同的语境。如云："今使人日日居忧患言忧患，而无希求解脱之勇气，则天国与地狱，彼两失之；其所领之境界，除阴云蔽天、沮洳弥望外，固无所获焉。"[①]

从地理学的边境之界到泛称知识的"领域""范围"之意，再到人生的等级、状态内涵，然后又以等级、阶段的概念"潜入"到文学领域，"境界"一词的使用经过了数度变迁。1906 年 12 月，王国维在《教育世界》第 139 号发表了《文学小言》凡 17 则，其中第 5 则论述古今成就大事业、大学问的三种之"阶级"，虽没有出现"境界"一词，但在两年后撰述的《人间词话》中，则已将"阶级"改为"境界"了。这种改易正说明，当王国维有意将"境界"一词用到文学批评之时，正是首先使用了其"阶级"——阶段、等级的意思，不过，此时的"境界"一词尚潜伏在"阶级"一词之下而已，而且仍然沿袭了以"境界"来表述人生的习惯。

到了 1907 年，王国维对"境界"一词的使用已经十分接近次年所提出的境界说了。当然这只是在译著中。在 1907 年 5 月至 10 月的《教育世界》上，曾连载过日本井

---

① 《王国维全集》第 1 卷，第 70 页。

上哲次郎编的《日本阳明派之哲学史》，当时未署译者名，但据佛雏考证，当为王国维译笔。井上哲次郎在评论中江藤树时，多次提及"境界"二字，如关于良知本体之自由问题，井上哲次郎说：

> 藤树又以"止"之境界，与《中庸》之"中"，同一视之。盖"中"为"喜怒哀乐之未发"，先天未画冲漠无朕之状态也。……藤树以此先天未画冲漠无朕之境界，为伦理行为之本源，故与汗德、叔本华诸氏同，乃认定先天之自由者。"慎独"之《赞》曰："心之良知，斯之谓圣。当下自在，圣凡一性"云云。所谓"当下自在"者，即当下不昧之良知，自由自在之意也。①

藤树将《大学》"止于至善"之"止"的理解与《中庸》之"中"的理解并置，将"先天未画冲漠无朕之境界"与"喜怒哀乐之未发"结合起来，因其冲漠、未发，故呈现出自由自在的状态。藤树、井上哲次郎在这里使用的"境界"也仍是"状态"的意思，这与王国维在《孔子之美育主义》一文中的使用"境界"之例是大体一致的。

但井上哲次郎在分析藤树"良知"说时，曾认为其所谓"良知"超越了伦理学者所谓"良心"的范围，而"入

---

① 佛雏《王国维哲学译稿研究》，社会科学文献出版社 2006 年版，第 265—266 页。

于缥渺之诗之境界"。其语云：

> 良知在方寸之中。今从此良知规定日常行为，则其迹
> 善；逆之则必陷不善，是经验之方面也。然此良知，以向
> 上者考察之，则通世界之实在，与世界之实在为同一体。果
> 然，则是先天者也。是超越伦理学者之所谓良心之范围，而
> 入缥渺之诗之境界者也。是故藤树之良知，乃绝对者，犹之
> 基督教之"神"，婆罗门教之"梵天"，佛教之"如来"也。[①]

井上哲次郎对藤树良知说兼有先天者与经验者二义的分析，
是否符合藤树的初衷，此不必深究。倒是井上哲次郎"缥
渺之诗之境界"，虽是强调藤树之良知乃是属于先天者而后
达成的状态，但毕竟是在诗学的范围内使用"境界"一词
了。王国维译述至此，有怎样的心理反应，自然难以判断，
但其在次年撰述的《人间词话》中，在诗学的范围内，将
"境界"说彰显出来，其间理论的脉络应该也是可以大致勘
察出来的。随着1908年的临近，王国维对境界说的艺术感
觉显然越来越强烈了。

以上可以视为王国维境界说的源流。

具体到《人间词话》一书，其"境界"究竟是说什
么呢？

《人间词话》的理论价值主要表现在其"境界"说，同

[①] 《王国维哲学译稿研究》，第268页。

时以"境界"为核心，王国维构建了一个境界说的范畴体系："有我之境"与"无我之境"、"造境"与"写境"、"隔"与"不隔"、"大境"与"小境"、"常人之境界"与"诗人之境界"，等等。王国维以境界说及其范畴体系梳理词史，裁断词人词作优劣，所以全书的体系性颇强，体现出现代词学的若干特征，因而更具理论气度。

"境界"一词本非王国维独创，无论是作为地理上的"疆域""界限"意义，还是作为佛学中感官所感知的范围意义，以及诗学中用以形容创作所达到的高度和所具有的格调，其使用之例颇为广泛，而且其使用历史堪称悠久。但其在地理学范畴之上形成的基本意义——作为一种认知或审美的高度、深度和范围，并没有从根本上有所改变。王国维的贡献在于将传统语境中被零散使用的"境界"二字激活为一种具有新的理论内涵的核心范畴，并以此为基点，建构其理论体系的核心和评判词史的基本标准。解读《人间词话》一书"境界"的内涵，只是分析有关论述"境界"的条目是不够的，因为词话略显散漫的著述方式，决定了王国维在表述理论时，也很可能是散存多处的，只有将这种散存的观点整合起来，才有可能一窥境界说的底蕴所在。

要把握境界说的内涵及理路，初刊本的第 1 则自是极为重要：

词以境界为最上。有境界则自成高格，自有名句。五代、北宋之词所以独绝者在此。

这一则虽然只是大体在外围上解说"境界",但起码有三点要义值得注意:第一,"境界"是王国维悬格甚高的一种对词体的审美标准,所以用"最上"来形容。词体兼涉众多,评判标准也自有不同角度与等级,若境界者固非词体之全部,然当为词体审美之极致。第二,"境界"必须内蕴格调,外有名句。格调源于词人之精神底蕴,王国维《文学小言》以屈原、陶潜、杜甫、苏轼为文学之天才,但认为其天才需要有"高尚伟大之人格""又须济之以学问,帅之以德性,始能产真正之大文学"。[①] 以学问与德性所化成之人格才是境界说的底蕴所在,所以人的境界是词的境界的基础。名句则是王国维境界说的结构单位。王国维分析境界之"出"以及有我之境与无我之境等,所举例证皆为句子,这说明,境界说并非立足全篇而论,乃是承传了中国古代诗话词话摘句的传统,而予以理论说明而已。第三,"境界"是五代、北宋之词区别于其他朝代之词的重要特征,换言之,王国维的"境界"说是从对五代、北宋词的体会中提炼出来的,并以此作为词的基本体性。所以,境界说不仅是王国维持论的核心,也是裁断词史的标准所在。境界说潜伏着浓重的复古观念。

---

① 《文学小言》第6、7则,见《王国维全集》第14卷,第94页。

　　然则，"境界"的具体内涵是什么呢？我觉得应该扩大其语境，分别看4组论词条目，综合起来，才有可能得一全面之了解。先看第一组：

> 境非独谓景物也，喜怒哀乐，亦人心中之一境界。故能写真景物、真感情者，谓之有境界；否则谓之无境界。（初刊本第6则）
>
> 词人者，不失其赤子之心者也。故生于深宫之中，长于妇人之手，是后主为人君所短处，亦即为词人所长处。（初刊本第16则）

从这两则来看：境界说的基本元素为情与景，既有景物之境界，也有感情之境界，而文学之境界乃是将景物与感情之境界融合而成的新的境界。按照王国维的表述，万物自有其境界，所谓"境非独谓景物也"之"境"，其实是"境界"的约写。而所谓"心中之一境界"也就是"感情"之境界。对于感情的类型，王国维用"喜怒哀乐"来概括，并没有基本的情感倾向性。前引日本哲学家藤树以"喜怒哀乐之未发"形容《中庸》之"中"的境界，也可以与此对应来看。盖未发之喜怒哀乐，近乎"冲漠无朕"的状态，也即类似于王国维语境中的无我之境，而一旦将喜怒哀乐发出，则感情就直露在作品中了，近似"有我之境"。当然这只是从创作过程而言的，实际上，喜怒哀乐已发却不见端倪，才是王国维心目中"无我之境"的典范。总之，文学之境界乃是就物我关系而言的。

怎样的"物"与怎样的"我"结合才能造就文学之境界呢？王国维提出了"真"的基本要求。王国维提出"真"的问题看似简单，其实有着很深的现实背景。盖晚清以来宋诗派的学问诗与朱祖谋为代表的梦窗词派，或张扬学问，或堆砌典故，往往景物迷蒙，感情迷离，让人难测其宗旨。既难知其所云，自亦部分地失去文学的意义。所以，王国维重提"真"的问题，实际上具有一定的针砭现实的意义。那么，何谓"真"呢？王国维以李煜为例，说明了"赤子之心"就是"真"的体现。李煜身为帝王，本应通晓世故人情，但他偏偏生于深宫，长于妇人之手，远离世俗，这从君王的角度来说，是其不足，但从词人的角度来说，却是无意而成的独特条件。李煜因为葆有这份纯真之心，才能观物观我，超越个人与当下，而具有更大的涵摄力。王国维说"词至李后主而眼界始大，感慨遂深"（初刊本第15则），"阅世愈浅，则性情愈真，李后主是也"（初刊本第17则），"后主之词，真所谓以血书者也……俨有释迦、基督担荷人类罪恶之意"（初刊本第18则），等等。这些评价无不以"真"为基础。但通过王国维对李煜"真"的评价，可见"真"其实包含着更深的内涵——包含对超越小我、超越利害的无我之境的追求在内。

接着看与境界说相关的第二组条目：

> "红杏枝头春意闹"，著一"闹"字，而境界全出。"云破月来花弄影"，著一"弄"字，而境界全出矣。（初刊本第 7 则）

> 人知和靖《点绛唇》、舜俞《苏幕遮》、永叔《少年游》三阕为咏春草绝调。不知先有正中"细雨湿流光"五字，皆能摄春草之魂者也。（初刊本第 23 则）

这一组的前一则为学人分析境界说时所关注，自不必多说。但若言后一则同样与境界有关，就未必为很多人所认同了。将这两则合为一组，主要是它们都是围绕着"物"的层面而言，具体阐释"真景物"的内涵，因为"真景物"是境界说基石的半壁江山，所以这一组的意义不容轻视。在这两则语境中，真景物只是境界形成的基础，景物本身无所谓境界，但通过词人的点染，景物的神韵被表现出来，才能形成文学之境界。枝头红杏与云月花影都不过是自然之景物而已，凡人皆可遇见，也很可能漠然而对，但何以到了宋祁和张先的笔下就有了令人难忘的印象呢？王国维认为其秘诀就在用"闹"字点化了红杏枝头的春意，用"弄"字衔接了云月花影的关系。"闹"侧重听觉，可以渲染出闹腾的声音；"弄"侧重视觉，可以表现出动人的场景。因着"闹"字"弄"字，而将内蕴的物之境界召唤出来，摇曳出特殊的神韵。

如果说初刊本第 7 则重在对景物的动态刻画的话，初刊本第 23 则就是在静态刻画中彰显外物之神韵之例了。在王国维看来，林逋、梅尧臣、欧阳修写春草的词固然各有风韵，但都不如冯延巳"细雨湿流光"来得动人心魄，原因是此五字将春草之魂表达得淋漓尽致。春草平时风尘相扰，其自然光泽便不免为其掩盖，而细雨静洗，不仅将灰尘清洗干净，而且因为是"细"雨，所以才有可能是"流"光，若是大雨倾盆，则草叶翻飞，其光影也就闪烁不定了。所以"细雨湿流光"不仅写出细雨中草的神韵，而且也符合逻辑。草叶上细雨静流、光影灼灼的形状如在目前。王国维通过这两则其实要表达的是，无论是动态还是静态，都要能够传达出外物之神韵，才是具有了一种文学之境界。

再看第三组条目：

南唐中主词"菡萏香销翠叶残，西风愁起绿波间"，大有众芳芜秽、美人迟暮之感。（初刊本第 13 则）

词至李后主而眼界始大，感慨遂深，遂变伶工之词而为士大夫之词。（初刊本第 15 则）

古今词人格调之高，无如白石。惜不于意境上用力，故觉无言外之味，弦外之响，终不能与于第一流之作者也。（初刊本第 42 则）

冯正中词虽不失五代风格，而堂庑特大，开北宋一代风气。（初刊本第 19 则）

这一组四则其实是细化和深化初刊本第 1 则的内容的。王国维提出的高格隐含着对"大诗人"的期待，在《人间词话》的语境中，也就是要求诗人具备豪杰之士的特质。第 1 则论南唐中主李璟"菡萏"二句的感发力量之大。李璟原句字面不过是表达常见的季节轮换之感，而王国维联想到美人迟暮，则是切合到以屈原为代表的美人香草的比兴传统之中去了，则常见的秋景秋感便被赋予了更为厚实的内涵。第 2 则评述李煜词从传统的伶工之词向士大夫之词的转变，这种转变的标志便是"眼界始大，感慨遂深"，与前一则评李璟之句理路其实是一致的，都是言其作品包孕着较大的联想和阐释空间。第 4 则评述冯延巳"堂庑特大"也与前两则同一理路。第 3 则评述姜夔有格调而无神韵，其"格调"二字亦呼应初刊本第 1 则"有境界则自成高格"一句，只是王国维辩证地认为，有格调者未必就一定能创造出有境界的作品，而有境界的作品一定内蕴着词人的高格调。综合这四则的内容，可以得出结论：词人具有很高的格调，才能眼界开阔，感慨深沉，并通过寄兴的方式使作品包含深广的感发空间，从而创造出"堂庑特大"的文学境界。

最后看第四组条目：

纳兰容若以自然之眼观物，以自然之舌言情。此由初入中原，未染汉人风气，故能真切如此。（初刊本第 52 则）

　　大家之作，其言情也必沁人心脾，其写景也必豁人耳目，其辞脱口而出，无矫揉妆束之态。以其所见者真，所知者深也。诗词皆然。持此以衡古今之作者，可无大误也。（初刊本第 56 则）

　　这一组条目的核心是彰显了"自然"二字之于境界说的重要性。纳兰性德是曾被王国维明确誉为"豪杰之士"的词人，豪杰之士的特性除了天才、学问、德性之外，也有文学才能的特殊要求在内。所谓"以自然之眼观物"乃是以超越利害之心去观察外物之意，而"以自然之舌言情"乃是用生动真切的语言来表现景物及感情之意。这两重的"自然"其实都是为了将景物之"真"与感情之"深"充分地表现出来。但无论是景物之真还是感情之深都需要借助自然明晰的语言和意象来表达。此组后一则所谓"其言情也必沁人心脾，其写景也必豁人耳目，其辞脱口而出，无矫揉妆束之态"云云，正是从言情写景的语言表述方面来提出的具体要求。

　　大概因为"境界"确实是一个历史悠久、涵盖中西哲学、美学、艺术、文学与地理等诸多学科门类的概念，所以自来关于境界说的解释众说纷纭，有从哲学角度切入者，有从美学角度分析者，或者有放大到中国或西方的学术背景中来考量者。这些分析考量对厘清境界说的源流问题确实做出了很大的贡献。但以上 4 组共 10 则词话所透露出来的境界内涵应该是更值得重视的。因为这些分析不离乎王国维的语境，而且将散布在不同地方的相关论说汇集在"境界"的话题之下，展现出境界说的不同理论层面，并凝聚成自成逻辑体系的境界学说，应该是更能契合王国维的理论原旨的。约而言之，所谓"境界"，是指词人在拥有真率朴素、超越利害之心的基础上，通过寄兴的方式，用自然明晰的语言，表达出外物的真切神韵和作者的深沉感慨，从而体现出广阔的感发空间和深长的艺术韵味。格调是其精神底蕴，名句是其表现形式。自然、真切、深沉和韵味则堪称境界说的"四要素"。从以上的分析来看，境界说其实是以"无我之境"为终极目标的。

三、释"境界"与"兴趣""神韵"诸说之关系①

王国维在《人间词话》中曾以"否定"的姿态提及过诗学史上与"境界"相关的兴趣说与神韵说。这就是如下一则：

严沧浪《诗话》谓："盛唐诸公，唯在兴趣，羚羊挂角，无迹可求。故其妙处，透澈玲珑，不可凑拍。如空中之音、相中之色、水中之影、镜中之象，言有尽而意无穷。"余谓北宋以前之词，亦复如是。然沧浪所谓兴趣，阮亭所谓神韵，犹不过道其面目，不若鄙人拈出"境界"二字，为探

---

① 彭玉平《"境界"说与王国维之语源与语境》,《文史哲》2012 年第 3 期。

其本也。（初刊本第9则）

叶嘉莹说："这一则词话正是追溯静安先生之境界说与旧日传统诗说之关系的一个重要关键。"[①] 而笔者之所以说王国维是从"否定"的角度提及严羽的兴趣说和王士禛的神韵说，是因为在王国维看来，这两说所探讨的所谓兴趣与神韵都不过是诗歌艺术形诸表面技艺的东西，而境界则因为有格调作为底蕴，又重视观物而得其神韵，抒情而感慨深沉，从而形成作品中比较广阔的感发空间和艺术韵味。如此说来，兴趣、神韵都不过张其一端，而境界则从作者到作品，从创作前的观察、体会到创作过程中的表现，再到阅读时对作品神韵的领会，通贯到创作的整个过程，而且在这个过程中特别重视作者格调、景物的神韵、感情的张力等内涵。如此说来，王国维将境界视作"本"，而将兴趣、神韵视为"面目"，也自有其学理所在。

从初刊本第9则来看，王国维是在对严羽的兴趣说、王士禛的神韵说经过认真研究之后提出境界说的，所以比较兴趣、神韵和境界三说的异同，自然是不可缺少的。学界对此也多有关注，当然个人立场不同，对王国维语境的

----

① 叶嘉莹《〈人间词话〉境界说与中国传统诗说之关系》，见叶嘉莹《迦陵文集》第2卷《王国维及其文学批评》，河北教育出版社1997年版，第279页。

感受不同，结论便也有异。① 唐圭璋《评〈人间词话〉》一文明确指出：王国维在权衡"三说"之后得出的本末之论是缺少学理依据的，因为严羽、王士禛和王国维三人"各执一说，未能会通"，彼此入主出奴，其实是没有意义的。② 但王国维以境界为探本之论，乃就文艺之本质而言。兴趣、神韵之说更多着眼于已完成的作品所传达出来的一种言外之意，而境界之说是从作者角度切入到创作过程和作品特点的一种理论。从对创作本原的探讨而言，王国维说境界是探本，兴趣、神韵是面目，其实也是大体符合文学理论实际的。不妨看看顾随对此颇具形象的分析，他在《"境界"说我见》一文中，把兴趣和神韵的意义要点理解为"无迹可求""言有尽而意无穷"两个方面，他认为兴趣是诗前的事，神韵是诗后的事，境界才是诗本身的事。又打比方说：兴趣是米，境界是饭，神韵是饭之香味。他说："若兴趣为米，诗则为饭……神韵由诗生。饭有饭香而饭香

① 关于境界与兴趣、神韵二说的比较，可参见叶嘉莹《〈人间词话〉境界说与中国传统诗说之关系》，叶嘉莹在文中说："……静安先生所标举之境界说，与沧浪之兴趣说及阮亭之神韵说，原来也是有着相通之处的。……沧浪之所谓'兴趣'，似偏重在感受作用本身之感发的活动；阮亭之所谓'神韵'，似偏重在由感兴所引起的言外情趣；至于静安之所谓'境界'，则似偏重在所引发之感受在作品中具体之呈现。沧浪与阮亭所见者较为空灵；静安先生所见者较为质实。"《迦陵文集》第2卷《王国维及其文学批评》，第280、296页。另可参见叶程义《王国维词论研究》，文史哲出版社1991年版，第291—307页。
② 唐圭璋《评〈人间词话〉》，见姚柯夫《〈人间词话〉及评论汇编》，书目文献出版社1983年版，第94页。

非饭。严之兴趣在诗前，王之神韵在诗后，皆非诗之本体。诗之本体当以静安所说为是……抓住'境界'二字，以其能同于兴趣，通于神韵，而又较兴趣、神韵为具体。"① 顾随对于三说之间的本末关系，是赞同王国维之说的。不过将兴趣、境界、神韵截然视为创作过程的三个阶段，似乎有强为分段的嫌疑了，三说之间容有侧重的不同，但实际上，在文学创作中，它们前后之间是**彼此**联系和互相影响的。

换个角度来说，境界说从中国传统诗学中吸取了怎样的理论内涵，才应该是我们解读王国维这一则提及的本质与面目之别的重点所在。如果联系王国维曾经对张惠言的词体"深美闳约"说极表认同，又曾将词的体性定位在"要眇宜修"上这些事实，那么王国维对兴趣说和神韵说的理论接受这一问题简直是不可回避的。简单地批评王国维舍情韵而专言境界，未免对王国维境界说的基本内涵有所忽略了。② 譬如对景物的情趣和神韵，王国维曾再三致意于此。初刊本第 7 则论境界之"出"，分别列举了"红杏枝头春意闹"的"闹"字与"云破月来花弄影"的"弄"字作为例证，其实不过意在说明所谓境界之"出"，其实就是彰显景物的灵动情趣而已。又如第 23 则评说冯延巳"细雨

---

① 顾随《顾随全集》第三卷，河北教育出版社 2000 年版，第 220 页。

② 唐圭璋《评〈人间词话〉》一文云："予谓境界固为词中紧要之事，然不可舍情韵而专倡此二字。"《〈人间词话〉及评论汇编》，第 93 页。

湿流光"五字"能摄春草之魂",第 36 则评周邦彦"叶上初阳干宿雨。水面清圆,一一风荷举"数句"真能得荷之神理者",等等。无论是对春草的摄魂,还是要得荷花的神理,都不过是要求传写出景物的情趣与神韵,其在写景理论上对兴趣、神韵说的借鉴,乃是昭然可见的。而第 36 则说姜夔《念奴娇》《惜红衣》二词"犹有隔雾看花之恨",第 38 则又说姜夔《暗香》《疏影》"无一语道着",第 39 则说"梅溪、梦窗诸家写景之病,皆在一'隔'字",等等。这些例子也从反面得出结论:凡写景状物之作而未能得其兴趣、神韵者,就是所谓"隔"了,而"隔"正是王国维在境界说体系中极为排斥的主要内容之一。[①]

兴趣、神韵虽然话语有别,内涵也有一定的差异,但在对言外之意的追求上,则是殊途同归的。检《人间词话》,王国维在倡论境界的同时,对此的追求也堪称不遗余力。略举数例:第 13 则王国维评价李璟"菡萏香销翠叶残,西风愁起绿波间"二句"大有众芳芜秽、美人迟暮之感",便完全是一种对言外之意的生发。第 24 则评《诗·蒹葭》一篇"最得风人深致",第 28 则认同冯煦对秦观词"淡语皆有味,浅语皆有致"的评价,第 33 则说"美成深远之致不及欧、秦",第 42 则说姜夔词不在意境上用力,"故觉无言外之味,弦外之响,终不能与于第一流之作者",第

---

① 关于隔与不隔说与境界说之关系,可参见拙义《论土国维"隔"与"不隔"说的四种结构形态及周边问题》,《文学评论》2009 年第 6 期。

43 则说陆游词"有气而乏韵",第 49 则认为吴文英的词仅有"隔江人在雨声中,晚风菰叶生秋怨"二句具有周济《介存斋论词杂著》所说的"抚玩无极,追寻已远"的特点,等等。这些例子散在词话各处,但汇合起来,可见王国维对言外之意的重视是一以贯之的。

由以上简要之分析,可见严羽兴趣说、王士禛神韵说,就其审美的基本内涵而言,王国维是积极吸取并努力融汇到自己的境界说之中的。有学者认为王国维是"合沧浪'兴趣'和阮亭'神韵'之说,而另创立的一种境界论"①,我以为是符合事实的。而王国维在《人间词话》手稿第 46 则也已分明直言:

　　言气质,言格律,言神韵,不如言境界。有境界为本也。气质、格律、神韵为末也。有境界而三者自随之矣。

王国维在这一则虽然没有提及"兴趣"说,但其用"境界"来涵括传统诗说的意图仍是十分清晰的。王国维在《人间词话》初刊本第 9 则引述严羽兴趣说之后,便直言"北宋以前之词,亦复如是",这便是一个重要的信号,因为境界说持以产生的词史基础正是五代北宋之词,则境界与兴趣、神韵的创作基础本有极为相近的一面。在王国维的观念中,

────────

① 刘任萍《境界论及其称谓的来源》,见《〈人间词话〉及评论汇编》,第 101 页。

境界说无疑是指向第一流之词人的，而王国维认为姜夔词兴趣、神韵的缺乏也使得他无法跻身"第一流之作者"之列，则是否具有言外之意、弦外之响，也同样是成为第一流之作者的必要条件。境界与兴趣、神韵之不可须臾分离，由此也可得一确证。

只是兴趣、神韵成说已久，而且此二说确实侧重于艺术表现方面，若以理论的格局与气度而言，兴趣、神韵的局限也是毋庸讳言的。此所以要对王国维对兴趣、神韵、境界三说之间的"本末"之论持"了解之同情"的原因所在。但从另外一方面来说，兴趣、神韵二说虽有局限，却也自来是影响深远之论，这对于在理论上自我期待极深的王国维来说，要在观念和体系上自出手眼，便不得不在兼采其说的基础上别创新说，"境界"二字便从他似曾相识的记忆中凸显出来。31岁的王国维毕竟是锐气凌厉的，他不仅志存高远，而且心性充满着傲气。境界说与传统诗学的关系，放在这样一种心理状态中来考量，或许能略得其奥旨。

四、释"有我之境"与"无我之境"①

"有我之境"与"无我之境"是《人间词话》中最受关注而且争议最大的一对范畴。但对其理论意义的认识轩轾极大，有认为其命名失当者，有认为其分类无理者。当然，

---

① 彭玉平《有我、无我之境说与王国维之语境系统》，《文学评论》2013年第3期。

更多是以同情、了解的心态去领会王国维的用意所在。而要领悟王国维的用心其实需要把相关论词条目整合重组之后，才能看出其中端倪所在。下列6条，我认为对于理解王国维"有我之境"与"无我之境"的具体内涵至关重要。

有有我之境，有无我之境。"泪眼问花花不语，乱红飞过秋千去""可堪孤馆闭春寒，杜鹃声里斜阳暮"，有我之境也；"采菊东篱下，悠然见南山""寒波澹澹起，白鸟悠悠下"，无我之境也。有我之境，以我观物，故物皆著我之色彩；无我之境，以物观物，故不知何者为我，何者为物。古人为词，写有我之境者为多，然未始不能写无我之境，此在豪杰之士能自树立耳。（初刊本第3则）

夫境界之呈于吾心而见于外物者，皆须臾之物。惟诗人能以此须臾之物，镌诸不朽之文字，使读者自得之。遂觉诗人之言，字字为我心中所欲言，而又非我之所能自言，此大诗人之秘妙也。境界有二：有诗人之境界，有常人之境界。诗人之境界，惟诗人能感之而能写之，故读其诗者，亦高举远慕，有遗世之意。而亦有得有不得，且得之者亦各有深浅焉。若夫悲欢离合、羁旅行役之感，常人皆能感之，而惟诗人能写之。故其入于人者至深，而行于世也尤广。（"王国维词论汇录"第16则）

尼采谓：一切文学，余爱以血书者。后主之词，真所谓以血书者也。宋道君皇帝《燕山亭》词亦略似之。然道

君不过自道身世之戚，后主则俨有释迦、基督担荷人类罪恶之意，其大小固不同矣。（初刊本第 18 则）

无我之境，人惟于静中得之。有我之境，于由动之静时得之。故一优美，一宏壮也。（初刊本第 4 则）

诗人对宇宙人生，须入乎其内，又须出乎其外。入乎其内，故能写之；出乎其外，故能观之。入乎其内，故有生气；出乎其外，故有高致。（初刊本第 60 则）

诗人必有轻视外物之意，故能以奴仆命风月；又必有重视外物之意，故能与花鸟共忧乐。（初刊本第 61 则）

之所以将这 6 条材料分为两组，是因为第一组重点阐释"有我之境"与"无我之境"的理论形态，而第二组则是从创作角度来分析此二境的区别与联系。从第一组的条目，大概可以得出如下结论。一、无论是"有我之境"，还是"无我之境"，都是针对物我关系而言的。二、"有我之境"是一般诗人都可以表现的，而"无我之境"则对诗人的心胸和眼界提出了更高的要求，两境之间有高下之别。三、"有我之境"与常人之境、小境相近，而"无我之境"与诗人之境、大境相近。四、"有我之境"强化了审美主体的地位，而弱化了审美客体的地位，相对泯灭了审美客体自身的物性，而主要承载审美主体的认知和感情。这样的作品因其情感真切具体，带有个性化色彩，所以对常人影响亦深，行世也广。如冯延巳、秦观、赵佶、周邦彦等人的相关作品，终究是带着其个人化的印记。五、"无我之境"中的物与我互为审美主体，或者说互为审美客体，物与我之间是完全对等的关系。因为物我关系可以互换，所以难以分清审美主体与审美客体的区别。在这种审美状态之下，作品能够最大限度地超越具体的审美主体的我性和审美客体的物性，从而最大限度地表现出我性与物性的普遍性。相应地，其认知和感情因为脱离了我和物的具体或个体形态而更趋深广，所以带有普适性。如陶渊明、元好问、李煜等人的相关作品，则说出了人类共有的感情。

从第二组的条目，也可以得出如下结论：一、"有我之境"与"无我之境"其实是我与物交融后处于不同阶段的产物。二、因为重视外物，所以对于宇宙人生要深入体验，感受花鸟的忧乐，才能表达出花鸟的生气，在这种体验趋于结束之时用作品来加以表现，就能呈现出宏壮的"有我之境"。三、因为不能被具体的外物所限制，所以诗人要有轻视外物之意，从而超越宇宙人生的具体形态，从更高远的境界来观察，在一种沉静的审美状态中表现出优美的"无我之境"。

王国维的"有我之境"与"无我之境"之说因为融入了其独特的思考，所以颇具理论价值。但令人困惑的是：1915 年初，王国维在《盛京时报》上再度刊发其重编本《人间词话》之时，则将这些条目尽数删除。是因为"有我之境"与"无我之境"本身难以区别,还是因为王国维觉得自己的思考尚欠成熟,抑或是出于其他考虑?其中原因现在已经无法起王国维以问了。但就王国维的词论来综合考察,"有我之境"与"无我之境"的区别是客观存在的,王国维的相关阐述也是比较清晰的,其理论价值也因此值得充分估量。

五、释"隔与不隔"①

"隔与不隔"也是王国维备受瞩目的理论之一。俞平伯在《重印〈人间词话〉序》中即已对这一理论予以高度评价。但追溯相关的学术史,"隔与不隔"其实是最容易被简化甚至被曲解的一个话题。其实在初刊本、初稿本中,王国维就在"隔与不隔"之间提出了一个"稍隔"的概念,并列举了颜延之、黄庭坚、韦应物、柳宗元等人作代表。那么,何谓"稍隔"呢?学界对此似乎一直颇为忽略。我认为要理解王国维的隔与不隔之说,要参考王国维的最后定本——《人间词话》重编本才能予以更准确的把握。试看如下二则:

白石写景之作,如"二十四桥仍在,波心荡、冷月无声""数峰清苦,商略黄昏雨""高树晚蝉,说西风消息",

① 彭玉平《论王国维"隔"与"不隔"说的四种结构形态及周边问题》,《文学评论》2009 年第 6 期。

虽格韵高绝，然如雾里看花，终隔一层。梅溪、梦窗诸家写景之作，其病皆在一"隔"字。（重编本第 24 则）

问"隔"与"不隔"之别。曰："生年不满百，常怀千岁忧。昼短苦夜长，何不秉烛游""服食求神仙，多为药所误。不如饮美酒，被服纨与素"，写情如此，方为不隔。"采菊东篱下，悠然见南山。山气日夕佳，飞鸟相与还""天似穹庐，笼盖四野。天苍苍。野茫茫。风吹草低见牛羊"，写景如此，方为不隔。词亦如之。如欧阳公《少年游》咏春草云："阑干十二独凭春，晴碧远连云。二月三月，千里万里，行色苦愁人。"语语皆在目前，便是不隔；至换头云："谢家池上，江淹浦畔，吟魄与离魂。"使用故事，便不如前半精彩。然欧词前既实写，故至此不能不拓开。若通体如此，则成笑柄。南宋人词则不免通体皆是"谢家池上"矣。（重编本第 26 则）

其实解读"隔与不隔"的具体内涵确实是简单的。所谓"隔"主要表现为写景不够明晰，或者在写景中融入了太多的情感因素，导致景物的特征不鲜明，不灵动；当然，虚假、模糊的情感也属于"隔"的范畴。所谓"不隔"主要表现在写情、写景的真切、透彻、自然方面，能够让读者自如地深入到作品的情景中去，而了无障碍。

比较难理解的是初刊本提出的介于"隔"与"不隔"之间的"稍隔"概念。初刊本只是列举，未能解说"稍隔"

的内涵。重编本没有再提"稍隔"二字，却在事实上阐释了"稍隔"的主要意思。王国维以欧阳修《少年游》为例，说明了上阕"阑干"数句是实写春景，语语都在目前，是典型的"不隔"。但换头用谢灵运和江淹的典故，就与上阕的风格不尽一致了。但从结构上来说，一阕词中，上阕自然"不隔"，下阕却不妨"稍隔"的，所以王国维说"欧词前既实写，故至此不能不拓开"，显然是从结构意义上包容用典的。王国维反对的其实是通篇用典的情况，所以用典与"隔"之间并非存在着必然的关系，在一定的结构空间中，这种自然与用典的结合，不仅是可以接受的，甚至具备某种必要性。对这种结构特征，姑且以"不隔之隔"来形容。

在结构意义之外，"稍隔"还有另外一层的意义是从用典本身的艺术效果而言的。试看以下二则：

"西风吹渭水，落日满长安。"美成以之入词，白仁甫以之入曲，此借古人之境界为我之境界者也。然非自有境界，古人亦不为我用。（手稿第 48 则）

稼轩《贺新郎》词"送茂嘉十二弟"，章法绝妙，且语语有境界，此能品而几于神者。然非有意为之，故后人不能学也。（手稿第 57 则）

王国维提出的"借古人之境界为我之境界"一语，不啻为典故（包括故事、故实、成句等）的合理化使用开辟了通途。周邦彦在词中、白朴在曲中化用贾岛的"秋风吹渭水，落叶满长安"（按，王国维原引诗有误）二句，王国维认为这两个例子是化用成句的典范，因为是自己先具境界，然后才将贾岛成句融入自我境界中，若非考索源流，几乎让人察觉不到化用的痕迹。辛弃疾的《贺新郎·送茂嘉十二弟》用典更是繁多，除了开头和结尾是一般性的叙情写景，中间主体部分都以王昭君、荆轲等典故连缀而成。而且因为是送别，所取典故也多为怨事，以此将悲怨之情感用典故的方式连绵而下，所以王国维说是"章法绝妙"。而所谓"语语有境界"，则主要是针对其用典如同己出的艺术效果而言的，也就是这些典故的原始语境在辛弃疾的词中已经退居其后，整体融入到辛弃疾自我的境界之中了。刘熙载《艺概》曾说："善文者满纸用事，未尝不空诸所有。"其对于用典的态度与王国维是一致的。所以用典固然有造成"隔"的可能，但在"善文者"笔下，完全可以形成"不隔"的艺术效果。因姑且以"隔之不隔"来形容这样一种用典方式。

综上可见，王国维以"境界"作为《人间词话》的理论灵魂，在此基础上，从物我关系的层面提出"有我之境"与"无我之境"，从结构特征和艺术效果的层面提出"隔与不隔"。其范畴体系涵盖了创作的全过程，因而初具词学的现代特征。另外需要指出的是：王国维用范畴对举的方式来展开自己的词学架构，如造境与写境、有我之境与无我之境、理想与写实、主观与客观、大境与小境、动与静、出与入、轻视外物与重视外物，等等。这主要是从立说鲜明的角度来说的，其实在对每一对概念或范畴的解释中，他都对介乎其中的中间形态予以了足够的关注。换言之，两极往往是王国维制定的标点，而其论说的范围是游离在两极之间的。在《古雅之在美学上之位置》中，王国维即在优美与宏壮的对举中，加入了"古雅"的概念，并将古雅拟之为"低度之优美"或"低度之宏壮"[①]，认为其兼有优美与宏壮二者之性质。其理念与此也是一致的。

六、释"要眇宜修"[②]

《人间词话》手稿本曾征引屈原"要眇宜修"之语作为词之体性的概括。这一则虽然在《国粹学报》和《盛京时报》两次刊行《人间词话》时均没有出现，但其影响反而在不少已刊诸则之上。在是否择录发表问题上，"要眇宜修"一则应该曾盘旋在王国维心中久之。从手稿的圈识和标序来看，这一则曾经很受王国维重视，初圈"○"，当是拟选录；后改为"△"，或改为待斟酌。在第二次手稿标序中标为"十七"，这一标序也较前。虽然这一则最终没有因为曾被圈识和标序而发表，但王国维曾经的用心可知。那

---

① 《王国维全集》第 14 卷，第 111 页。
② 彭玉平《晚清楚辞学新变与王国维文学观念》，《文学评论》2015 年第 1 期。

么，王国维写下这一则的原因是什么？在发表过程中的犹豫又反映了他怎样的心态？何以被王国维最终刊落的一则，却在 20 世纪的词学史上产生了如此广泛的学术影响？凡此都是值得细致考量的问题。

被王国维最终冷落却被词学界热捧的一则词话原文如下：

> 词之为体，要眇宜修。能言诗之所不能言，而不能尽言诗之所能言。诗之境阔，词之言长。（手稿第 44 则）

其论述重心乃在于诗词两种文体在内涵和艺术特征上的交合和差异，并以此彰显诗与词在文体体性上的同中之异和异中之同。而立说之本则在词体，故开笔特地强调词体"要眇宜修"的特性所在。"要眇宜修"一语出自屈原《九歌》之《湘君》：

> 君不行兮夷犹，蹇谁留兮中洲。美要眇兮宜修，沛吾乘兮桂舟。

王国维将原本形容湘夫人之美的"要眇宜修"四字用来作为词体特征的概括，堪称别有会心。但对此四字——特别是"宜修"二字的解释，历来也多有分歧。王逸《楚辞章句》云："要眇，好貌。修，饰也。言二女之貌，要眇而好，又宜修饰也。"① 王逸将"修"释为"饰",把"宜"作"应该"之意解。这一解释可能直接触发了叶嘉莹先生对"要眇宜修"的定义理路。叶嘉莹先生说:"'要眇宜修'的美,是写一种女性的美,是最精致的最细腻的最纤细幽微的,而且是带有修饰性的非常精巧的一种美。"② 从对词之体性一般意义的定义而言,叶嘉莹先生的解释确乎自蕴其理,也大体合乎词史实际及词学史上对词体的普泛性认知。但王逸的解释是否能完全契合《湘君》的语境,尤其在王国维的词学体系中,这一解释是否与之圆融无碍?凡此都是需要慎重言说的。

在《人间词话》手稿此前两则,王国维表述的意思都是反对隶事与装饰,实际上正是对修饰——王逸阐释中的"修"的一种否定:

人能于诗词中不为美刺、投赠、怀古、咏史之篇,不使隶事之句,不用装饰之字,则于此道已过半矣。(手稿第 42 则)

以《长恨歌》之壮采,而所隶之事,只"小玉""双成"四字,才有余也。梅村歌行,则非隶事不办。白、吴优劣,即于此见。不独作诗为然,填词家亦不可不知也。(手稿第 43 则)

---

① 黄灵庚疏证《楚辞章句疏证》第 2 册,中华书局 2007 年版,第 797 页。
② 叶嘉莹《唐宋词十七讲》,北京大学出版社 2007 年版,第 13 页。

王国维这两则乃兼论诗词，其反对隶事与装饰的立场是十分明确的，甚至以此作为区分诗人优劣的基本标准。在这样的叙述结构中，要认为接下来论"要眇宜修"一则之"宜修"作"应该修饰"解，就必然与此形成逻辑上的矛盾。

如果再扩大王国维的语境，我们可以发现，王国维在《人间词话》手稿的前三十则，强调更多的是创作方式上的"忄兴而成"（手稿第 28 则），他批评姜夔的词"无言外之味，弦外之响"（手稿第 22 则），说"美成词深远之致不及欧、秦"（手稿第 8 则），等等。凡此都显示了王国维词学对深长韵味的艺术追求是很清晰的。所以，如果将"要眇宜修"之"修"作"长"解，则不仅可以回归到"深远之致"的基本内涵，而且就整体著述而言，前后意脉也是贯通的。何况后面的"词之言长"四字更切实地响应着这一解释。

这种从手稿结构角度对"要眇宜修"的学理解读，如果再回到《湘君》的语境中，我们也可以得出相似的结论。

《湘君》原文句式是前后对应的。"蹇谁留兮中洲"与"沛吾乘兮桂舟"相对；而"美要眇兮宜修"的句式结构则对应着"君不行兮夷犹"。"夷"乃愉悦之意，"犹"则表迟疑，"夷犹"组合的意思当是说因为愉悦而迟疑不前。夷与犹二字虽各有含义，但彼此实有联系，都是用以说明"君不行"而"留中洲"的原因所在。以此而言，"宜修"也是用来形容"要眇"之美的，而"宜修"二字，当也是因"宜"而"修"之意。简而言之，所谓"要眇宜修"，本意当是形容湘夫人的一种精微细致、含蓄柔婉、妆容得宜而别具韵味的美。"要眇"是状其细微婉转，"宜"是形容其妆容得宜，惬人眼目，"修"是状其神韵远出之貌。

在重视《湘君》一诗之具体语境外，也要考量屈原其他作品中使用这些词汇的情况，并参酌楚辞学史相关的诠释。在"要眇宜修"四字中，解释有歧义的主要在"修"之一字。也许把楚辞特别是屈原赋中"修"字使用的特点总结一下，再来回看"要眇宜修"之"修"，理障就少了。如"灵修"一词，《离骚》中出现三次，《山鬼》中出现一次。先以《离骚》之"指九天以为正兮，夫唯灵修之故也"为例，审察注家释义之变迁。王逸《楚辞章句》云："灵，神也。修，远也。能神明远见者，君德也，故以喻君。"[①]联系上下文和前后注，王逸实际是以"灵修"指代怀王。朱熹《楚辞集注》略变其说曰："灵修，言其有明智而善修饰，盖妇悦其夫之称，亦托词以寓意于君也。"[②]在"寓意于君"这一点上，朱熹与王逸意思相近，但在解释"修"之意义上，则朱熹将王逸之"远"意改为"修饰"之意。清代王夫之则释曰："灵，善也。修，长也。称君为灵修者，

----

① 《楚辞章句疏证》第一册，第120页。
② 〔宋〕朱熹集注《楚辞集注》，上海古籍出版社1979年版，第6页。

祝其所为善而国祚长也。"①《山带阁注楚辞》曰："灵，明；修，长。美君之称也。"②综合以上诸说，在解释"灵"字上，取义几乎是一致的：神、明智、善、明，都是对"君"之品德的一种褒称；而在解释"修"字上，则有所分歧，虽也有如朱熹者解释为修饰，但主流的解释则为长、远。

核诸屈原作品，作为"修"的基本义，长、远的义项确实是最为常见的。前揭"灵修"之历代注疏，已可见其大概。再如《离骚》之"老冉冉其将至兮，恐修名之不立""民生各有所乐兮，余独好修以为常""汝何博謇而好修兮，纷独有此姱节""不量凿而正枘兮，固前修以菹醢""路漫漫其修远兮，吾将上下而求索""两美其必合兮，孰信修而慕之""苟中情其好修兮，又何必用夫行媒""何昔日之芳草兮，今直为此萧艾也？岂其有他故兮，莫好修之害也""遭吾道夫昆仑兮，路修远以周流"。《远游》之"路曼曼其修远兮，徐弭节而高厉"，《哀郢》之"憎愠愉之修美兮，好夫人之慷慨"，《抽思》之"侨吾以其美好兮，览余以其修姱"。综览诸"修"字的用法，大旨不出美、长二意。则将"要眇宜修"之"修"的解释也纳入这一整体语境中，应该是并不唐突的。

再看"宜"字。自王逸释为"应该"之意后，今人大致接受此说。但回到楚辞语境，这一解释其实难以安顿。

① 〔清〕王夫之撰《楚辞通释》，上海人民出版社1975年版，第4页。
② 〔清〕蒋骥撰《山带阁注楚辞》，上海古籍出版社1984年版，第35页。

屈原《山鬼》云："若有人兮山之阿，被薜荔兮带女萝。既含睇兮宜笑，子慕予兮善窈窕。"明代汪瑗《楚辞集解》云："睇，微盼貌。含睇者，窈窕之见于目者也。宜笑者，窈窕之见于口者也。"[1] 所谓"宜笑"者，乃形容其笑容婉约得体合宜。《桔颂》："精色内白，类任道兮。纷缊宜修，姱而不丑兮。"汪瑗《楚辞集解》云："纷缊，**盛貌**。宜修，谓修饰之得宜也。"[2] 也是将"宜"作"得宜"解。如果"宜"的内涵得以确立，则"修"的意义指向也就大体可以明确了。

　　"要眇"二字的歧义相对较少。试先看如下屈原用例。《哀郢》："心婵媛而伤怀兮，眇不知其所跖。"汪瑗《楚辞集解》云："眇，犹远也。跖，践也。"[3]《悲回风》："眇远志之所及兮，怜浮云之相羊。介眇志之所惑兮，窃赋诗之所明。"汪瑗《楚辞集解》云："夫志一而已矣，然曰介志，曰远志，曰眇志，何也？介言其坚确也，远言其高大也，眇言其幽深也。"[4]《悲回风》："登石峦以远望兮，路眇眇之默默。"山小而锐谓之峦，眇眇状道路之幽深也。"穆眇眇之无垠兮，莽芒芒之无仪。"《远游》："质销铄以汋约兮，

---

① 〔明〕汪瑗撰，董洪利点校《楚辞集解》，北京古籍出版社 1994 年版，第 138 页。
② 《楚辞集解》，第 229 页。
③ 同②，第 174 页。
④ 同②，第 238 页。

神要眇以淫放。"洪兴祖补注:"要眇,精微貌。"① 许慎《说文解字》释"眇"为"小目也"。段玉裁注云:"眇训小目,引伸为凡小之称,又引伸为微妙之意。《说文》无'妙'字,眇即妙也。"② 综合以上用例,"要眇"大致形容一种幽深精微之美,这应该也是王国维援引此句的核心内涵所在。

王国维认为天才洋溢的文学、艺术以及由这种文学带来的审美愉悦,都与情感的隐微以及表达这种隐微感情的文体特征密切相关。在此前撰写的《论哲学家与美术家之天职》一文中,王国维说:

今夫人积年月之研究,而一旦豁然悟宇宙人生之真理,或以胸中惝恍不可捉摸之意境,一旦表诸文字、绘画、雕刻之上,此固彼天赋之能力之发展。而此时之快乐,决非南面王之所能易者也。③

则情感之微妙以及由表现这种微妙而带来的愉悦,固超越于一般物质享受之上,也是文学的真正价值所在。此则未能被揭载,其中部分原因或许是《人间词话》手稿将"要眇宜修"定位在词之一体,王国维略觉于义未安的缘故,

---

① 〔宋〕洪兴祖撰,白化文等点校《楚辞补注》,中华书局1983年版,第168页。
② 〔汉〕许慎撰,〔清〕段玉裁注《说文解字注》,上海古籍出版社1981年版,第135页。
③ 《王国维全集》第1卷,第133页。

因为在《论哲学家与美术家之天职》一文中，这种精微奇妙的"惝恍不可捉摸之意境"其实是文艺的共同特点，固非词之一体所独有。

在分别梳理"修""宜""要眇"用例的基础上，可以回到王国维的语境中来。所谓"要眇宜修"，应该是指词体在整体上呈现出来的一种精微细致、表达适宜合度、饶有远韵的美。"词是复杂感情的产物"[1]，这是王国维晚年对弟子姜亮夫说的话。这种复杂自然会带来词体之美的隐微与动态特征，这可能正是王国维要拈出"要眇宜修"来界定词体特点的原因所在。

此外，值得注意的是：王国维用"要眇宜修"四字来形容词体的特性，其中当包含着对楚辞悲情的特别共鸣，"要眇"之情中，悲情占据着重要位置。钟嵘《诗品》分诗人源流为三系，其中出于楚辞一系的以李陵为先，继之以班姬、王粲、曹丕三人，王粲之下复有潘岳、张华等，潘岳之下有郭璞，张华之下有谢混，张协之下有鲍照，谢混之下有谢朓，鲍照之下有沈约，曹丕之下有应玚、嵇康，应玚之下有陶渊明，等等。从对这些诗人的评价，可以看出批评家眼中的楚辞特色。如颜延之《庭诰》评价李陵"至其善篇，有足悲者"。[2] 钟嵘评李陵诗歌曰："其源出

---

① 姜亮夫《忆清华国学研究院》，见王元化主编《学术集林》卷一，上海远东出版社 1994 年版，第 242 页。

② 〔宋〕李昉等撰《太平御览》第 3 册，中华书局 1960 年版，第 2640 页。

于《楚辞》。文多凄怆，怨者之流。"[1]陈衍《诗品平议》卷上云："李诗固凄怨，所谓愁苦易好也。"[2]这是对直接承继楚辞特色的李陵诗歌的主流评价。钟嵘评班姬《团扇》诗"怨深文绮"。又评王粲"发愀怆之词"。又评刘琨、卢谌"善为凄戾之词"。[3]潘岳以《悼亡诗》和《哀永逝文》驰名，故《文心雕龙·诔碑篇》称其"巧于序悲"。[4]如果把钟嵘归纳的楚辞一系前后五代诗人作一个纵向勾勒的话，可以发现这一系列的诗人虽然各有特色，但在身世坎坷与悲情表现上是代有传承的。王国维用"要眇宜修"来作为词之体性，虽然字面上没有体现出情感的趋向，但从其背景来考察，悲情应是其潜在的内涵所在。

---

[1] 〔梁〕钟嵘著，曹旭集注《诗品集注》，上海古籍出版社1996年版，第88页。

[2] 〔清〕陈衍著，钱仲联编校《陈衍诗论合集》（上册），福建人民出版社1999年版，第932页。

[3] 《诗品集注》，第94、117页。

[4] 〔南朝梁〕刘勰著，范文澜注《文心雕龙注》（上册），人民文学出版社2000年版，第213页。

附录二

《人间词话》诸种文本及王国维词论汇录

一、《人间词话》(《国粹学报》初刊本)

一

词以境界为最上。有境界则自成高格,自有名句。五代、北宋之词所以独绝者在此。

二

有造境,有写境,此理想与写实二派之所由分。然二者颇难分别。因大诗人所造之境,必合乎自然,所写之境,亦必邻于理想故也。

三

有有我之境,有无我之境。"泪眼问花花不语,乱红飞过秋千去""可堪孤馆闭春寒,杜鹃声里斜阳暮",有我之境也;"采菊东篱下,悠然见南山""寒波澹澹起,白鸟悠悠下"，无我之境也。有我之境，以我观物，故物皆著我之色彩；无我之境，以物观物，故不知何者为我，何者为物。古人为词，写有我之境者为多，然未始不能写无我之境，此在豪杰之士能自树立耳。

四

无我之境，人惟于静中得之。有我之境，于由动之静时得之。故一优美，一宏壮也。

五

自然中之物，互相关系，互相限制。然其写之于文学及美术中也，必遗其关系、限制之处。故虽写实家，亦理想家也。又虽如何虚构之境，其材料必求之于自然，而其构造，亦必从自然之法则。故虽理想家，亦写实家也。

六

境非独谓景物也，喜怒哀乐，亦人心中之一境界。故能写真景物、真感情者，谓之有境界；否则谓之无境界。

七

"红杏枝头春意闹"，著一"闹"字，而境界全出。"云破月来花弄影"，著一"弄"字，而境界全出矣。

八

境界有大小，不以是而分优劣。"细雨鱼儿出，微风燕子斜"，何遽不若"落日照大旗，马鸣风萧萧"！"宝帘闲挂小银钩"，何遽不若"雾失楼台，月迷津渡"也！

九

严沧浪《诗话》曰："盛唐诸公，唯在兴趣。羚羊挂角，无迹可求。故其妙处，透澈玲珑，不可凑拍。如空中之音、相中之色、水中之影、镜中之象，言有尽而意无穷。"余谓北宋以前之词，亦复如是。然沧浪所谓兴趣，阮亭所谓神韵，犹不过道其面目，不若鄙人拈出"境界"二字，为探其本也。

一〇

太白纯以气象胜。"西风残照，汉家陵阙"，寥寥八字，遂关千古登临之口。后世唯范文正之《渔家傲》，夏英公之《喜迁莺》，差足继武，然气象已不逮矣。

一一

张皋文谓飞卿之词"深美闳约"。余谓此四字唯冯正中足以当之。刘融斋谓飞卿"精艳绝人"，差近之耳。

一二

"画屏金鹧鸪",飞卿语也,其词品似之;"弦上黄莺语",端己语也,其词品亦似之;正中词品,若欲于其词句中求之,则"和泪试严妆",殆近之欤?

一三

南唐中主词"菡萏香销翠叶残,西风愁起绿波间",大有众芳芜秽、美人迟暮之感。乃古今独赏其"细雨梦回鸡塞远,小楼吹彻玉笙寒",故知解人正不易得。

一四

温飞卿之词,句秀也;韦端己之词,骨秀也;李重光之词,神秀也。

一五

词至李后主而眼界始大,感慨遂深,遂变伶工之词而为士大夫之词。周介存置诸温、韦之下,可为颠倒黑白矣。"自是人生长恨水长东""流水落花春去也,天上人间",《金荃》《浣花》,能有此气象耶?

一六

词人者,不失其赤子之心者也。故生于深宫之中,长于妇人之手,是后主为人君所短处,亦即为词人所长处。

一七

客观之诗人，不可不多阅世。阅世愈深，则材料愈丰富，愈变化，《水浒传》《红楼梦》之作者是也。主观之诗人，不必多阅世。阅世愈浅，则性情愈真，李后主是也。

一八

尼采谓：一切文学，余爱以血书者。后主之词，真所谓以血书者也。宋道君皇帝《燕山亭》词亦略似之。然道君不过自道身世之戚，后主则俨有释迦、基督担荷人类罪恶之意，其大小固不同矣。

一九

冯正中词虽不失五代风格，而堂庑特大，开北宋一代风气。与中、后二主词皆在《花间》范围之外，宜《花间集》中不登其只字也。

二〇

正中词除《鹊踏枝》《菩萨蛮》十数阕最煊赫外，如《醉花间》之"高树鹊衔巢，斜月明寒草"，余谓韦苏州之"流萤渡高阁"，孟襄阳之"疏雨滴梧桐"不能过也。

二一

欧九《浣溪沙》词"绿杨楼外出秋千"。晁补之谓：只一"出"字，便后人所不能道。余谓此本于正中《上行杯》词"柳外秋千出画墙"，但欧语尤工耳。

二二

梅舜俞《苏幕遮》词："落尽梨花春事了。满地斜阳，翠色和烟老。"刘融斋谓：少游一生似专学此种。余谓冯正中《玉楼春》词："芳菲次第长相续，自是情多无处足。尊前百计得春归，莫为伤春眉黛促。"永叔一生似专学此种。

二三

人知和靖《点绛唇》、舜俞《苏幕遮》、永叔《少年游》三阕为咏春草绝调。不知先有正中"细雨湿流光"五字，皆能摄春草之魂者也。

二四

《诗·蒹葭》一篇，最得风人深致。晏同叔之"昨夜西风凋碧树。独上高楼，望尽天涯路"，意颇近之。但一洒落，一悲壮耳。

二五

"我瞻四方，蹙蹙靡所骋"，诗人之忧生也；"昨夜西风凋碧树。独上高楼，望尽天涯路"似之。"终日驰车走，不见所问津"，诗人之忧世也；"百草千花寒食路。香车系在谁家树"似之。

二六

古今之成大事业、大学问者，必经过三种之境界："昨夜西风凋碧树。独上高楼，望尽天涯路"，此第一境也。"衣带渐宽终不悔，为伊消得人憔悴"，此第二境也。"众里寻他千百度，回头蓦见，那人正在、灯火阑珊处"，此第三境也。此等语皆非大词人不能道。然遽以此意解释诸词，恐为晏、欧诸公所不许也。

二七

永叔"人间自是有情痴，此恨不关风与月""直须看尽洛城花，始与东风容易别"，于豪放之中有沉着之致，所以尤高。

二八

冯梦华《宋六十一家词选·序例》谓："淮海、小山，古之伤心人也。其淡语皆有味，浅语皆有致。"余谓此唯淮海足以当之。小山矜贵有余，但可方驾子野、方回，未足抗衡淮海也。

二九

少游词境最为凄婉。至"可堪孤馆闭春寒，杜鹃声里斜阳暮"，则变而凄厉矣。东坡赏其后二语，犹为皮相。

三〇

"风雨如晦，鸡鸣不已""山峻高以蔽日兮，下幽晦以多雨。霰雪纷其无垠兮，云霏霏而承宇""树树皆秋色，山山尽落晖""可堪孤馆闭春寒，杜鹃声里斜阳暮"，气象皆相似。

三一

昭明太子称陶渊明诗"跌宕昭彰，独超众类。抑扬爽朗，莫之与京"。王无功称薛收赋"韵趣高奇，词义晦远。嵯峨萧瑟，真不可言"。词中惜少此二种气象，前者唯东坡，后者唯白石，略得一二耳。

三二

词之雅郑，在神不在貌。永叔、少游虽作艳语，终有品格。方之美成，便有淑女与倡伎之别。

三三

美成深远之致不及欧、秦。唯言情体物，穷极工巧，故不失为第一流之作者。但恨创调之才多，创意之才少耳。

三四

词忌用替代字。美成《解语花》之"桂华流瓦",境界极妙,惜以"桂华"二字代月耳。梦窗以下,则用代字更多。其所以然者,非意不足,则语不妙也。盖意足则不暇代,语妙则不必代。此少游之"小楼连苑""绣毂雕鞍",所以为东坡所讥也。

三五

沈伯时《乐府指迷》云:"说桃不可直说桃,须用'红雨''刘郎'等字。咏柳不可直说破柳,须用'章台''灞岸'等字。"若惟恐人不用代字者。果以是为工,则古今类书具在,又安用词为耶?宜其为《提要》所讥也。

三六

美成《青玉案》词:"叶上初阳干宿雨。水面清圆,一一风荷举。"此真能得荷之神理者。觉白石《念奴娇》《惜红衣》二词,犹有隔雾看花之恨。

三七

东坡《水龙吟》咏杨花,和均而似元唱。章质夫词,原唱而似和均。才之不可强也如是!

三八

咏物之词，自以东坡《水龙吟》最工，邦卿《双双燕》次之。白石《暗香》《疏影》，格调虽高，然无一语道着。视古人"江边一树垂垂发"等句何如耶？

三九

白石写景之作，如"二十四桥仍在，波心荡、冷月无声""数峰清苦，商略黄昏雨""高树晚蝉，说西风消息"，虽格韵高绝，然如雾里看花，终隔一层。梅溪、梦窗诸家写景之病，皆在一"隔"字。北宋风流，渡江遂绝。抑真有运会存乎其间耶？

四〇

问"隔"与"不隔"之别，曰：陶、谢之诗不隔，延年则稍隔矣；东坡之诗不隔，山谷则稍隔矣。"池塘生春草""空梁落燕泥"等二句，妙处唯在不隔。词亦如是。即以一人一词论，如欧阳公《少年游》咏春草上半阕云："阑干十二独凭春，晴碧远连云。二月三月，千里万里，行色苦愁人。"语语都在目前，便是不隔。至云"谢家池上，江淹浦畔"，则隔矣。白石《翠楼吟》"此地。宜有词仙，拥素云黄鹤，与君游戏。玉梯凝望久，叹芳草、萋萋千里"，便是不隔。至"酒祓清愁，花消英气"，则隔矣。然南宋词虽不隔处，比之前人，自有浅深厚薄之别。

四一

"生年不满百，常怀千岁忧。昼短苦夜长，何不秉烛游""服食求神仙，多为药所误。不如饮美酒，被服纨与素"，写情如此，方为不隔。"采菊东篱下，悠然见南山。山气日夕佳，飞鸟相与还""天似穹庐，笼盖四野。天苍苍。野茫茫。风吹草低见牛羊"，写景如此，方为不隔。

四二

古今词人格调之高，无如白石。惜不于意境上用力，故觉无言外之味，弦外之响，终不能与于第一流之作者也。

四三

南宋词人，白石有格而无情，剑南有气而乏韵。其堪与北宋人颉颃者，唯一幼安耳。近人祖南宋而祧北宋，以南宋之词可学，北宋不可学也。学南宋者，不祖白石，则祖梦窗，以白石、梦窗可学，幼安不可学也。学幼安者率祖其粗犷、滑稽，以其粗犷、滑稽处可学，佳处不可学也。幼安之佳处，在有性情，有境界。即以气象论，亦有"横素波""干青云"之概，宁后世龌龊小生所可拟耶？

四四

东坡之词旷，稼轩之词豪。无二人之胸襟而学其词，犹东施之效捧心也。

四五

读东坡、稼轩词，须观其雅量高致，有伯夷、柳下惠之风。白石虽似蝉蜕尘埃，然终不免局促辕下。

四六

苏、辛，词中之狂。白石犹不失为狷。若梦窗、梅溪、玉田、草窗、中麓辈，面目不同，同归于乡愿而已。

四七

稼轩中秋饮酒达旦，用《天问》体作《木兰花慢》以送月曰："可怜今夕月，向何处、去悠悠。是别有人间，那边才见，光景东头。"词人想象，直悟月轮绕地之理，与科学家密合，可谓神悟。

四八

周介存谓："梅溪词中，喜用'偷'字，足以定出其品格。"刘融斋谓："周旨荡而史意贪。"此二语令人解颐。

四九

介存谓梦窗词之佳者，如"水光云影，摇荡绿波，抚玩无极，追寻已远"。余览《梦窗甲乙丙丁稿》中，实无足当此者。有之，其"隔江人在雨声中，晚风菰叶生秋怨"二语乎？

五〇

梦窗之词，吾得取其词中一语以评之曰："映梦窗，凌乱碧。"玉田之词，余得取其词中之一语以评之曰："玉老田荒。"

五一

"明月照积雪""大江流日夜""中天悬明月""黄河落日圆"，此种境界，可谓千古壮观。求之于词，唯纳兰容若塞上之作如《长相思》之"夜深千帐灯"、《如梦令》之"万帐穹庐人醉，星影摇摇欲坠"差近之。

五二

纳兰容若以自然之眼观物，以自然之舌言情。此由初入中原，未染汉人风气，故能真切如此。北宋以来，一人而已。

五三

陆放翁跋《花间集》谓："唐季五代，诗愈卑，而倚声者辄简古可爱。……能此不能彼，未可以理推也。"《提要》驳之谓："犹能举七十斤者，举百斤则蹶，举五十斤则运掉自如。"其言甚辨。然谓词必易于诗，余未敢信。善乎陈卧子之言曰："宋人不知诗而强作诗，故终宋之世无诗。……然其欢愉愁苦之致，动于中而不能抑者，类发于诗余，故其所造独工。"五代词之所以独胜，亦以此也。

五四

四言敝而有楚辞，楚辞敝而有五言，五言敝而有七言，古诗敝而有律绝，律绝敝而有词。盖文体通行既久，染指遂多，自成习套，豪杰之士，亦难于其中自出新意，故遁而作他体，以自解脱。一切文体所以始盛终衰者，皆由于此。故谓文学后不如前，余未敢信。但就一体论，则此说固无以易也。

五五

诗之《三百篇》《十九首》，词之五代、北宋，皆无题也。非无题也，诗词中之意，不能以题尽之也。自《花庵》《草堂》每调立题，并古人无题之词亦为之作题。如观一幅佳山水，而即曰此某山某河，可乎？诗有题而诗亡，词有题而词亡。然中材之士，鲜能知此而自振拔者也。

五六

大家之作，其言情也必沁人心脾，其写景也必豁人耳目，其辞脱口而出，无矫揉妆束之态。以其所见者真，所知者深也。诗词皆然。持此以衡古今之作者，可无大误也。

五七

人能于诗词中不为美刺投赠之篇，不使隶事之句，不用粉饰之字，则于此道已过半矣。

五八

以《长恨歌》之壮采，而所隶之事，只"小玉""双成"四字，才有余也。梅村歌行，则非隶事不办。白、吴优劣，即于此见。不独作诗为然，填词家亦不可不知也。

五九

近体诗体制，以五、七言绝句为最尊，律诗次之，排律最下。盖此体于寄兴言情，两无所当，殆有均之骈体文耳。词中小令如绝句，长调似律诗，若长调之《百字令》《沁园春》等，则近于排律矣。

六〇

诗人对宇宙人生，须入乎其内，又须出乎其外。入乎其内，故能写之；出乎其外，故能观之。入乎其内，故有生气；出乎其外，故有高致。美成能入而不出；白石以降，于此二事皆未梦见。

六一

诗人必有轻视外物之意，故能以奴仆命风月；又必有重视外物之意，故能与花鸟共忧乐。

六二

"昔为倡家女，今为荡子妇。荡子行不归，空床难独守。""何不策高足，先据要路津？无为久贫贱，辗轲长苦辛。"可为淫鄙之尤。然无视为淫词、鄙词者，以其直也。五代、北宋之大词人亦然。非无淫词，读之者但觉其亲切动人；非无鄙词，但觉其精力弥满。可知淫词与鄙词之病，非淫与鄙之病，而游词之病也。"岂不尔思，室是远而。"而子曰："未之思也，夫何远之有？"恶其游也。

六三

"枯藤老树昏鸦。小桥流水平沙。古道西风瘦马。夕阳西下。断肠人在天涯"，此元人马东篱《天净沙》小令也。寥寥数语，深得唐人绝句妙境。有元一代词家，皆不能办此也。

六四

白仁甫《秋夜梧桐雨》剧，沉雄悲壮，为元曲冠冕。然所作《天籁词》，粗浅之甚，不足为稼轩奴隶。岂创者易工，而因者难巧欤？抑人各有能有不能也？读者观欧、秦之诗远不如词，足透此中消息。

二、《人间词话》（《盛京时报》重编本）

余于七八年前，偶书词话数十则。今检旧稿，颇有可采者，摘录如下。

一

词以境界为最上。有境界则自成高格，自有名句。五代北宋之词所以独绝者在此。

二

言气格，言神韵，不如言境界。境界，本也；气格、神韵，末也。境界具，而二者随之矣。

三

有造境，有写境，此理想与写实二派之所由分。然二者颇难区别。因大诗人所造之境，必合乎自然；所写之境，必邻乎理想故也。

四

境非独谓景物也。情感亦人心中之一境界。故能写真景物、真感情者，谓之有境界；否则谓之无境界。

五

"红杏枝头春意闹"，著一"闹"字，而境界全出；"云破月来花弄影"，著一"弄"字，而境界全出矣。

六

境界有大小，然不以是而分优劣。"细雨鱼儿出，微风燕子斜"，何遽不若"落日照大旗，马鸣风萧萧"。"宝帘闲挂小银钩"，何遽不若"雾失楼台，月迷津渡"也。

七

《诗·蒹葭》一篇最得风人深致。晏同叔之"昨夜西风凋碧树。独上高楼，望尽天涯路"，意颇近之。但一洒落，一悲壮耳。

八

"我瞻四方，蹙蹙靡所骋"，诗人之忧生也。"昨夜西风凋碧树。独上高楼，望尽天涯路"似之。"终日驰车走，不见所问津"，诗人之忧世也。"百草千花寒食路。香车系在谁家树"似之。

九

成就一切事，罔不历三种境界："昨夜西风凋碧树。独上高楼，望尽天涯路"，此第一境也；"衣带渐宽终不悔。

为伊消得人憔悴"，此第二境也；"众里寻他千百度。回头
蓦见，那人正在、灯火阑珊处"，此第三境也。此等语均非
大词人不能道。然遽以此意解诸词，恐为晏、欧诸公所不
许也。

一〇

太白词纯以气象胜。"西风残照，汉家陵阙"，寥寥八
字，遂关千古登临之口。后世唯范文正之《渔家傲》、夏英
公之《喜迁莺》，差堪继武。然气象已不逮矣。

一一

温飞卿之词，句秀也；韦端己之词，骨秀也；李后主
之词，神秀也。词至李后主而境界始大，感慨遂深，遂变
伶工之词，而为士大夫之词。宋初晏、欧诸公皆自此出，
而《花间》一派微矣。

一二

冯正中词除《鹊踏枝》《菩萨蛮》数十阕最煊赫外，
如《醉花间》之"高树鹊衔巢，斜月明寒草"，虽韦苏州之
"流萤度高阁"、孟襄阳之"疏雨滴梧桐"，不能过也。

一三

"画屏金鹧鸪"，飞卿语也，其词品似之；"弦上黄莺

语"，端己语也，其词品亦似；若正中词品，欲于其词求之，则"和泪试严妆"，殆近之欤。

一四

欧阳公《浣溪沙》词"绿杨楼外出秋千"，晁补之谓只一"出"字，便后人所不能道。余谓此本于正中《上行杯》词"柳外秋千出画墙"，但欧语尤工耳。

一五

少游词境最为凄婉。至"可堪孤馆闭春寒，杜鹃声里斜阳暮"，则变而凄厉矣。东坡赏其后二语，尤为皮相。

一六

"风雨如晦，鸡鸣不已""山峻高以蔽日兮，下幽晦以多雨；霰雪纷其无垠兮，云霏霏而承宇""树树皆秋色，山山尽落晖""可堪孤馆闭春寒，杜鹃声里斜阳暮"，气象皆相似。

一七

美成词深远之致不及欧、秦，唯言情体物，穷极工巧，故不失为第一流之作者。但恨创调之才多，创意之才少耳。

一八

词最忌用替代字。美成《解语花》之"桂华流瓦",境界极妙,惜以"桂华"二字代"月"耳。梦窗以下,则用代字更多。其所以然者,非意不足,则语不妙也。盖语妙,则不必代,意足则不暇代。此少游之《水龙吟》首二语,所以为东坡所讥也。

一九

美成《青玉案》词"叶上初阳干宿雨。水面清圆,一一风荷举",此真能得荷之神理者。觉白石《念奴娇》《惜红衣》二词犹有隔雾看花之恨。

二〇

南宋词人,白石有格而无情,剑南有气而乏韵。其堪与北宋人颉颃者,唯一幼安耳。近人祖南宋而祧北宋,以南宋之词可学,北宋不可学也。学南宋者,不祖白石,则祖梦窗,以白石、梦窗可学,幼安不可学也。学幼安者,率祖其粗犷、滑稽,以其粗犷、滑稽处可学,佳处不可学也。同时白石、龙洲学幼安之作且如此,况其他乎?其实幼安词之佳者,俊伟幽咽,独有千古。其他豪放之处,亦有"横素波""干青云"之概,岂梦窗辈龌龊小生所可语耶?

二一

东坡之词旷，稼轩之词豪。无二人之胸襟，而学其词，犹东施之效捧心也。

二二

读东坡、稼轩词，须观其雅量高致，有伯夷、柳下惠之风。白石虽似蝉蜕尘埃，终不免局促辕下。

二三

昭明太子称陶渊明诗"跌宕昭彰，独超众类。抑扬爽朗，莫之与京"。王无功称薛收赋"韵趣高奇，词义晦远。嵯峨萧瑟，真不可言"。词中惜少此二种气象。前者坡词近之，后者唯白石略得一二耳。

二四

白石写景之作，如"二十四桥仍在，波心荡、冷月无声""数峰清苦，商略黄昏雨""高树晚蝉，说西风消息"，虽格韵高绝，然如雾里看花，终隔一层。梅溪、梦窗诸家写景之作，其病皆在一"隔"字。北宋风流，过江遂绝，抑真有风会存乎其间耶？

二五

东坡、稼轩，词中之狂；白石，词中之狷；若梅溪、

梦窗、草窗、玉田、西麓、竹山之词，则乡愿而已。

二六

问"隔"与"不隔"之别。曰："生年不满百，常怀千岁忧。昼短苦夜长，何不秉烛游""服食求神仙，多为药所误。不如饮美酒，被服纨与素"，写情如此，方为不隔。"采菊东篱下，悠然见南山。山气日夕佳，飞鸟相与还""天似穹庐，笼盖四野。天苍苍。野茫茫。风吹草低见牛羊"，写景如此，方为不隔。词亦如之。如欧阳公《少年游》咏春草云："阑干十二独凭春，晴碧远连云。二月三月，千里万里，行色苦愁人。"语语皆在目前，便是不隔；至换头云："谢家池上，江淹浦畔，吟魄与离魂。"使用故事，便不如前半精彩。然欧词前既实写，故至此不能不拓开。若通体如此，则成笑柄。南宋人词则不免通体皆是"谢家池上"矣。

二七

国朝人词，余最爱宋尚木《蝶恋花》"新样罗衣浑弃却。犹寻旧日春衫着"及谭复堂之"连理枝头侬与汝。千花百草从渠许"，以为最得风人之旨。

二八

近人词，如复堂之深婉，彊村之隐秀，当在吾家半塘

翁之上。彊村学梦窗，而情味较梦窗反胜。盖有临川、庐陵之高华，而济以白石之疏越者。学人之词，斯为极则。然于古人自然神妙处，尚未梦见。《半唐丁稿》和冯正中《鹊踏枝》十阕，乃鹜翁词之最精者。"望远愁多休纵目"等阕，郁伊惝恍，令人不能为怀。《定稿》只存六阕，殊为未允。

二九

词总集如《花间》《尊前》，行于宋世。南宋迄明，盛行《草堂诗余》。自朱竹垞力诋《草堂》，而推重周草窗之《绝妙好词》。其实《草堂》瑕瑜互见，宋人名作大抵在焉。《绝妙好词》则如碔砆，无瑕可指，而可观之词甚少。竹垞《词综》自唐宋以后，其病略同。皋文《词选》又扬其波，固陋弥甚矣。

三〇

词至元人，皆承南宋绪余，殆无足观。然曲中小令却有绝妙者。如无名氏《天净沙》云："枯藤老树昏鸦。小桥流水人家。古道西风瘦马。夕阳西下。断肠人在天涯。"此等语非当时词家所能道也。

三一

元人曲中小令以无名氏《天净沙》为第一。套数则以

马东篱之《双调·夜行船》为第一。兹录其词如左："〔夜行船〕百岁光阴如梦蝶。重回首，往事堪嗟。昨日春来，今朝花谢。急罚盏夜阑灯灭。〔乔木查〕想秦宫汉阙，都做了衰草牛羊野。不恁渔樵无话说。纵荒坟横断碑，不辨龙蛇。〔庆宣和〕投至狐踪与兔窟，多少豪杰。鼎足三分半腰折，魏耶，晋耶。〔落梅花〕天教富，不待奢。无多时，好天良夜。看钱奴，硬将心似铁，空辜负锦堂风月。〔风入松〕眼前红日又西斜，疾似下坡车。晓来青镜添白发，上床和鞋履相别。莫笑鸠巢计拙，葫芦提一就妆呆。〔拨不断〕利名竭，是非绝。红尘不向门前惹，绿树偏宜屋角遮。青山正补墙东缺，竹篱茅舍。〔离亭宴煞〕蛩吟一枕方宁贴，鸡鸣万事无休歇。争名利，何年是彻。密匝匝，蚁排兵；乱纷纷，蜂酿蜜；急穰穰，蝇争血。裴公绿野堂，陶令白莲社。爱秋来，那些和露摘黄花，带霜烹紫蟹，煮酒烧红叶。人生有限杯，几个登高节。嘱付与顽童记者，便北海探吾来，道东篱醉了也。"周德清《中原音韵》中载此剧，以为万中无一，不虚也。

三、王国维词论汇录

一

蕙风词小令似叔原，长调亦在清真、梅溪间，而沉痛过之。彊村虽富丽精工，犹逊其真挚也。天以百凶成就一词人，果何为哉！

二

蕙风《洞仙歌·秋日游某氏园》及《苏武慢·寒夜闻角》二阕，境似清真。集中他作，不能过之。

三

彊村词，余最赏其《浣溪沙》"独鸟冲波去意闲"二阕，笔力峭拔，非他词可能过之。

四

蕙风"听歌"诸作，自以《满路花》为最佳。至题《香南雅集图》诸词，殊觉泛泛，无一言道着。

五

黄叔旸称其（注：指皇甫松）《摘得新》二首，为有达观之见。余谓不若《忆江南》二阕，情味深长，在乐天、梦得上也。

六

端己词情深语秀，虽规模不及后主、正中，要在飞卿之上。观昔人颜、谢优劣论可知矣。

七

其（注：指毛文锡）词比牛、薛诸人，殊为不及。叶梦得谓："文锡词以质直为情致，殊不知流于率露。诸人评庸陋词者，必曰：此仿毛文锡之《赞成功》而不及者。"其言是也。

八

其（注：指魏承班）词逊于薛昭蕴、牛峤，而高于毛文锡，然皆不如王衍。五代词以帝王为最工，岂不以无意于求工欤？

九

复（注：指顾复）词在牛给事、毛司徒间。《浣溪沙》（春色迷人）一阕，亦见《阳春录》。与《河传》《诉衷情》数阕，当为复最佳之作矣。

一〇

周密《齐东野语》称其（注：指毛熙震）词新警而不为俚薄。余尤爱其《后庭花》，不独意胜，即以调论，亦有隽上清越之致，视文锡蔑如也。

一一

其（注：指阎选）词唯《临江仙》第二首有轩翥之意，余尚未足与于作者也。

一二

昔沈文悫深赏泌（注：指张泌）"绿杨花扑一溪烟"为晚唐名句。然其词如"露浓香泛小庭花"，较前语似更幽艳也。

一三

昔黄玉林赏其（注：指孙光宪）"一庭花雨湿春愁"为古今佳句。余以为不若"片帆烟际闪孤光"，尤有境界也。

一四

先生（注：指周邦彦）于诗文无所不工，然尚未尽脱古人蹊径。平生著述，自以乐府为第一。词人甲乙，宋人早有定论。惟张叔夏病其意趣不高远。然北宋人如欧、苏、秦、黄，高则高矣，至精工博大，殊不逮先生。故以宋词比唐诗，则东坡似太白，欧、秦似摩诘，耆卿似乐天，方回、叔原则大历十子之流。南宋惟一稼轩可比昌黎。而词中老杜，则非先生不可。昔人以耆卿比少陵，犹为未当也。

一五

先生（注：指周邦彦）之词，陈直斋谓其多用唐人诗句檃括入律，浑然天成。张玉田谓其善于融化诗句，然此不过一端。不如强焕云"模写物态，曲尽其妙"为知言也。

一六

山谷云："天下清景，不择贤愚而与之，然吾特疑端为我辈设。"诚哉是言！抑岂独清景而已，一切境界，无不为诗人设。世无诗人，即无此种境界。夫境界之呈于吾心而见于外物者，皆须臾之物。惟诗人能以此须臾之物，镌诸不朽之文字，使读者自得之。遂觉诗人之言，字字为我心中所欲言，而又非我之所能自言，此大诗人之秘妙也。境界有二：有诗人之境界，有常人之境界。诗人之境界，惟诗人能感之而能写之，故读其诗者，亦高举远慕，有遗世之意。而亦有得有不得，且得之者亦各有深浅焉。若夫悲欢离合、羁旅行役之感，常人皆能感之，而惟诗人能写之。故其入于人者至深，而行于世也尤广。先生（注：指周邦彦）之词，属于第二种为多。故宋时别本之多，他无与匹。又和者三家，注者二家（强焕本亦有注，见毛跋）。自士大夫以至妇人女子，莫不知有清真，而种种无稽之言，亦由此以起。然非入人之深，乌能如是耶？

一七

楼忠简谓先生（注：指周邦彦）妙解音律。惟王晦叔《碧鸡漫志》谓："江南某氏者，解音律，时时度曲。周美成与有瓜葛。每得一解，即为制词，故周集中多新声。"则集中新曲，非尽自度。然"顾曲名堂，不能自已"，固非不知音者。故先生之词，文字之外，须兼味其音律。惟词中所注宫调，不出教坊十八调之外。则其音非大晟乐府之新声，而为隋、唐以来之燕乐，固可知也。今其声虽亡，读其词者，犹觉拗怒之中，自饶和婉；曼声促节，繁会相宜；清浊抑扬，辘轳交往。两宋之间，一人而已。

一八

《天仙子》词（注：《云谣集》所录"燕语啼时三月半"一首）特深峭隐秀，堪与飞卿、端己抗行。

一九

有明一代，乐府道衰。《写情》《扣舷》，尚有宋、元遗响。仁、宣以后，兹事几绝。独文愍（夏言）以魁硕之才，起而振之。豪壮典丽，与于湖、剑南为近。

二〇

欧公（注：指欧阳修）《蝶恋花》"面旋落花"云云，字字沉响，殊不可及。

二一

《片玉词》"良夜灯光簇如豆"一首，乃改山谷《忆帝京》词为之者，似屯田最下之作，非美成所宜有也。

二二

温飞卿《菩萨蛮》:"雨后却斜阳。杏花零落香。"少游之"雨余芳草斜阳。杏花零落燕泥香",虽自此脱胎,而实有出蓝之妙。

二三

白石尚有骨,玉田则一乞人耳。

二四

美成词多作态,故不是大家气象。若同叔、永叔虽不作态,而一笑百媚生矣。此天才与人力之别也。

二五

周介存谓:"白石以诗法入词,门径浅狭,如孙过庭书,但便后人模仿。"予谓近人所以崇拜玉田,亦由于此。

二六

予于词,于五代喜李后主、冯正中而不喜《花间》。于北宋喜同叔、永叔、子瞻、少游而不喜美成。于南宋只爱稼轩一人,而最恶梦窗、玉田。介存此选,颇多不当人意之处。然其论词则颇多独到之语。始有知天下固有具眼人,非予一人之私见也。

二七

王君静安将刊其所为《人间词》，诒书告余曰："知我词者莫如子，叙之亦莫如子宜。"余与君处十年矣。比年以来，君颇以词自娱。余虽不能词，然喜读词。每夜漏始下，一灯荧然，玩古人之作，未尝不与君共。君成一阕，易一字，未尝不以讯余。既而睽离，苟有所作，未尝不邮以示余也。然则，余于君之词，又乌可以无言乎？夫自南宋以后，斯道之不振久矣！元、明及国初诸老，非无警句也，然不免乎局促者，气困于雕琢也。嘉、道以后之词，非不谐美也，然无救于浅薄者，意竭于摹拟也。君之于词，于五代喜李后主、冯正中，于北宋喜永叔、子瞻、少游、美成，于南宋除稼轩、白石外，所嗜盖鲜矣。尤痛诋梦窗、玉田。谓梦窗砌字，玉田垒句。一雕琢，一敷衍。其病不同，而同归于浅薄。六百年来词之不振，实自此始。其持论如此。及读君自所为词，则诚往复幽咽，动摇人心，快而沉，直而能曲，不屑屑于言词之末，而名句间出，殆往往度越前人。至其言近而指远，意决而辞婉，自永叔以后，殆未有工如君者也。君始为词时，亦不自意其至此，而卒至此者，天也，非人之所能为也。若夫观物之微，托兴之深，则又君诗词之特色。求之古代作者，罕有伦比。呜呼！不胜古人，不足以与古人并，君其知之矣。世有疑余言者乎，则何不取古人之词，与君词比类而观之也？光绪丙午三月，山阴樊志厚叙。

二八

　　去岁夏，王君静安集其所为词，得六十余阕，名曰《人间词甲稿》，余既叙而行之矣。今冬，复汇所作词为《乙稿》，丐余为之叙。余其敢辞。乃称曰：文学之事，其内足以摅己，而外足以感人者，意与境二者而已。上焉者意与境浑，其次或以境胜，或以意胜。苟缺其一，不足以言文学。原夫文学之所以有意境者，以其能观也。出于观我者，意余于境。而出于观物者，境多于意。然非物无以见我，而观我之时，又自有我在。故二者常互相错综，能有所偏重，而不能有所偏废也。文学之工不工，亦视其意境之有无与其深浅而已。自夫人不能观古人之所观，而徒学古人之所作，于是始有伪文学。学者便之，相尚以辞，相习以模拟，遂不复知意境之为何物，岂不悲哉！苟持此以观古今人之词，则其得失，可得而言焉。温、韦之精艳，所以不如正中者，意境有深浅也。《珠玉》所以逊《六一》，《小山》所以愧《淮海》者，意境异也。美成晚出，始以辞采擅长，然终不失为北宋人之词者，有意境也。南宋词人之有意境者，惟一稼轩，然亦若不欲以意境胜。白石之词，气体雅健耳，至于意境，则去北宋人远甚。及梦窗、玉田出，并不求诸气体，而惟文字之是务，于是词之道熄矣。自元迄明，益以不振。至于国朝，而纳兰侍卫以天赋之才，崛起于方兴之族。其所为词，悲凉顽艳，独有得于意境之深，可谓豪杰之士，奋乎百世之下者矣。同时朱、陈，既非劲敌；后世项、蒋，尤难鼎足。至乾、嘉以降，审乎体格韵律之间者愈微，而意味之溢于字句之表者愈浅。岂非拘泥文字，而不求诸意境之失欤？抑观我观物之事自有天在，固难期诸流俗欤？余与静安，均夙持此论。静安之为词，真能以意境胜。夫古今人词之以意胜者，莫若欧阳公；以境胜者，莫若秦少游；至意境两浑，则惟太白、后主、正中数人足以当之。静安之词，大抵意深于欧，而境次于秦。至其合作，如《甲稿》《浣溪沙》之"天末同云"、《蝶恋花》之"昨夜梦中"、《乙稿》《蝶恋花》之"百尺朱楼"等阕，皆意境两忘，物我一体，高蹈乎八荒之表，而抗心乎千秋之间，骎骎乎两汉之疆域，广于三代，贞观之政治，隆于武德矣。方之侍卫，岂徒伯仲！此固君所得于天者独深，抑岂非致力于意境之效也。至君词之体裁，亦与五代、北宋为近。然君词之所以为五代、北宋之词者，以其有意境在。若以其体裁故，而至遽指为五代、北宋，此又君之不任受。固当与梦窗、玉田之徒，专事摹拟者，同类而笑之也。光绪三十三年十月，山阴樊志厚叙。

二九

长夏苦热，不耐深沉之思，偶得仁和吴昌绶伯宛所作《宋金元现存词目》，叹其搜罗之勤，因思仿朱竹垞《经义考》之例，存佚并录，勒为一书。搜录考订，月余而成，聊用消夏，不足云著述也。

一、明人及国朝人词多散在别集，既鲜总汇之编，亦罕单行之本，一人见闻既惭狭隘，诸家著录亦一毫芒，故以元人为断。

一、诸家词集有刻本者著刻本，无刻本者著钞本。刻本有以词单行者著单行本，无者著全集本。亦有刻本罕见而著某氏钞本者，单行本不足而著全集本者，求其当也。

一、海内藏书家收藏词曲者昔不多觏，近惟钱唐丁氏、归安陆氏藏词最富。乃一岁之中，陆氏之书归日本岩崎氏，丁氏书亦为金陵图书馆所购。然近于厂肆又屡见丁氏之书，知金陵典守并未严密，此后又不知流落何所。所幸丁氏藏词除元三数家外，仁和吴氏皆有副本。陆氏藏词与丁氏别出者亦不多，吴氏亦间录之。欲迻录者，尚可问津耳。

一、竹垞《词综·序例》所举前人集中附词，如《林处士集》附词、刘子翚《屏山集》附词，皆仅三首。罗愿《鄂州小集》、顾瑛《玉山璞稿》附词仅一首。以不能成书，故不录。余鄙人所未见，不能定其多少者，仍著于篇，亦遇而废之，不若遇而存之之意也。

一、词人字里、官阀，其词无通行本者略注于下；有刻本者阙之，间有考证亦辄附入。

一、诸家词集或注"佚"，或注"未见"。然注"未见"者非无已佚，注"佚"者，亦或能发见，固不能定精密之界限也。

一、长夏畏热，终日简出，参考之书无多，商榷之益尤鲜，尚冀大雅君子匡其不逮，幸甚。光绪戊申秋七月，海宁王国维识。

三〇

唐人诗词尚未分界，故《调笑》《三台》《忆江南》诸词皆入诗集，不独《竹枝》《柳枝》《浪淘沙》诸词本系七言绝句也。致光（注：指韩偓）词之见于《尊前集》者仅《浣溪沙》二阕，然《香奁集》中之近似长短句者尚若干阕，余故写为一卷。《忆眠时》本沈约创调，隋炀帝继之，升庵视为词之滥觞，惟致光词少一韵耳。"春楼处子"三首，比《三台》多二韵，比冯延巳《寿山曲》少一韵。……《玉合》《金陵》二首皆致光创调，而《金陵》尤纯乎词格。兹于原题之下各加"子"字，以别之于诗。《木兰花》本系七古，然飞卿诗之《春晓曲》，《草堂诗余》已改为《木兰花》，固非自我作古也。

三一

其（注：指尹鹗）《金浮图》一调长至九十四字，五代词除唐庄宗《歌头》外，以此为最长，然颇似康伯可、柳耆卿手笔也。

三二

《乐府纪闻》谓其（注：指鹿虔扆）国亡不仕，词多感慨之音，盖指《临江仙》一调言之。然此词载《花间集》，《花间集》选于后蜀广政三年，此时去后蜀之亡尚二十年。若云伤前蜀，则虔扆固仕于昶。《纪闻》之言实无所据。

三三

陈直斋谓："世传伯可词鄙亵之甚，此集颇多佳语。"黄叔旸亦云："书市刊本皆假托其名，今得官本……篇篇精妙。"是宋时康伯可词已有数本。余从古人选本中辑为一卷。其词实学耆卿而失者也。

三四

黄昇《书阮阅〈眼儿媚〉词后》曰："阅休小词唯有此篇见于世，英妙杰特，所谓百不为多，一不为少。"以今观之，殊不然也。

三五

《端正好》第一首，亦檃括同叔《凤栖梧》。寿域（注：指杜寿域）殆长于音律，故改谱他人词。即其自制，亦与他人音节不同，或以此也。

三六

《满路花·风情》（注：指周邦彦"帘烘泪雨干"之作），无限风情，令人玩索。

三七

朱竹垞《蝶恋花·重游晋祠题壁》，其"天涯芳草"二句，自南宋后即不多见，无论近人。

三八

项莲生词，在国朝自非皋文、止庵辈所能及，然尚不如容若、竹垞，况鹿潭以下耶！

后 记

　　2017 年 6 月 20 日至 28 日，中央电视台《百家讲坛》栏目九集连播我主讲的《人间词话》。按照常规的情形，整理后的讲稿应该在播出前出版，这样可以形成电视讲解与纸本阅读的及时呼应，以立体的方式扩大《人间词话》的影响力。但我因循杂事，居然罕见地把这件事情搁置了下来，而且一搁就是半年多。现在想想，以忙碌为借口其实都很可能是一种精神上的懈怠和智力上的窘迫，所以我现在充满了愧疚之情。

　　我主讲的九集《人间词话》虽然是去年六月才播出，但我与《百家讲坛》的因缘却并非从去年才开始。大概五六年前，《百家讲坛》栏目制片人那尔苏和总编导李锋两位先生曾先后亲临广州，在我简陋的工作室谈了他们的想法，并希望我能参与到这个栏目中去。能有机会把自己对传统诗词的理解通过电视讲解的方式影响到更多更广的人群，当然是我的荣幸了。但此后因为选题一直难以确立，试讲、录播之事便也一直没有进展。大约是 2016 年下半年，李锋编导突然电话我，大意是说如果我有兴趣录制《人间词话》，应该可以进入程序了。这样才有了《百家讲坛》的《人间词话》系列节目和眼前的这部书稿。

我从 2004 年开始比较系统地介入对王国维及其词学、文学等的研究之中，《人间词话》当然是我的研究重点。但怎么以电视的方式来讲解《人间词话》，我心里其实没有数。大概经过近一个月的构思，我拟了十讲的题目发给李锋编导。我的想法是：电视讲解理论话题，会有许多限制，除了必须深入浅出，还需选择大家感兴趣的话题。我觉得有些话题应该是不可缺少的，如境界、三种境界、有我之境、无我之境、隔与不隔等，若这一系列忽略了这些内容，就很难说是在讲《人间词话》了。

但如果都讲大家意料之中的题目，则由我来讲的特殊性也就无法呈现出来了。再说，我也确实对《人间词话》有一些新的看法，我觉得可以借此机会讲述出来。如赤子之心、自然之眼、词品人品、忧生忧世等，这些话题虽然也在相关的研究中会被涉及，但专题的研究其实很少，更谈不上多深多广的学术或文化影响了。我挑出这些话题，对我本人也是一种挑战。这一系列的最后一讲叫《回归传统》，这一讲因为种种原因没有播出，但我写这一讲其实是有想法的。据我多年的阅读体会，把《人间词话》视为中西美学理论交融的产物是站不住脚的，我希望通过充分的事实来证明:《人间词话》的理论基石一直是在中国的大地上。现在文字稿摆在这里，我的想法是否合理，只能请读者朋友们自行去判定了。

用非常通俗的语言，注重诗词故事和场景演绎，来讲解相当学术的话题，便是这十讲讲稿的特点。但我其实意犹未尽，譬如我很想说"造境写境""要眇宜修"两讲，还想说"境界说"与宋代严羽"兴趣说"、清代王渔洋"神韵说"的比较问题，我一直觉得如果有此一讲，"境界说"在古代诗学格局中的价值和地位就更能彰显出来，等等。但因为未能找到合适的场景角度和故事背景，只能让念想继续停留在念想阶段了。

　　大概是因为讲解中的诸多缺憾，使得我现在编订此书稿时，总想能有所弥补，这就有了本书的两个附录。附录的文字较多，可能比例有些失衡，但我絮絮叨叨说了那么多，读者大概也能理解我的用心了。十讲讲稿虽然大致各讲一个理论命题，但其实很难周密地讲解这些命题的内涵和外延，只能是部分地触及话题，以期引起读者的关注和兴趣而已。

　　而我知道，对《人间词话》有兴趣的读者其实大有人在，只读十讲讲稿，料多未能尽兴之憾，所以附录一释"人间""境界""有我之境""无我之境""隔与不隔""要眇宜修"等，即是从学术的角度来弥补电视讲解的不足。

　　附录二主要是《人间词话》的诸种文本以及《人间词话》之外王国维词论的汇录。读者如果要对王国维的词学有比较全面的了解的话，这些基础文本便是最重要的了。附录于此，也方便读者时时对勘，以省旁检他书之劳。

　　粗粗看来，这应该算是一本雅俗共赏的书。但客观地说，雅和俗在这本小书有时会呈现出相对分离的状态，譬如附录一，是以学术的方式来探讨学术的话题，便侧重在雅；而十讲讲稿，话题当然是雅的，但叙说方式偏于通俗，注重的是深入浅出。若一般随性、只是偶尔旁涉文学的读者，自然读读前面十讲便可；若有专业兴趣深解其学，则附录若干，或可略供参考。

撰述初稿时，为求便捷，诸种引文大多未标明出处。此次修订成稿，因完善体例之需，遂请门弟子习婷博士代为补充，费时费力尤多；又时值戊戌年春节前后，亦可谓所请非时，在此并致歉意与谢意。

最后我要专门说一说为此书赐序的王亮君。

王亮君是王国维曾孙，王国维次子王仲闻之孙，现就职复旦大学图书馆古籍部。王仲闻曾协助唐圭璋校订《全宋词》，审稿笔记多达数十万字，是子辈中最得王国维词学精髓者。我从 2009 年与王亮君结识，倏忽也近十年了。这近十年的时光，因为访书的缘故，我们在复旦大学图书馆曾数度相遇，也在杭州一起参加过王国维、章太炎的学术研讨会，会后更同访海宁王国维故居。数年前，王亮君来中山大学参加图书馆学会议，也曾顺访倦月楼，我们闲坐烹茶，聊了不少关于王国维的话题。他赠我一册《学林漫录》第十八集，内刊有他撰的《王国维先生的藏书和遗文》一文，乃王亮君或闻之于亲长见告，或自己积年调查所得，故于藏书源流、若干遗文踪影厘析清明，且多有不为学界所知之信息。另赠我刻有王国维尊人王乃誉日记光盘，此日记文献久藏美国，一直未为外人获知。王亮君盖素知我对与王国维相关文献的渴求之心，故慨然相赠。

2014 年 10 月，我去台湾地区高雄的中山大学参加"山海论坛"。因为拙著《王国维词学与学缘研究》入选了"国家哲学社会科学成果文库"，编辑提示可以酌配若干相关照片，我便想去台北拜访时年已经 103 岁的王国维之女王东明，而此前的种种联络也都是王亮君费心的。因着王亮君的细致安排，我的台北之行很顺利，并与王东明女士合影数帧。更可宝贵的是，王国维 1927 年自沉颐和园昆明湖时，王东明也已 16 岁，对王国维晚年在清华园生活、读书、著述的情形，尚有不少清晰的记忆；对王国维自沉后的若干家事细节，至今记得很清楚。因着这一次相见，我觉得我与王国维仿佛也走得更近了。

感觉有时真是一件神奇的事情。我从王亮君的温润细致，也总联想到王国维在清华学校时，有时晚上从工字厅送姜亮夫的情形。工字厅的左前方，有一条溪流蜿蜒而过，王国维因为知道姜亮夫视力较弱，所以每次都要把姜亮夫送过溪流才放心而回。[①] 这样的王国维我们可能还是陌生的，但却是绝对真实的。因着他人的这一份追忆，我每次去清华，除了习惯性地去王静安先生纪念碑前静静地端详

---

① 姜亮夫《忆清华国学研究院》，见《学术集林》卷一，第 242—243 页。

碑铭，绕着工字厅无绪地转转，就是在那条溪流前驻足凝望，想象着在暮色苍茫中，王国维对学生的那一份让人感怀的关切和叮咛。

王亮君不仅文字甚似其曾祖王国维，雅赡可玩；其为人亦温雅可亲，饶有古君子之风。王亮君话语不多，这让我想起罗振玉曾用"静默"① 二字形容王国维的性格。据说静安先生与来人对谈，若对方无话，静安先生便也无语。此在对方或未免感到尴尬，而静安先生倒是坦然自在，他自有消解之法：一支接着一支从衣袖中掏出香烟连珠炮似的抽着，让彼此安坐在烟雾缭绕之中。②

看来王国维在文学上固然追求"语语都在目前"的"不隔"之境，而在生活中倒是对这种"雾里看花"的迷蒙场景习以为常的。我生也晚，虽无缘雅接静安先生风采，但读其著述，想其为人，也总觉得在王亮君身上或多或少有王国维先生的影子。只是少了王国维那种近乎极端的静默了。

大概因为以上这些情形，我想这本小书请王亮君赐序应该是最合适的。因此我把与王亮君交往的过程稍作勾勒，这其实也是另外一种意义上的学缘了。我很珍惜这样纯粹而自在的学缘。我一直觉得自己是个很幸运的人。早年因

---

① 罗振玉《海宁王忠悫公传》载："公平生与人交，简默不露圭角。"《王国维全集》第 20 卷，第 231 页。

② 徐中舒《追忆王静安先生》，见《追忆王国维》（增订本），第 169 页。

为研究晚清词论家陈廷焯（1853—1892），而引起陈廷焯之孙陈昌先生的关注，并慷慨惠我陈廷焯早年诗选《骚坛精选录》残本，我因此录出诸多评语，旁采《白雨斋词话》《词坛丛话》等书中的论诗之语，而编撰了一本《白雨斋诗话》。后来研究王国维及其词学，又得王亮君多方支持。学术固然讲究理性与冷峻，但学术人却是在乎感性和温度的。

当年王国维徘徊在哲学家与诗人两种人生定位之间，迟疑莫决，痛苦异常。他想当哲学家，却深知自己感性太强，担心因此而让自己的哲学失去冷峻；而要当诗人，又觉得理性太多，唯恐自己的诗歌失去温度。而在我看来，这个矛盾其实根本就不需要解决，更不必犯难其间。因为有温度的哲学与稍显冷峻的诗歌，又何尝不是人文之学应有的内涵和范式呢？

茫茫宇宙气象万千，扰扰人事纷纭挥霍，自然与社会皆形难为状，一切也都有着自己存在的空间与方式。即便一些空间相对逼仄，但谁又能说广阔的空间就一定能催生伟大的思想和艺术呢？或者说逼仄的空间也完全有可能激发出神奇的联想，从而创造出杰出的思想与艺术成果。因此种种，我也一直自勉：要做有温度的学者和学术。这种想法当然与我在学术研究过程中的所遇所知所感是有着直接的关系的。

以往岭南冬日亦温暖如春，而今戊戌年立春已二日，依然寒意逼人。此时此刻，此情此景，我蜗居在倦月楼，茫然地望着阴沉的窗外，我期待什么，大概也不用再说了。

彭玉平

2018 年 2 月 5 日

补 记

　　这可能是我到目前为止校对时间最长的一部书稿。从2019年10月初收到清样，到今天看完最后一个字，这部书稿在我书桌上静静地待了一年零八个月。这显然不是因为书稿的校对特别复杂，而是因为掺杂了突发疫情等多种因素所导致的特别"事件"。

　　疫情至今还在东起西落，其变幻莫测，一如神龙见首不见尾，似乎一时还看不到消歇的迹象。昔兴化融斋评《庄子》之书"无端而来，无端而去，殆得'飞'之机者"，盖与此神韵略似矣。此时此刻，此情此景，"生命"的意义也因此受到格外的尊崇。

　　观堂"体素羸弱，性复忧郁"，对生命的感觉原本就特别沉重。如果观堂生于今日，必多以长短之句写其忧生忧世之嗟。1918年6月，因沈曾植之请，王国维将《人间词甲乙稿》删存24首，别名"履霜词"以呈。我因此知道在王国维那里，数量真的没有多少意义。

　　沈曾植曾用"重光再世"评价王国维，而李煜词的重点正在"生命"二字。水是生命之源，李煜"一江春水向东流"之喻，即为显著之例。昔"仲尼亟称于水"，孟子便为之解释说："原泉混混，不舍昼夜；盈科而后进，放乎四海：有本者如是，是之取尔。"孔子本诸水而论人生，既具本末，亦有格局。观堂亦大率类此，其学有本原，不仅其哲学、史学"盈科而后进，放乎四海"，即其早年这本薄薄的论词之书，我认为亦可作如是观。

校毕此书，陡生感慨，因略缀数语，以为补记。

作者又识

2021 年 6 月 6 日